Anni E. Lindner

STAUB FLIEGT HÖHER ALS GLITZER

ANNI E. LINDNER

Staub
FLIEGT HÖHER
ALS GLITZER

Francke

Über die Autorin:

Anni E. Lindner ist Heilsarmeeoffizierin und lebt in dieser Funktion mit ihrem Mann und den sechs Kindern ein fröhliches Nomadenleben. Derzeit leitet das Ehepaar das Kinder- und Familienzentrum »Heilse« in Chemnitz.

annie.lindner_worte.in.welten

Anni E. Lindner

Triggerwarnung:
In diesem Buch werden die Themen Suizid
und häusliche Gewalt angesprochen.

Bibliografische Information der Deutschen Nationalbibliothek
Die Deutsche Nationalbibliothek verzeichnet diese Publikation in der Deutschen Nationalbibliografie; detaillierte bibliografische Daten sind im Internet über http://dnb.dnb.de abrufbar.

ISBN 978-3-96362-331-8
© 2023 by Francke-Buch GmbH
35037 Marburg an der Lahn
Umschlagbilder: © iStockphoto.com / Yelda Side; Nastco;
Baurzhan Ibrashev
Umschlaggestaltung: Francke-Buch GmbH / Marion Schramm
Satz: Francke-Buch GmbH
Printed in Czech Republic

www.francke-buch.de

Diese Geschichte schenke ich dir, denn das Leben kann hart sein.
Und doch liegt Schönheit im Staub, der im Licht tanzt.

Prolog

Das Mädchen saß auf dem kühlen Stahlträger und starrte hinunter in die Tiefe.

Unten schimmerte der Fluss. Einladend. Ruhig. Tröstlich.

Tanzen! Sie wollte tanzen. Schwerelos schweben über all dem, was da unten am Boden auf ihre Schultern drückte.

Sanfter Wind strich über das Haar des Mädchens wie eine letzte, liebevolle Berührung. Eine Zärtlichkeit, die sie von keinem Menschen kannte.

All die Menschen, die sich auf sie verließen. Als könnte sie die Retterin sein.

Langsam löste sie die Hände von den Metallstangen des Brückengeländers, die sie bis jetzt umklammert hatte. Atmete tief ein und blinzelte, geblendet vom goldenen Schimmer des Lichts auf dem Wasser.

Das Licht würde sie tragen. Sie würde schweben, durch die Luft gleiten, sich in schwindelnde Höhen emporschwingen.

Es war, als gäbe die Sonne alles, um das Mädchen zum Leben zu überreden.

Und doch zögerte sie. Spürte, wie ihre Knie zitterten. Sie wusste, sie sollte nicht springen. Nicht heute, nicht mit dieser Last auf ihren Schultern.

Doch es war zu spät. Die Entscheidung war längst gefallen.

Sie musste es tun. Für ihre Familie, für alle, die sich auf sie verließen. Tief atmete sie ein. Spannte sich vom Kopf bis in die Zehenspitzen und schloss die Augen.

»Es ist so weit«, sagte sie laut in die atemlose Stille des Abends. »Meine Geschichte ist zu Ende.«

»Es wird weitergehen, meine Liebsten«, schickte sie in Gedanken voraus, bevor sie sprang. »Ich tue es für euch.«

Das Mädchen richtete sich auf, streckte die Arme weit gen Himmel und machte einen Schritt nach vorn.

Sie flog. Spannte und bog ihren Körper, wie sie es unzählige Male vorher schon getan hatte. Hörte das Rauschen der Luft, die an ihren Ohren vorbeiströmte. Riss die Augen auf, um die Hände zu sehen, die sie erwarteten.

Der Fall änderte alles. Plötzlich rauschte das Blut in den Ohren des Mädchens.

Zu kurz! Sie war zu kurz gesprungen. Es fehlten nur ein paar Zentimeter, doch in diesem Bruchteil einer Sekunde war ihr klar, dass sie es nicht schaffen würde. Die rettenden Hände waren unerreichbar fern.

Das Ende, sie hatte es herbeigesehnt. Doch in diesen letzten Sekunden wurde ihr klar, dass sie die falsche Entscheidung getroffen hatte.

Sie hörte ihren Namen, während sie fiel. Ich liebe dich, war alles, was sie denken konnte. Es tut mir so leid. Ich will nicht sterben!

»Nein, oh Gott, nein!«, schrie sie.

Sie hielt die Augen geöffnet, während der Tod auf sie zuraste. Sie hatte die Retterin ihrer Familie sein wollen, doch nun würde sie alles zerstören.

Dann schlug das Mädchen auf dem Wasser auf. Ein scharfer Schmerz zerschnitt seinen Körper, und alles war vorbei.

Kapitel 1

**Das Mädchen saß auf dem kühlen Stahlträger
und starrte hinunter in die Tiefe.
Unten schimmerte der Fluss.
Einladend. Ruhig. Tröstlich.**

»Clementine. Wie die Frucht.«

Der Stift kratzte über das Papier und ihr Name erschien, natürlich falsch geschrieben. Wie so oft.

Ungeduldig trommelte Cleo mit den Fingern auf ihren Oberschenkeln. Wann würde diese nervige Befragung endlich vorbei sein? Es war heiß in dem stickigen Büro des Kaufhausdetektivs. Zwischen ihren Brüsten bildeten sich schon Schweißperlen und das konnte Cleo nicht leiden.

»Du weißt, dass ich deine Daten überprüfen werde«, zischte der hässliche kleine Mann, in dessen Fängen sie sich befand. Schon wieder.

Gut, beim letzten Mal war es eine tätowierte Frau um die vierzig gewesen und das Büro wesentlich geräumiger. Trotzdem war es immer dasselbe.

Strafende Blicke, eine endlose Standpauke und die Androhung, sie dürfe den Laden ein ganzes Jahr lang nicht mehr betreten. Als ob es nicht genügend andere Supermärkte gäbe, auf die sie ausweichen konnte. Hausverbot hatte sie derzeit nur in zwei Discounterketten. Morgen würde sie es eben noch einmal an der Tankstelle versuchen. Dort hatte sie schon zweimal Tabak geklaut, ohne erwischt zu werden.

Aber erst einmal musste sie hier rauskommen.

Erfahrungsgemäß ließen die Erzieher sich Zeit, bevor sie auftauchten. Letzte Woche hatte es fast zwei Stunden gedauert, bis Mike mit dem blauen Polo auf dem Parkplatz erschienen war.

»Was soll das, Cleo?«, hatte er mit hochgezogenen Brauen gefragt. »Wir haben Besseres zu tun, als dich ständig aus irgendwelchen Detektivbüros abzuholen. Steig ein.«

Mike war eigentlich ganz okay. Er interessierte sich für seine Schützlinge und er war der Einzige, der Cleo manchmal zum Lachen bringen konnte. Außerdem sah er gut aus. Durchtrainiert, aber nicht protzig. Mit so schönen, leuchtend blauen Augen, und die Frisur immer ein wenig strubbelig. Aber er war uralt, mindestens Anfang dreißig. Also komplett uninteressant.

»Ich habe dich etwas gefragt«, drang plötzlich die Stimme des Kaufhausmackers in Cleos Bewusstsein.

Irritiert hob sie den Blick.

»Wen ich anrufen soll, will ich wissen. Jemanden, der dich abholt.«

Seufzend nannte Cleo die Nummer ihrer Wohngruppe. »Fragen Sie nach Mike.«

Während der Mann sich abwandte, um zu telefonieren, drückte Cleo das T-Shirt auf die Schweißperlen. Verdammte Hitze. Sie mochte den Sommer, aber hier in dieser stickigen Kammer war es einfach unerträglich.

Immerhin gab es, schräg gegenüber dem Stuhl, auf dem sie saß, einen kleinen Spiegel. Kritisch betrachtete Cleo sich darin. Langes schwarzes Haar umrahmte ein schmales Gesicht mit vollen Lippen und einer kleinen, hübschen Nase. Ein großes braunes Auge funkelte daneben; das andere wurde von der glatten schwarzen Pracht beinahe verdeckt. Aus gutem Grund.

Viel mehr als das Gesicht war im Spiegel nicht zu sehen. Der elegante Hals und ein kleiner Ansatz ihres Dekolletés, mehr nicht. Aber Cleo wusste, dass sie gut aussah. Zu gut für manchen.

»Er sagt, dass es eine Weile dauern kann.« Der Detektiv ließ den Hörer sinken und warf ihr einen unwilligen Blick zu. »Wie ich es hasse, wenn ihr Kröten mir meine wertvolle Zeit stehlt. Ich habe wichtigere Aufgaben, als auf kleine Mädchen aufzupassen.«

Cleo musterte ihn angriffslustig. »Ach ja, was denn? Ich dachte, es sei Ihr Job, böse Diebe dingfest zu machen.« Leider klang ihre Stimme nicht halb so selbstbewusst, wie sie es gewollt hatte. Im Gegenteil, sie kratzte ein wenig, als wollte sie verraten, dass da eigentlich Tränen darauf warteten, fließen zu dürfen.

»Jetzt werd nicht noch frech.« Der kleine Mann setzte sich auf einen Stuhl ihr gegenüber, genau vor den Spiegel. »Warum macht ihr das eigentlich? Hast du wirklich kein Geld oder ist das eine Mutprobe?«

Cleo zuckte mit den Schultern und wandte den Blick ab. Als ob sie erklären könnte, warum sie tat, was sie tat. Es war ihr ja selbst ein Rätsel, aber das ging diesen Typen gar nichts an.

Nein, es lag nicht am mangelnden Geld. Sie musste auch niemandem etwas beweisen – außer vielleicht sich selbst. Die Dinge, die sie geklaut hatte, waren ihr nicht einmal wichtig. Sie hatte sie einfach eingesteckt und das Gefühl genossen, unsichtbar zu sein. Tja, nicht unsichtbar genug. Beim nächsten Mal würde sie noch geschickter vorgehen müssen.

Die folgenden Minuten unter dem kritischen Blick des stämmigen Mannes mit der lächerlichen Lederweste vergingen quälend langsam.

Cleo vermutete, dass Mike sie absichtlich schmoren ließ – im wahrsten Sinne des Wortes.

Er betrat erst den Raum, als Cleo das Gefühl hatte, ihre Körpertemperatur wäre bis kurz vor der Kernschmelze angestiegen.

»Endlich«, stöhnte sie und stand auf.

Aber der Kaufhausdetektiv drückte sie zurück auf den Stuhl.

»He!«, protestierte Cleo und stieß seine Hand heftig weg. Wie konnte er es wagen, sie anzufassen! Sie spürte, wie ihr Herz zu rasen begann, neue Schweißtropfen bildeten sich auf ihrer Stirn und rannen an ihren Schläfen herab. Cleo stützte sich mit der

Hand an der Wand ab, um wegen des plötzlich aufkommenden Schwindels nicht zu wanken.

Mike warf ihr einen beschwörenden Blick zu. Jetzt bloß ruhig bleiben, hieß das.

Der Erzieher stellte sich in die winzige Lücke zwischen Cleo und dem Detektiv, eine menschliche Mauer gegen den Übergriff. Dankbar schloss das Mädchen die Augen und atmete durch.

Mike würde das hier regeln.

»Wo muss ich unterschreiben?«, hörte sie ihn fragen.

Zum Glück waren die Formalitäten rasch geklärt. Sogar die umfangreiche Belehrung konnte Mike abwenden, indem er versicherte, er hätte so etwas schon mehrmals gemacht.

Als sie zum Auto gingen, fühlte Cleo das schlechte Gewissen stärker als je zuvor. Obwohl sie nicht schnell genug von diesem Supermarkt wegkommen konnte, schienen ihre Füße aus Blei zu sein. Mit gesenktem Kopf folgte sie Mike über den Parkplatz.

Er öffnete ihr die Autotür. Für einen kurzen Moment sah er ihr in das freie Auge. Für Cleo war es, als dringe dieser Blick bis in ihre Seele. Rasch schlüpfte sie auf den Sitz, um diese Intimität zu unterbrechen.

Niemand hatte in ihrer Seele etwas zu suchen.

Mike schlug die Tür zu, umrundete den Wagen und setzte sich ans Steuer. Er drehte den Zündschlüssel im Schloss und das beruhigende Vibrieren des Motors setzte ein. Aber anstatt loszufahren, wandte Mike ihr das Gesicht wieder zu. »Was sollen wir nur mit dir machen, Cleo?« Er sah ehrlich besorgt aus und Cleo spürte, wie ihr Bauch sich verkrampfte. Sie biss auf ihre Unterlippe. Wie gut der Schmerz tat.

»Das ist das dritte Mal innerhalb von vier Wochen, dass du beim Klauen erwischt wirst. Wo soll das hinführen?«

Weil ihr keine Erwiderung einfiel, zuckte Cleo mit den Schultern. Sie fühlte sich hilflos, wusste aber, dass Mike es als Trotz auffassen würde.

Endlich löste er die Handbremse und legte einen Gang ein. Der

Wagen rollte über den Parkplatz. Cleo starrte bewegungslos aus dem Fenster, die Zähne noch immer in die Lippe gepresst. *Wohin soll das führen?* Gute Frage. Nirgendwohin. Denn sie gehörte nirgendwohin. Cleo schmeckte Blut und lockerte widerstrebend den Druck ihres Kiefers.

Mike akzeptierte ihr Schweigen und wenig später erreichten sie das Gelände der Wohngruppe. Der Polo kam zum Stehen.

Obwohl sie lieber einfach sitzen geblieben wäre, löste Cleo rasch den Gurt und stieg aus dem Wagen. Nur schnell in ihr Zimmer, bevor Mike weitere Fragen stellen konnte.

Die vordere Tür des Hauses stand offen. Im Jugendclub, der im Erdgeschoss untergebracht war, herrschte bereits Hochbetrieb. Eilig ließ Cleo möglichst viel Haar vor ihr Gesicht fallen, sodass nur noch ein kleiner Spalt zum Sehen frei blieb. Dann ging sie mit langen Schritten durch das Tor zum Hinterhaus und schlüpfte hinein. Drinnen im Flur war es kühl und ruhig. Aber oben am Treppenabsatz wartete wahrscheinlich schon Mona, die Sozialarbeiterin, die heute Tagschicht hatte. Cleo wünschte sich erneut, unsichtbar werden zu können. Das war die einzige Superkraft, die sie wirklich gern gehabt hätte. Es würde so vieles einfacher machen. Und es hätte so vieles schon verhindert, was ihr zugestoßen war. Aber daran wollte Cleo jetzt auf keinen Fall denken.

Auf Zehenspitzen huschte sie die Stufen hinauf. Richtig, oben am Tresen saß Mona. Sie blickte auf einen Block, der vor ihr lag: Vermutlich rechnete sie irgendwelche Ausgaben durch. Wenn Cleo ganz leise war, konnte sie vielleicht unbemerkt an ihr vorbeihuschen.

»Hi, Cleo.«

War ja klar. Sozialarbeiter waren wie Lehrer. Sie hatten scheinbar überall Augen.

»Ich hab Kopfschmerzen«, behauptete Cleo und versuchte, möglichst unschuldig auszusehen. Vielleicht hatte Mike noch nichts von dem Diebstahl gesagt.

»Okay, aber wir reden später.«

Natürlich. Wer hätte auch erwartet, dass nicht sämtliche Angestellten mit ihr über jeden ihrer Fehltritte hätten sprechen wollen. Cleo wusste, wie der Hase lief.

Sie rannte beinahe durch den kurzen Flur zu ihrem Zimmer. Endlich. Die Tür fiel hinter ihr ins Schloss. Instinktiv drückte sie noch einmal dagegen, als würde das verhindern, dass ihr jemand folgte. Leider war es verboten abzuschließen.

Cleo warf ihren Rucksack auf das Bett und schob mit dem Fuß ihren Sitzsack vor die Tür. Am liebsten hätte sie auch noch den Schreibtisch dorthin geschoben.

Erst jetzt, in der Abgeschiedenheit ihres Zimmers, bemerkte Cleo, wie schnell sie noch immer atmete. Ihr Herz raste, als hätte sie den Mount Everest erklommen.

Verdammt, diese Scheißgefühle! Wie ein Tiger im Käfig ging Cleo zwischen Tür und Schreibtisch auf und ab.

Beruhige dich, Cleo. Ganz ruhig. Es ist vorbei.

Aber die Panikattacke ließ sich nicht wegreden. Wie eine Lawine brachen tausend Gedanken über sie herein. Raue Finger griffen nach ihr und zerrten an ihrem T-Shirt. Die Hand, auf ihren Mund gedrückt, war hart wie Stahl.

Wehe, wenn du schreist! Wenn du stillhältst, ist es schnell vorbei.

Cleo fühlte, wie ihr erneut der Schweiß ausbrach. Diesmal lag es nicht an der Hitze. Mit zitternden Händen packte sie das ehemals rosafarbene Schwein, das auf ihrem Kopfkissen lag, und presste ihr Gesicht hinein.

Atmen. Ruhig atmen. Du bist ganz allein hier, Cleo. Es ist keiner da, der dir etwas tun kann.

Aber die Logik hatte keine Chance. Als hätte jemand die mühsam zugedrückte Tür eines überfüllten Schrankes geöffnet, so stürzten vergangene Ereignisse über sie herein. Sie krallte die Hände in den ausgebleichten Plüsch und versuchte, sich nur auf ihren Atem zu konzentrieren. Ein und aus. Ein und aus.

Endlich wurde die Erinnerung weniger intensiv. Die Knie wurden ihr weich und Cleo ließ sich auf den Sitzsack fallen. Das

Schwein sank in ihren Schoß. Wie oft Rosalie ihr in den letzten Jahren geholfen hatte, das Hyperventilieren zu stoppen.

Cleo hasste es, welche Macht die Vergangenheit noch immer über sie hatte. Dabei war das alles so lange her. Wie aus einem anderen Leben. Aus einer Zeit, in der noch keine zartrosa gestrichenen Wände ihr Schutz geboten hatten. Nichts war damals so gewesen, wie es heute war.

Mit einem tiefen Atemzug ließ Cleo die Anspannung entweichen, die sie seit dem Moment im Griff gehabt hatte, als der Kaufhausdetektiv sie auf den Stuhl gedrückt hatte.

Natürlich hatte dieser Mann nichts mit alldem zu tun, was geschehen war. Er hatte jedes Recht, sie, die Diebin, zu maßregeln. Es war nicht seine Schuld, dass er sie an den Mann erinnerte, dem sie ausgeliefert gewesen war.

Nein, es war nicht seine Schuld. Es war ihre eigene.

Kapitel 2

Tanzen! Sie wollte tanzen.
Schwerelos schweben über all dem,
was da unten am Boden auf ihren Schultern drückte.

»Okay, Leute, das war's mal wieder von mir – *Danics Trixx,* live und ohne Filter. Nächste Woche gibt's mehr, wenn ihr den Kanal abonniert habt. Kommt auf jeden Fall im Zirkus vorbei, wenn ihr in der Nähe seid. Und denkt dran: Nur nachmachen, wenn ihr's wirklich könnt!«

Danic drückte den Aufnahmebutton und wischte das Fake-Lächeln, zusammen mit ein paar Schweißperlen, aus seinem Gesicht.

Aurelie warf ihm sein Handtuch zu. »Lief doch gut heute«, stellte sie zufrieden fest.

Danic verdrehte die Augen und zog das Handtuch über seinen nassen Rücken. Seine Brustmuskeln glänzten in dem violetten Licht, das die Manege ausleuchtete.

»Wie lange wollen wir das eigentlich noch durchziehen?« Er griff nach der Wasserflasche und trank in großen Schlucken.

Aurelie betrachtete ihn liebevoll. Danic ahnte, dass sie an den vergangenen Abend dachte und an die nächste Pause, die nur ihnen beiden gehören würde. Diesen Blick hatte sie immer, wenn sie allein waren. Mit mehr Druck als gewollt zog Danic das Handtuch erneut über seinen Rücken und zuckte unter dem brennenden Schmerz, den die Reibung verursachte, zusammen.

Warum war er nur so frustriert? Es lief doch alles super. Aurelie, seine beste Freundin von Kindheit an und seit fast fünf Jahren auch seine Partnerin, war offensichtlich verliebt wie am ersten

Tag. Das heutige Video hatten sie direkt beim ersten Durchgang im Kasten gehabt. Aurelie würde sich darum kümmern, es zu schneiden und mit Musik zu unterlegen. Die besten Szenen für TikTok und Instagram finden und die Kurzclips posten. Mehr als zweihunderttausend Follower warteten sehnsüchtig auf jeden neuen Beitrag. Tausende Mädchen würden Herzchen und verliebte Kommentare senden. So war das Geschäft. Er wusste, dass Aurelie nichts falsch daran fand – solange sie die Einzige war, die dem umschwärmten Zirkusboy nahekommen durfte. Ihrem Danic. Sie liebte ihn, seit sie denken konnte, und daran würde sich nie etwas ändern – zumindest behauptete sie das immer wieder. Nur Danic zweifelte. Er zweifelte ständig und an allem, vor allen Dingen an sich selbst und seiner sogenannten Berufung.

Unwillkürlich zog er die Stirn in Falten und warf das Handtuch in die Box mit den Requisiten.

Aurelie strich ihm sanft über die Schulter, zog sich das Top glatt und warf ihm einen aufmunternden Blick zu. Ihre Augen funkelten glücklich. Bis zur Vorstellung heute Nachmittag waren es noch fast drei Stunden. Genug Zeit für eine Dusche, etwas zu essen in Nanas Wohnwagen und eine entspannte Runde Kuscheln auf Danics Bett – das war ihre Pärchenroutine. Aurelie grinste auf diese Art und Weise, an der er sehen konnte, wie heiß sie auf ihn war. Danic fühlte Schuldgefühle in sich aufsteigen.

»Du hast seit vorgestern schon wieder fünfhundert neue Abonnenten. Es wäre Wahnsinn, jetzt aufzuhören. Das weißt du genau,« knüpfte Aurelie leichthin an seine Frage an. »Wir können ewig so weitermachen!«

Seufzend stellte Danic die Wasserflasche weg und zog ein T-Shirt über. Es war zwar recht warm im Zirkuszelt, aber durch die offenen Seitenwände kam zugige Luft herein. Danic hatte keine Lust, reißende Muskelschmerzen zu riskieren. »Wir sind längst wieder live unterwegs«, murrte er. »Diese ganze Videosache haben wir angefangen, als wegen dieser dämlichen Pandemie keine Auftritte möglich waren. Jetzt ist es nur noch ein nerviges Zusatzpaket. Klar weiß ich, dass die Follower hilfreich sind. Aber wie viele von denen kommen schon als zahlendes Publikum hierher?« Er zuckte resigniert mit den Schultern und raffte die Utensilien zusammen, die noch vom Dreh herumlagen. Ihm war klar, dass sein Internetauftritt eine riesige PR-Wirkung für den Zirkus hatte. Er sorgte dafür, dass die Leute wussten, wer die beste Artistikshow des Landes zu bieten hatte: Zirkus Wittenmeer. Dafür war das Familienunternehmen seit jeher bekannt – Danic führte nur die Tradition fort. Aber musste die ganze Sache wirklich an ihm allein hängen? Er war müde. Hatte keine Lust mehr, das Aushängeschild der Familie zu sein. Seine Träume gingen in eine ganz andere Richtung. Eine, in der gutes Aussehen und ein durchtrainierter Körper ziemlich nebensächlich waren. Aber davon wollten seine Eltern nichts wissen.

Aurelie klappte das Stativ zusammen und packte die Kamera in ihre Umhängetasche. »Ich gehe schon mal rüber«, warf sie ihm über die Schulter zu. »Hör einfach auf, dich zu beschweren, und genieße deinen Fame. Okay? Es hat nicht jeder den Luxus, ein Superstar zu sein. Ist doch klar, dass dafür ein bisschen Anstrengung nötig ist.« Sie lächelte ihm noch einmal zu, um ihrer Aussage die Schärfe zu nehmen. Dann schob sie den Riemen der Tasche über ihren Kopf und ging. Mit schwingender Hüfte verließ sie die Manege.

Professionell sexy, dachte Danic stirnrunzelnd. Selbst Aurelies rotblonder Pferdeschwanz wippte verführerisch im Takt. Kein Zweifel, dass sie sich ihrer Wirkung bewusst war.

Hinter dem Vorhang knipste Johann den großen Scheinwerfer aus. Sobald das geheimnisvolle violette Licht erlosch, wirkte die Manege trist und schmutzig.

So sind wir doch, wenn wir aus dem Rampenlicht treten, dachte Danic bitter. Alles nur Schein. Von wegen »Da nix Tricks«, dieser dämliche Werbespruch, den Polnik »erfunden« hatte. Und er, Danic, hatte sich schon so daran gewöhnt, dass sein Nickname zum Alltagsnamen geworden war.

Frustriert klopfte er sich Staub und Sägemehl von der eng anliegenden Hose aus schwarzem Trikotstoff und schwang sich über die niedrige Sperrwand, die die Logenplätze von der Manege trennte.

Schluss mit dem miesen Gegrübel!, rief er sich selbst zur Räson. Noch drei Stunden bis zur Nachmittagsvorstellung. Genug Zeit für eine Dusche, etwas zu essen in Nanas Wohnwagen und eine Runde Lernen, nur er und sein Rechtswissenschaftshefter, auf seinem Bett.

Entgegen seiner Erwartung hatte Aurelies Großmutter, die von allen Zirkusleuten »Nana« genannt wurde, den Tisch im Freien gedeckt. Also würden sie alle gemeinsam essen. An den meisten Tagen holte sich jede Familie die Mahlzeit ab und jeder aß, wo er wollte. Aber bei schönem Wetter gab es häufig die »lange Tafel«. Viel Lust auf Gesellschaft hatte Danic nicht. Doch die Sonne schien seit Tagen unverdrossen von einem hellblauen Himmel und in den Wohnwagen stand die Luft. Im Schatten der Stallungen dagegen war es angenehm und genau hier stand nun die lange Tafel. Das weiße Tischtuch flatterte in der sanften Brise, die den Geruch von Pferdedung und frisch gekochtem Gemüseeintopf vermischte. Danic grinste, als er die interessante Note wahrnahm. Grübeleien hin oder her, das hier war sein Zuhause, und irgendwie liebte er es doch.

Nanas Vorliebe dafür, den Mittagstisch an heißen Tagen möglichst nahe bei den Tieren zu servieren, war beinahe legendär. Vielleicht lag es daran, dass sie Freddy so ins Herz geschlossen hatte, seit ihr eigener Mann verstorben war.

Der alte Tierpfleger saß bereits am Tisch, einen riesigen Krug Bier vor sich. »Na, Daniel, wie läuft's?«

Dankbar lächelte Danic ihm zu. Er liebte Freddy dafür, dass er ihn als Einziger noch bei seinem eigentlichen Namen nannte. Als habe er den Moment verpasst, in dem der Rest der Großfamilie einen Zeitsprung gemacht hatte, der sie alle aus der nostalgischen Vergangenheit in die stressige Gegenwart geführt hatte.

»Welchen Bereich des Lebens meinst du?«, fragte Danic sicherheitshalber nach. Inzwischen kamen von allen Seiten hungrige Familienmitglieder zusammen. Seine Eltern, Vater mit dem Handy am Ohr, Mutter im kurzen Sommerkleid. Ihr langes lockiges Haar wurde von dem Stirnband gebändigt, das sie immer trug, wenn sie putzte. Sie verdrehte die Augen, als Nana Danics Vater einen ihrer vorwurfsvollen Blicke zuwarf. Nana mochte es nicht, wenn jemand auch nur in der Nähe des Esstisches telefonierte. Mutter zwängte sich neben Danic auf die schmale Holzbank und drückte liebevoll seine Schultern. An der anderen Seite der Tafel nahmen Aurelies Eltern und ihre beiden jüngeren Geschwister Platz.

»Du teilst das Leben in Bereiche auf?« Freddy kratzte sich nachdenklich am Hinterkopf. »Ich weiß nicht, ob das gut ist, Junge.«

Unbehaglich rutschte Danic auf seinem Platz herum. Er hatte keine Lust, auf Freddys freundliche Frage nach seinem Befinden mit Informationen zu antworten, die für einen der anderen Zuhörer Sprengstoff waren. Dabei war jede persönliche Information aus seinem Mund in letzter Zeit Sprengstoff. Er hatte das Gefühl, ausschließlich »falsche« Sachen zu sagen, seit er an diesem verhängnisvollen Abend vor drei Wochen erklärt hatte, er wolle studieren. Keiner aus der Familie Wittenmeer hatte je ein Studium in Betracht gezogen.

»Alles bestens, Freddy«, murmelte er deshalb nur. »In allen Bereichen.«

Freddy sah ihn eindringlich an. Ihm konnte man nichts vormachen und Danic war froh darüber. Sie würden später reden.

Jetzt übernahm erst einmal Nana die Regie. »Eine Schüssel für jeden«, gab sie in befehlsgewohntem Ton bekannt. »Filou und Fee, ihr verteilt. Hopp, hopp, meine Kleinen, bevor die gute Suppe kalt wird!«

Die beiden Kinder schlüpften von ihren Plätzen und nahmen artig die dampfenden Schalen entgegen, die Nana füllte. Danic bewunderte einmal mehr Fees Anmut. Die Siebenjährige wurde ihrem Namen mehr als gerecht. Anmutig tanzte sie mit der heißen, beinahe übervollen Schüssel leichtfüßig ans andere Ende des Tisches, wo sie sie Freddy mit einem strahlenden Lächeln servierte. In der Manege war sie schon jetzt eine würdige Artistin, doch hier draußen gab sie keine Show. Sie war einfach echt – ein Zirkuskind durch und durch. Danic konnte sich nicht erinnern, in Bezug auf seine Kunst jemals diese Sicherheit empfunden zu haben.

»Was ist los, Liebster?« Er zuckte zusammen, als Aurelie neben ihm auf die Bank glitt. Sie strubbelte ihm durchs Haar und hauchte einen Kuss auf seine Wange. Ihr frischer Duft nach Vanilleduschgel hob sich angenehm von der Pferdedung-Gemüseeintopf-Note ab. »Guck doch nicht so ernst, Sorgenfalten sind nachher schwer wegzuschminken.«

Die Bemerkung brachte ihr zustimmendes Gelächter am Tisch ein. Danic hingegen schluckte eine sarkastische Erwiderung hinunter. Er war froh, dass Filou in diesem Moment mit einem Suppenteller hinter ihm auftauchte.

»Danke, Großer«, sagte er.

Filou nickte nur und lief eifrig zurück zu Nana. Vermutlich wollte er so schnell wie möglich alle Schüsseln ausliefern, um sich endlich selbst seine Mahlzeit zu gönnen.

»Wir haben heute ungefähr ein Drittel des Zeltes schon mit vorbestellten Plätzen belegt«, eröffnete Danics Vater die übliche Dienstbesprechung, als jeder etwas zu essen vor sich hatte.

Zufriedenes Kopfnicken bei den Erwachsenen.

»Siehst du«, flüsterte Aurelie Danic triumphierend ins Ohr, »das ist garantiert allein dein Verdienst!«

Danic schnaubte leise und Aurelie hauchte ihm einen Kuss auf die Wange.

»Polnik und Sara machen die Kasse«, fuhr Danics Vater fort.

»Fee, dich brauche ich heute an der Popcornmaschine. Traust du dir das zu?«

»Na, klar!« Das Gesicht der Kleinen strahlte vor Stolz. Angesichts ihrer Verzückung darüber, fremden Menschen Popcorn verkaufen zu dürfen, fühlte Danic plötzlich Wut in sich aufsteigen. Oder war es Enttäuschung? Was war nur los mit ihm? Warum triggerten ihn heute tausend Kleinigkeiten und brachten ihn zum Grübeln?

Hastig senkte er den Blick, löffelte die viel zu heiße Suppe, verbrannte sich die Zunge und fluchte. Aurelie kicherte, verstummte aber sofort, als Danics Vater zu ihnen herübersah.

»Danic, pass in der Pause bitte auf, dass nicht wieder Kinder durch den Zaun kriechen, um kostenlos an die Tiere zu kommen. Wir haben es noch nicht geschafft, das Loch zu flicken.«

Mit immer noch gesenktem Kopf nickte er.

Aurelie beugte sich zu ihm herüber, während Danics Vater auch den anderen Aufgaben zuwies.

»Hey, ich sehe doch, dass irgendwas mit dir heute nicht stimmt.«

Danic brummte und legte den Löffel weg. Mit der freien Hand fuhr er sich durch die Locken, die ihm ins Gesicht fielen.

»Ich muss mich noch um Mamas Kostüm für heute Nachmittag kümmern«, zwitscherte Aurelie neben seinem Ohr. »Aber dann komme ich bei dir vorbei, okay?« Sie ließ ihre Finger spielerisch an seiner Wirbelsäule hinauflaufen. »Ich werd es schon schaffen, dich aufzumuntern.«

Das bezweifle ich, dachte Danic. *Du schaffst es ja nicht einmal, mich zum Reden zu bringen, weil du selbst viel zu viel zu sagen hast.*

Doch er nickte nur, nahm den Löffel wieder zur Hand und wünschte sich, den Tag einfach von hier aus zum Ende vorspulen zu können.

Kapitel 3

Sanfter Wind strich über das Haar des Mädchens
wie eine letzte, liebevolle Berührung.
Eine Zärtlichkeit, die sie von keinem Menschen kannte.

Jetzt war es also passiert. Sie war nicht mehr unsichtbar, zumindest für die Gesetzeshüter.

Cleo knibbelte an ihrer Unterlippe und zog die Stirn in Falten. Ein leichter Schmerz an der Schläfe, wo das Stirnrunzeln die Narbe dehnte, erinnerte sie an den Tag, der eigentlich alldem hätte vorbeugen sollen. Sie hätte unsichtbar bleiben müssen. Warum hatte sie nicht rechtzeitig aufgehört, ihre Sicherheit immer wieder aufs Spiel zu setzen?

Dämlicher Ladendiebstahl. Jetzt musste sie den Mist ausbaden, den sie verbockt hatte. Wütend biss Cleo noch fester zu. Wieder Blut. Sie musste damit aufhören. Sie musste aufhören, aufhören, aufhören …

»Cleo? Kannst du mir noch folgen?« Mona, die Sozialarbeiterin, in deren Büro Cleo saß, sah von ihren Papieren auf. Sichtlich erschrocken registrierte sie das Blut auf Cleos Lippe und griff instinktiv in die Taschentuchbox. »Du blutest schon wieder, Maus. Hier.«

Cleo nahm das Tuch entgegen und presste es auf die Wunde. *Maus.* Mona nannte wahrscheinlich jede Bewohnerin hier so, aber Cleo trieb der Kosename Tränen in die Augen. Scheiße, sie wollte nicht heulen. Sie wollte nicht auffallen. Sie wollte nicht hier sein.

»Wir finden schon eine Lösung. Komm.« Mona schien ihren Gefühlsausbruch komplett falsch zu interpretieren. Die junge

Frau mit den glatten braunen Haaren und den sanften Augen stand auf, umrundete den Schreibtisch und nahm Clementine von hinten sachte in den Arm.

Cleo versteifte sich. Sie zwang sich, ruhig zu atmen und die Tränen zurückzudrängen. »Alles okay«, murmelte sie. Ihre Stimme klang rau.

Mona ließ sie los, strich ihr leicht über den Kopf und ging zum Aktenschrank. Sie zog einen dicken schwarzen Ordner heraus.

Mein Leben, dachte Cleo bitter. Alles schön sortiert und abgeheftet. Kein Chaos, nur ein paar riesengroße Lücken. Aber wen interessierte das schon? Die meiste Zeit stand der Ordner doch sowieso nur da im Regal und setzte Staub an. Nur wenn etwas schieflief, warf jemand einen Blick auf das Leben von Hanssen, Clementine, geboren am 17. August 2006. Vor sechzehn Jahren und zehn Monaten. Noch so ein Tag, der besser anders hätte enden sollen. Das hätte ihr den ganzen Stress erspart, leben zu müssen.

Mona setzte sich wieder auf den Stuhl Cleo gegenüber, legte den Ordner auf den Schreibtisch und schlug ihn auf. Cleo zerknüllte das blutige Taschentuch in ihrer Faust.

»Lass mal sehen.« Die Sozialarbeiterin blätterte durch die Sammlung von Krankenscheinen, Diagnoseblättern, Zeugnissen und Hilfeplänen. Cleo hatte keine Ahnung, wonach sie suchte.

»Ah, ja.« Mona überflog irgendeinen Text und schien zufrieden mit dem, was sie las.

Cleo wandte den Blick von ihr ab und starrte auf die riesige bunte Uhr an der Wand. Unwillkürlich begann sie, mit dem Fuß zu wippen. Wie lange musste sie noch hier sitzen und abwarten, welche tolle Idee die Frau hatte, in deren Händen ihr Schicksal momentan zu liegen schien?

Der dritte Ladendiebstahl innerhalb von vier Wochen – der dritte, bei dem sie erwischt worden war. In Wirklichkeit war es der unzähligste von unzähligen Diebstählen, die Cleo beinahe täglich beging. Aber das würde keiner je erfahren.

Jedes Mal, wenn ein Kaufhausdetektiv sie zur Rede stellte, dachte Cleo an ihre roten Schuhe. Sie trug sie immer noch, jeden Tag, seit ihrem vierzehnten Geburtstag vor fast drei Jahren. Auch jetzt steckten ihre Füße in den verblichenen Chucks mit den ehemals weißen Schnürsenkeln. Sie hatten neunundsechzig Euro fünfundneunzig gekostet. Cleo hatte bar bezahlt, mit einem Fünfzigeuroschein und zwei Zehnern. Das Geld hatte sie zum Geburtstag bekommen von ihrer Tante Pho, der großen Schwester ihrer Mutter. Tante Pho wusste allerdings nichts davon, denn sie hatte Cleos Geburtstag einfach vergessen. Genau wie Cleos Vater, mit dem sie sich an diesem Tag so heftig gestritten hatte, dass Cleo sich im Wohnungsflur die Ohren hatte zuhalten müssen. Während die beiden Erwachsenen sich anbrüllten, hatte Cleo die Handtasche entdeckt. Sie hatte auf dem Sideboard gelegen, der Reißverschluss offen. Die Geldbörse aus hellbraunem Leder hatte zwischen einer Packung Taschentücher und dem jadegrünen Seidentuch, das Tante Pho meist um den Hals trug, hervorgelugt.

»Sag deiner Schwester, dass sie uns gestohlen bleiben kann!«, hatte Cleos Vater im Wohnzimmer gekreischt. Ja, er kreischte wie ein kleines Kind, wenn er wütend war. *Gestohlen bleiben.* So redete er von ihrer Mam. Mama. Cleo hatte die Tränen in ihrem Hals gespürt, bevor sie ihr aus den Augen gestürzt waren. Mama hatte ihren Geburtstag bestimmt ganz genauso vergessen wie Vater. Sie hatte sich schon im letzten Jahr nicht gemeldet. Bis zu diesem Moment hatte Cleo nicht einmal gewusst, dass Mam vielleicht mit Tante Pho in Kontakt stand.

»Sie kann uns gestohlen bleiben!«, wiederholte der wütende Mann im Wohnzimmer seine Worte. Das war der Moment, in dem Cleo zugriff. Sie schnappte sich die Geldbörse, öffnete sie und nahm, ohne nachzudenken, einen Packen Geldscheine heraus. Sie schloss die Börse wieder und schob sie zurück in die Tasche. Dann schlüpfte sie in ihre Turnschuhe und lief aus der Wohnung.

Der erste Diebstahl war so leicht gewesen, und er war nie entdeckt worden.

Clementine erinnerte sich jeden Tag daran, wenn sie die roten Schuhe anzog. Sie war stolz darauf. Tante Pho hatte ihr die Mutter gestohlen. Vater hatte ihr die Kindheit gestohlen. Es war mehr als richtig gewesen, sich an diesem vergessenen Geburtstag selbst etwas Gutes zu tun.

»Clementine, du musst mir zuhören. Es ist wichtig!« Monas Stimme holte Cleo unsanft in die Gegenwart zurück.

Cleo blinzelte, leckte mit der Zunge über ihre noch immer blutig schmeckende Lippe und zwang sich, Mona ins Gesicht zu sehen.

»Ich höre doch zu«, erwiderte sie trotzig. Eine schwarze Haarsträhne fiel ihr vor das linke Auge. Cleo schob sie nicht zur Seite.

Seufzend klappte Mona den Ordner zu. »Du hast also verstanden, dass du morgen rechtzeitig und ordentlich gekleidet im Gericht erscheinen musst, ja?«, fragte sie, den Blick fest auf Cleos freies Auge gerichtet.

Clementine nickte, obwohl es nicht stimmte. »Gehe ich allein hin?«

»Cleo! Ich habe dir gerade erklärt, dass Mike dich begleitet. Hast du mir wirklich überhaupt nicht zugehört?«

Cleo senkte den Kopf und starrte auf den Fußboden.

Unsichtbar und taub. Sie wollte nicht hier sein. Sie wollte am liebsten gar nicht existieren.

»Mike fährt um acht Uhr mit dir los. Sei einfach pünktlich beim Frühstück, dann kann nichts schiefgehen.« Mona klapperte mit der Tastatur ihres Computers, dann stand sie auf und ging zum Drucker. Den Zettel, den sie daraus hervorzog, legte sie vor Cleo auf den Schreibtisch.

Vorladung zur Anhörung, stand darauf. *Angeklagte: Clementine Hanssen.*

Cleo nahm das Blatt, stand auf und ging zur Tür.

»Du kannst jederzeit anfangen, dein Leben wieder in den Griff zu kriegen, Cleo«, sagte Mona und ihr Gesicht spiegelte ehrliche Anteilnahme. »Jeder von uns hier ist bereit, dir zu helfen. Aber es geht nur, wenn du selbst es willst.«

Die Tränen würgten Cleos Hals, wie sie es damals an ihrem vierzehnten Geburtstag getan hatten. Aber heute würde sie ihnen nicht erlauben, ihr in die Augen zu steigen.

Cleo schluckte, öffnete die Tür und ging wortlos hinaus.

Das Leben in den Griff kriegen? Diesen Versuch hatte sie längst aufgegeben. Mit elf hatte sie noch daran geglaubt, selbst über ihr Schicksal bestimmen zu können, wenn sie sich nur genug anstrengte. Mittlerweile wusste sie, dass nicht sie ihr Leben, sondern ihr Leben sie im Griff hatte. Und sie sah keinen Sinn mehr darin zu versuchen, das zu ändern.

Sie trat nach draußen in den weiß gestrichenen Flur, an dessen Wänden gerahmte Kinderzeichnungen hingen. Folgte dem glänzenden Linoleumfußboden in Holzoptik bis zum Eingangsbereich der Jugendwohngruppe, ignorierte die Blicke der beiden Jungen, die auf dem roten Sofa lümmelten, und bog dann in den schmalen Gang ab, in dem ihr Zimmer lag. Wieder war es eine Erleichterung, die Tür hinter sich zu schließen, die ihr winziges Reich von der großen feindlichen Außenwelt trennte. Cleo ließ sich auf ihr Bett fallen. Der Zettel mit dem Gerichtstermin glitt ihr aus der Hand und flatterte zu Boden. Morgen würde sie als Angeklagte im Rampenlicht stehen müssen. Sie, Clementine Hanssen, sechzehn Jahre jung, zierliche Straftäterin mit unschuldigem Blick. Die Augen der alten Männer würden sie durchbohren. *Schuldig. Du schlüpfst uns nicht mehr durch die Finger, Kleine. Du kannst nicht verschwinden wie deine Mutter und dein Bruder. Dich lassen wir nicht entwischen. Du bist uns ausgeliefert. Unsichtbar? Ja, davon träumst du vielleicht. Aber du bist es nicht. Nicht für Männer wie uns. Wir sind die Guten. Und du? Du bist nichts als ein schwieriges Mädchen mit dem Aussehen einer niedlichen Asiatin. Uns machst du nichts vor, Clementine Hanssen.*

Sei einfach still, dann ist es schnell vorbei.

Wieder war es Rosalie, die Cleo half, ihren Atem zu beruhigen. Die zitternden Finger in den Stoff des Kuscheltiers gekrallt, lag sie da und hoffte, die rosa gestrichenen Zimmerwände würden über ihm zusammenstürzen und dem ganzen sinnlosen Mist ein Ende machen.

Kapitel 4

All die Menschen, die sich auf sie verließen.
Als könnte sie die Retterin sein.

»Was findest du nur an diesem langweiligen Zeug?!« Aurelie schob mit spitzen Fingern eines der Bücher zur Seite, die auf Danics Bett ausgebreitet lagen.

Er lag neben dem Buch, nur mit T-Shirt und Boxershorts bekleidet, und las. Aurelie kletterte auf die Kombination aus Kleiderschrank und Bett, die Danics »Zimmer« in dem Wohnwagen darstellte, in dem er während der Spielsaison mit seinen Eltern lebte. Sie quetschte sich neben ihren Freund auf die bunte Patchworkdecke und strich zärtlich über seinen Rücken.

Danic drehte sich zu ihr um und zog sie auf sich herab. »Das ist nicht langweilig«, protestierte er lächelnd und umschloss ihr Gesicht mit beiden Händen. »Es ist die Grundlage des Friedens. Das sind die Säulen, auf denen unsere Gesellschaft steht. Die Paragrafen, die uns helfen, das Richtige vom Falschen zu trennen.«

»Laaangweilig …«, gähnte Aurelie theatralisch und grinste frech. »Komm schon, mach es zu. Jetzt bin ich doch da. Ich bin viel interessanter als dieses trockene Gelaber.«

»Es kränkt mich, dass du meine Liebe zum deutschen Grundgesetz nicht teilst, Aury«, beklagte sich Danic. Obwohl er wirklich eine gewisse Bitterkeit darüber in sich spürte, war es in diesem Moment unmöglich, ihr böse zu sein. Viel zu erregend war ihre Nähe; Aurelie hatte ihn jetzt an sich gezogen, sodass er auf seinem Bett saß und sie auf seinem Schoß. Der dünne Stoff ihres Rocks war keine überzeugende Trennung zwischen seiner Wärme und der ihren. Danic musste sein Vorhaben, kühl und distanziert zu bleiben, überdenken.

»Mensch, wie lange willst du eigentlich noch auf den richtigen Zeitpunkt warten?«, flüsterte Aurelie neben seinem Ohr. Sie schmiegte sich eng an seine Brust und schloss die Beine noch fester um seine Hüften.

Danic versuchte, seinen Atem zu kontrollieren und das Rauschen des Blutes in seinen Ohren zu ignorieren. »Bis er da ist«, keuchte er mühsam beherrscht.

»Das hier ist er, Danic.«

Danic ließ seine Finger durch die roten Locken gleiten, die das Gesicht seiner Freundin umrahmten. Ihre grauen Augen schienen in diesem Augenblick nur aus den großen schwarzen Pupillen zu bestehen. Dazwischen die kleine Stupsnase mit den Sommersprossen und darunter Aurys voller roter Mund.

Sie hatten sich schon oft geküsst, schon tausendmal auf seinem oder ihrem Bett gelegen und die berauschenden Gefühle genossen, die zwischen ihnen gewachsen waren, seit sie beide Teenager waren. Wenn es nach Aurelie ginge, hätten sie längst miteinander geschlafen, aber Danic konnte sich nicht dazu entscheiden. Er wusste selbst nicht warum. Für ihre Familien stand sowieso längst fest, dass sie die Eltern der nächsten Zirkuskinder sein würden. Aurelie war achtzehn, er selbst gerade neunzehn. Sie hätten sofort loslegen können.

Sein Körper schrie: *Ja!*

Aber sein Kopf war dagegen.

»Nein, das ist er nicht, Aury.« Beinahe grob umfasste er ihre Oberarme und drückte Aurelie von sich, sodass sie neben ihm auf die Decke rutschte. »Tut mir leid.«

Danic stand so schnell auf, dass er sich das Knie an dem kleinen Schränkchen stieß, das neben seinem Bett stand. Der Schmerz half ihm, die Erregung zu verdrängen. Ohne seine Freundin anzusehen, schlüpfte er in seine Jeans.

Aurelie funkelte ihn wütend an. »Du bist so ein Arsch, Danic!«, fauchte sie. »Ich weiß nicht, wieso ich nicht längst Schluss gemacht habe. Glaub nur nicht, dass ich ewig auf dich warte! Ganz egal, was unsere Eltern wollen. Ich brauche einen Kerl, dem ich mehr bedeute als seine verdammten Jura-Bücher.« Sie drückte sich an ihm vorbei und stürmte zur Tür. In der Enge des Wagens streiften ihre zerwühlten Locken die Girlande aus bunten Stoffen und kleinen Glöckchen, die unter dem runden Dach hing. Das leise Klingeln schnitt tiefer in Danics Herz als Aurelies aufgebrachte Worte. Mit einem Knall flog die Tür hinter ihrer schlanken Gestalt ins Schloss und Danic sank zurück auf sein Bett.

Was um aller Welt war nur falsch mit ihm?

Bevor er weiter über diese Frage nachdenken konnte, schreckte er hoch. Durch das angekippte Fenster des Zirkuswagens drangen aufgeregte Stimmen herein. Dazwischen mischte sich das protestierende Gemecker einer Ziege. Lilly! Was hatte sie denn jetzt wieder ausgefressen?

Rasch sprang Danic vom Bett. Eins der dicken Bücher rutschte polternd auf den Holzboden. In der Eile stolperte er auch noch über den bunten Flickenteppich. Um nicht zu fallen, versuchte er, an dem Vorhang Halt zu finden, der seinen Schlafbereich von dem gemeinsamen Wohnraum trennte. Natürlich gab dieser nach und riss ein. Fluchend rappelte Danic sich auf. Seine Mutter würde sich wieder ordentlich aufregen, wenn sie den schweren Stoff flicken sollte.

»Danic!«

Er öffnete hastig die Tür und sprang hinaus auf den Zirkusplatz. Nana, Aurelie und Danics Mutter standen nebeneinander. Er erntete einen bitterbösen Blick von Nana und ein vorwurfsvolles Stirnrunzeln von seiner Mutter. Aurelie versuchte es ebenfalls mit einem wütenden Gesicht, musste aber unwillkürlich grinsen. Unter ihrem festen Griff um das Lederhalsband buckelte Lilly.

»Bring deiner Ziege endlich Manieren bei!«, schimpfte Nana. Ihre grauen Locken hatten sich aus dem Dutt gelöst und umrahmten die geröteten Wangen der alten Frau.

Wie ähnlich Aury und Nana sich doch sind, dachte Danic. Ein zärtliches Gefühl breitete sich in seiner Brust aus. Unpassender Moment.

»Sorry«, murmelte er ertappt. »Welche Untat hat sie sich denn jetzt wieder zuschulden kommen lassen?« Er folgte dem Blick seiner Mutter zu einer zertrampelten Ansammlung von halb verpacktem Gemüse, Bechern, aus denen Joghurt quoll, und dem Überrest von Nanas Einkaufskorb. Die Sachen standen am Fuß der Treppe, die in Nanas Wohnwagen führte.

»Oh.« Danic kratzt sich verlegen den Nacken, obwohl er nicht so recht wusste, warum genau er jetzt der Schuldige sein sollte. Lilly lief seit ihrer Geburt vor sechzehn Jahren frei auf dem Platz herum. Jedem war klar, dass unbeaufsichtigt herumstehendes Gemüse für sie im wahrsten Sinne ein gefundenes Fressen war.

»Warum habt ihr die Sachen denn nicht gleich weggeräumt?«, versuchte er seine tierische Freundin zu verteidigen. Aus irgendeinem Grund hatte Lilly zu ihm eine besonders enge Bindung aufgebaut, sodass jedes Zirkusmitglied sie »Danics Ziege« nannte.

»Weil das deine Aufgabe war«, entgegnete seine Mutter. »Ich habe dir eine Nachricht geschickt.«

»Toll.« Danic rollte die Augen und ging, jetzt doch reichlich genervt, an den dreien vorbei zu dem Gemüsehaufen. »Ich habe gelernt. Dabei schaue ich nicht auf mein Handy.«

»Er hat wirklich gelernt«, pflichtete Aurelie ihm bei, doch das unüberhörbare Kichern in ihrer Stimme strafte sie Lügen. »Ich kann es bezeugen.«

»Danke«, brummte Danic.

Aurelie gesellte sich zu ihm. Gemeinsam sammelten sie die noch heilen Kohlköpfe und Gurken auf und legten sie auf die Treppe. Lilly stand, wenig schuldbewusst, daneben und hoffte vermutlich auf einen Nachtisch.

»Ich dachte, du bist sauer«, flüsterte Danic, obwohl seine Mutter und Nana schon wieder über den Platz davongegangen waren.

Aurelie nahm einen aufgeplatzten Joghurtbecher in die Hand. »Bin ich auch«, erwiderte sie frech. Schneller, als Danic eins und eins zusammenzählen konnte, ließ sie die weiße Creme auf ihre Hand fließen und klatschte diese an Danics Wange. Er zuckte zurück, bewirkte damit aber nur, dass Aurelie nachfasste und der Joghurt sich in sein Haar und auf sein Shirt verschmierte.

»Das hast du verdient!«, lachte Aury. Sie konnte nicht lange böse bleiben – nicht auf Danic, ihren besten Freund, seit sie denken konnte.

Danic lächelte, erleichtert über ihren Entschluss, ihn lieber zu necken, als zu beschimpfen. Trotzdem spürte er einen Stich in der Brust. Sie beide verband etwas, das einzigartig war. Und er fühlte, dass er im Begriff war, diesen Schatz zu zerstören.

Der Joghurt an seinem Kopf war schon getrocknet, als sie die Lebensmittel sicher in Nanas Wagen verstaut hatten. Danic blieb oben auf der Wagentreppe stehen und ließ seinen Blick über den Platz schweifen. Lilly war weit vom Ort der Untat entfernt: Sie knabberte entspannt an einem Busch neben der Pferdekoppel. Die Wohnwagen standen im Halbkreis um das große rot-weiß-gestreifte Zirkuszelt herum. Sie waren alle beige gestrichen, hatten jedoch individuelle Dachfarben.

Wehmütig betrachtete Danic den Wagen seiner Familie. Das violette Dach schimmerte sanft unter dem blassblauen Sommerhimmel. Durch die geputzten Fensterscheiben sah er den karierten Stoff der Gardinen. Ein wenig zerfranst und ausgeblichen, aber gerade deshalb so heimelig. *Zirkus Wittenmeer* prangte als Schriftzug an der Längsseite des Wagens – an dem seiner Familie wie auch an jedem der anderen. Früher war Danic stolz gewesen, ein Zirkuskind zu sein. Nicht so stolz wie Aurelie, die es einfach liebte, von den Kindern der Gastspielorte überall »die aus dem Zirkus« genannt zu werden. Er hatte es eher als eine Art Zusatzqualifikation betrachtet: Während andere Kinder tagein, tagaus in die gleiche Schule gingen und am Nachmittag höchstens mal den Rasen mähen mussten, hatte er eine echte Herausforderung zu meistern. Er passte sich alle paar Wochen an andere Lehrer an und arbeitete an jedem Nachmittag, oft bis zum späten Abend, in der Manege. Das Lernen packte er in die kurzen Pausen zwischen Schulschluss und Vorstellungsbeginn. Oft lag er nachts lange wach auf seinem Bett, den Vorhang zugezogen, während seine Eltern schon schliefen. Dann leuchtete nur die kleine Lampe am Kopfende seines Bettes und er las.

So war es immer noch, obwohl er das Abitur seit mittlerweile einem Jahr in der Tasche hatte. Mit einem Unterschied: Früher war er zufrieden gewesen. Vielleicht nicht immer glücklich, aber zufrieden. Aber jetzt war er nichts als unruhig.

Danic rieb sich den Hals, der wegen der Joghurtkruste unangenehm spannte. Kleine weiße Flocken segelten zu Boden. Aurelie. Früher oder später würde er sie vollends enttäuschen müssen, genau wie den Rest seiner Familie. Aber bei ihr fiel es ihm am schwersten.

Danic atmete tief durch. Die Luft schmeckte staubig, nach zertretenem, trockenem Gras und feinem Schmutz, aufgewirbelt von Pferdehufen und Menschenfüßen. Aus dem Zirkuszelt, dessen Kuppel sich vor der Kulisse der Kleinstadt, in der sie gastierten, spannte, drang stampfende Musik.

»Reiß dich zusammen, Danic«, murmelte der Junge, der kein Junge mehr war, vor sich hin. Dann riss er den Blick vom Zirkuszelt los und stieg die Treppe hinunter. Seine Beine fühlten sich schwer an und auf seinen Schultern lag die milde Sommerluft wie Blei, als mische sie sich mit seinen Sorgen.

Er überquerte den Vorplatz des Zeltes und schlüpfte zwischen zwei schweren Planen in das dämmrige Innere seines Arbeitsplatzes.

»Na, endlich!«, empfing Aurelie ihn. Ihre Augen glitzerten bereits mit den funkelnden Strasssteinchen auf ihrem Turnanzug um die Wette.

Sie würde sicherlich eine Weltmeisterschaft im Umziehen gewinnen, dachte Danic bewundernd.

»Wenn du schon das andere verschmähst, dann turne wenigstens mit mir«, forderte sie energisch. Sie griff nach seiner Hand und zog ihn an sich. Dann schlang sie die Arme um seinen Hals und küsste die Joghurtreste. Als sie den Kopf hob, grinste sie wieder ihr typisches Aury-Grinsen. »Wenn ich es mir recht überlege, solltest du vielleicht doch erst kurz duschen. Aber mach schnell. Ich wärm mich inzwischen schon mal auf.«

In der Manege klopfte Freddy den beiden Eseln, die eben zur Musik im Kreis gelaufen waren, die Hälse.

Danic hauchte Aurelie einen Kuss auf die Stirn und strich ihr übers Haar. »Wenn du nur wüsstest, wie wunderbar du bist«, sagte er leise. Doch ob sie es gehört hatte, wusste er nicht sicher, denn in diesem Moment setzte das nächste Stück feuriger Zirkusmusik ein.

Danic wandte sich um und verließ das Zirkuszelt durch den Haupteingang. Mehr als je zuvor war ihm klar, dass er es endlich tun musste, und zwar so schnell wie möglich. Sonst würde es ihm nie gelingen, Aurelie das Herz zu brechen und seiner wahren Berufung zu folgen.

Kapitel 5

**Langsam löste sie die Hände von den Metallstangen
des Brückengeländers, die sie bis jetzt umklammert hatte.
Atmete tief ein und blinzelte, geblendet vom goldenen
Schimmer des Lichts auf dem Wasser.**

»Wo warst du denn heute die ganze Zeit?«, wollte Nora wissen, als Cleo kurz vor der fünften Stunde endlich zum Unterricht erschien. »Hast du verschlafen?«

Cleo kramte Physikbuch, College-Block und Schlampermäppchen aus dem Rucksack und legte alles auf den Tisch. Dabei stieß sie ein Zischen aus, das irgendwas zwischen einem verächtlichen Schnauben und einem amüsierten Lachen darstellte. »Verschlafen? Es ist zwölf Uhr vierzehn!«, gab sie zurück. Dabei ließ sie sich auf den unbequemen Holzstuhl fallen, dessen Scharte in der Sitzfläche unangenehm an ihrem Bein drückte.

Nora zuckte mit den Schultern. »Also hattest du einen Arzttermin?«

Eigentlich wäre es nur fair, ihrer besten Freundin von der Verhandlung zu erzählen. Aber Cleo konnte sich nicht dazu überwinden. Nora war so herrlich brav und normal. Ihre Eltern betrieben ein süßes kleines Restaurant im Stadtzentrum. Die Wohnung darüber war immer aufgeräumt und so liebevoll eingerichtet, das Cleo sich beim besten Willen nicht vorstellen konnte, dass es in Noras Familie jemals einen anderen Zustand als grenzenlose Harmonie gab. Auch wenn Nora behauptete, die Stimmung bei ihr zu Hause sei nicht immer die beste. Das Einzige, was an Nora und ihrem Leben rebellisch war, war ihr Haar. Die hellbraunen Strähnen konnten sich nicht entscheiden, ob sie glatt oder lockig sein wollten. Je nach Luftfeuchtigkeit trug Nora einen feinen Bob mit klaren, aber stets schief gezogenen Linien, oder ein wuscheliges Etwas, das einem Wischmopp außerordentlich ähnelte. Cleo neckte Nora gern damit, dass ihre Frisur sich perfekt als Barometer eignen würde. Aber alles andere an ihrem Aussehen und ihrem Charakter war auf heile Welt bedacht, und genau das liebte Cleo an ihr. Nora war verlässlich, sanft und ruhig. Sie passte sich jeder Situation mühelos an und verlor nie die Nerven. Niemals, wirklich niemals hätte Nora eine Straftat begangen – und sei es nur, bei Rot eine Fußgängerampel zu überqueren. Deshalb war Nora die einzige Person im Freundeskreis, der Cleo noch nie etwas gestohlen hatte.

Sie brachte es nicht fertig, ihr zu erzählen, was sie sich hatte zuschulden kommen lassen. Auch wenn dafür in Zukunft vermutlich einige Verschleierungslügen notwendig werden würden. Damit konnte sie jetzt gleich anfangen.

»Arzttermin, ja«, nuschelte Cleo hinter ihrer Haarsträhne, die praktischerweise gerade ihr halbes Gesicht verdeckte. »Aber nichts Schlimmes. Und ich will jetzt nicht darüber reden.«

Nora sah sie trotzdem ein wenig besorgt an, stellte aber keine weiteren Fragen. Sie legte einen Müsliriegel auf den Tisch und schob ihn zu Cleo herüber. »Ich mag die Sorte nicht, aber meine Mutter kauft sie trotzdem immer wieder. Willst du ihn?«

Cleo griff nach dem Riegel. »Du bist ein Schatz!«, sagte sie strahlend. »Hab heute Morgen vergessen, mir ein Brot zu machen. Und jetzt bin ich langsam echt verhungert.«

Nora wollte schon nach ihrer Lunchbox greifen, um auch den Rest ihres Frühstücks zu teilen, aber Cleo wehrte ab.

»Nein, nein, lass mal. Das hier ist perfekt.« Sie öffnete die Verpackung und verschlang den Snack gierig. Natürlich hatte sie den ganzen Tag noch nichts gegessen, aber das musste Nora nicht wissen. Vor der Verhandlung war Cleo viel zu aufgeregt gewesen, um einen Bissen herunterzubringen. Schon der Anblick des Frühstücks auf dem Tisch in der WG hatte ihr Übelkeit verursacht. Auch wenn sie vor Mike und den anderen betont gelassen aufgetreten war, hatten Angst und Scham in ihrem Magen gewühlt. Aber jetzt kam der Hunger zurück. Die Verhandlung war vorbei und die Strafe festgelegt. Die alten Männer waren zu dem Schluss gekommen, dass Clementine Hanssen ihre Schuld mit Sozialstunden wiedergutmachen sollte. Cleo hatte keine Ahnung, ob sie in den nächsten Wochen Toiletten in einem Seniorenheim schrubben würde oder Schutt auf einer Baustelle schaufeln. Vielleicht sollte sie auch auf kleine Kinder aufpassen. Oder traute man das einer Diebin vielleicht nicht zu? Fest stand, dass sie für irgendeine gemeinnützige Organisation hundertzehn wohltätige Arbeitsstunden leisten sollte.

»Na, dann wollen wir mal!« Herr Meinert, der Physiklehrer betrat den Raum ungewohnt beschwingt. Vielleicht hatte er ja gleich nach der Fünften Schluss.

Beneidenswert, dachte Cleo. Vor ihr und ihrer Klasse lag noch Unterricht bis drei Uhr. Dafür, dass es für sie selbst die erste Unterrichtseinheit des Tages war, war sie reichlich unmotiviert. Ein Seitenblick auf Nora verriet ihr, dass es ihrer Freundin nicht besser ging. Schon nach den ersten Sätzen des Lehrers ließ diese den zerzausten Haarschopf auf die Arme sinken, die sie auf die Tischplatte gelegt hatte. Cleo widerstand dem Drang, sie anzustupsen. Wenn sie Glück hatten, ging die Zeit schnell herum, und dann konnten sie versuchen, diesem blöden Tag vielleicht doch noch etwas Schönes abzugewinnen.

☙

Tatsächlich schlenderten die beiden Mädchen am späten Nachmittag ziemlich gut gelaunt durch den schmalen Streifen Wald, der die Innenstadt von den Randbezirken trennte. Es war warm und Cleo hatte Lust auf ein Eis. Aber Nora machte gerade wieder eine ihrer Diäten und Cleo wollte es ihr nicht noch schwerer machen, als es ihr sowieso schon fiel.

»Hast du dich jetzt endlich mal irgendwo beworben?«, wollte Nora wissen. Sie ließ die Hand über das Holzgeländer der kleinen Brücke gleiten, die sie gerade überquerten.

Cleo zog die Nase kraus. Noch so ein Thema, das Nora nicht verstehen konnte.

»Nö«, erwiderte sie leichthin. »Ich hab einfach keine Ahnung, was ich machen will. Vielleicht reise ich ja einfach ein Jahr lang durch die Welt. Oder auch zwei.« Sie streckte den Arm aus und zupfte ein Blatt von einem Baum. Im Weitergehen rupfte sie es in lauter kleine Fetzen. Nora sah sie kopfschüttelnd an. Ihre Wangen waren gerötet, was irgendwie niedlich aussah. Cleo wünschte sich plötzlich, so kindlich und unschuldig auszusehen wie Nora. Und ein so klares Bild von der Zukunft zu haben wie sie. Für Nora schien alles sonnenklar und es entsetzte sie regelrecht, wie leichtfertig Cleo ihr Leben betrachtete.

»Um die Welt reisen?« Nora pustete energisch ein Stäubchen davon, das vor ihrer Nase getanzt hatte. »Wie willst du das denn machen? Du hast doch gar nicht so viel Geld. Oder doch?«

Cleo verdrehte die Augen. »Es reicht, um loszugehen. Ich kaufe mir einfach einen Schlafsack, eine Isomatte und ein bisschen Campingausrüstung. Dann laufe ich los und lasse mich überraschen, wohin der Weg mich führt.« Sie musste über Noras weit aufgerissene Augen lachen.

»Du würdest das wirklich machen, oder?«

Sie waren am Ende des Waldweges angekommen, dort, wo das Stück Natur endete und in eine vorstädtische Eigenheimsiedlung mündete. Cleo nahm den Anblick der geordneten Reihen gepflegter Gärten und moderner Häuschen im milden Abendlicht in sich auf. Schmerz zuckte durch ihre Seele und sie spürte, wie ihre Schultern sich verspannten.

Diese sauberen Wohnhäuser. Jedes akkurat umzäunt, mit einer Überwachungskamera über der Garage. Ihre war dauernd ausgefallen und ihr Vater war deswegen stets besorgt gewesen. Wenn nun ein Einbrecher sich an seinem geliebten Wagen vergriffen hätte! Eine Katastrophe wäre das gewesen. Schlimmer als die Katastrophen, die sich regelmäßig in seinem Wohnzimmer abspielten. Aber dort gab es natürlich keine Überwachungskamera.

»Lass uns umkehren«, presste Cleo heraus.

Nora warf ihr einen prüfenden Blick zu, folgte ihr jedoch widerspruchslos zurück auf den Weg, den sie gerade gekommen waren.

Sobald die Natur sie umfing, lockerte sich der Druck auf Cleos Brust und sie knüpfte an Noras Bemerkung an. »Ja, ich würde es wirklich machen.«

Ihre Freundin fasste nach ihrer Hand – eine Geste, die Cleo bei jeder anderen Person sofort abgewehrt hätte. Aber Nora durfte sie berühren, wenn auch nur flüchtig.

»Ehrlich gesagt beneide ich dich ein bisschen um deine Freiheit«, gab sie zu.

Cleo lachte. »Freiheit – ja, so kann man das auch nennen. Ich würde eher Planlosigkeit sagen.«

Sie ging ein paar Schritte abseits des Weges und ließ sich ins Gras fallen. Nora tat es ihr gleich.

»Weißt du, ich habe einfach keine Ahnung, was ich machen soll. Ich finde es schrecklich, dass die Schule in ein paar Wochen Geschichte ist. Die Prüfungen sind mir egal, die schaffe ich schon. Aber danach?« Die Arme hinter dem Kopf verschränkt, blickte Cleo in den milchig blauen Himmel, an dem sich erste kleine Cumuluswölkchen zu bilden begannen.

Nora neben ihr pflückte ein Gänseblümchen und begann, die Blütenblätter auszuzupfen.

»Für dich ist alles so schön festgelegt«, fuhr sie fort, ohne den Blick von den Wolken zu lösen. »Du machst deine Ausbildung und steigst ins Geschäft deiner Eltern ein. Traumhaft! Es passt einfach zu dir. Du bist gastfreundlich und nett zu jedem. Eine perfekte Gastwirtin. Du kannst es und du willst es. Oder?«

Cleo drehte den Kopf, um Nora ins Gesicht zu sehen. Die lächelte, zupfte weiter an ihrem Blümchen und nickte. Cleo freute sich ehrlich für Nora. Aber gleichzeitig warf es sie schmerzlich auf sich selbst zurück.

»Ich dagegen kann irgendwie gar nichts. Und ich hab auch kein Interesse an irgendeinem Job. Also muss ich durch die Welt ziehen und schauen, ob mich etwas inspiriert.«

Oder ob ich meine Mutter und meinen Bruder finde, ergänzte sie in Gedanken. *Und wenn ich dafür nach Thailand rudern muss, weil ich kein Geld habe.*

Ein Flugzeug kreuzte den Himmel in ihrem Blickfeld, als wolle das Universum ihr ein Zeichen geben. Dabei wusste Cleo, dass das Ganze nur eine fixe Idee war. Sie tat, als wäre sie mutig genug, allein umherzureisen. Aber in Wirklichkeit würde sie es doch nicht wagen. Vermutlich würde sie nach dem Schulabschluss in einem Supermarkt jobben und hoffen, dass sie damit genug Geld verdiente, um sich eine eigene Wohnung leisten zu können. Irgendwann würde sie vielleicht eine Ausbildung machen, nur um nicht nichts zu tun. Die Inspiration würde vielleicht niemals kommen und dann endete sie wie ihre Eltern: deprimiert und unzufrieden mit dem Leben. Oder sie machte Karriere als Kleinkriminelle und landete im Knast. Den ersten Schritt hierzu hatte sie immerhin schon getan.

Nora ließ die weißen Blütenblättchen über Cleos Gesicht niederrieseln. »Natürlich kannst du irgendwas!«, protestierte sie, während Cleo sich aufsetzte und den Kopf schüttelte.

»Ach ja? Was denn?«

»Na …« Nora zog die Stirn in Falten. »Also zum Beispiel …«

»Gib dir keine Mühe.« Um Nora aus der peinlichen Situation zu erlösen, zog Cleo ihr Handy aus der Hosentasche.

»Hier, schau dir das an«, sagte sie rasch und öffnete ein Video. Das Logo eines Zirkus zog über den Bildschirm, dann erklang energetische Musik. Ein gut aussehender Typ in eng anliegenden Hosen turnte an einer Metallstange.

Nora konnte ein bewunderndes »Wow!« nicht unterdrücken.

»Krass, wie stark muss man bitte sein, um solche Figuren zu ma-

42

chen?«, staunte sie. »Ich komme in Sport ja nicht mal zehn Zentimeter an der Kletterstange nach oben.«

Jetzt musste Cleo wirklich lachen. Tatsächlich, die Kletterstange war das verhassteste Turngerät für sie beide. Nora schaffte es gerade einmal, sich ungefähr zwanzig Sekunden wie ein Panda mit angezogenen Beinen daran zu klammern, bevor die Kräfte sie verließen. Cleo konnte an guten Tagen immerhin bis zur Hälfte klettern, aber dann rutschte auch sie wieder nach unten. Das eklige Gefühl scheuernden Metalls an ihren nackten Füßen verursachte ihr allein beim Gedanken daran eine Gänsehaut.

Aber dieser Typ! Er war einfach der Hammer.

Cleo hatte die Videos vor einem halben Jahr zufällig entdeckt und den Kanal sofort abonniert. »Danics Trixx« halfen ihr jedes Mal, wenn sie die Nase von ihrem Leben mal wieder gestrichen voll hatte. So wie jetzt.

»Okay, so was kannst du vielleicht nicht«, gab Nora zu. »Aber es gibt ja auch noch normale Sachen, mit denen man Geld verdienen kann. Kann ja nicht jeder so eine Begabung in die Wiege gelegt bekommen wie dieser heiße Zirkustyp.«

»Ich glaube, das ist mehr als nur Begabung«, wandte Cleo ein, die wie gebannt auf das Video starrte. »Es sieht nach immens viel Training aus.«

Nora nickte. »Klar, aber der hat sich bestimmt nie Gedanken darüber gemacht, was er mit seinem Leben anstellen soll. Im Zirkus geboren und aufgewachsen, würde ich sagen.«

»Es gibt auch Artisten, die von außen dazukommen«, behauptete Cleo. Als ob sie nicht alles über Daniel Nicolas Wittenmeer gegoogelt hätte und genau wüsste, dass er ein echtes Zirkuskind war. In vierter Generation.

»Mag sein. Aber man ist so oder so nicht plötzlich ein durchtrainierter Sportler mit Brustmuskeln zum Niederknien. Ich denke, er hat eine Weile dran gearbeitet. Und eine gewisse Disposition wird schon vorhanden gewesen sein. Schau mich an. Ich könnte so was nie tun!«

»Nein, weil du die geborene Restaurantfachfrau bist«, grinste Cleo und steckte das Handy wieder ein. »Los, lass uns gehen. Ich will heute nicht so spät ins Bett.« Sie zog Nora an der Hand in den Stand und ging zurück auf den Waldweg.

Weil ich das neuste Video noch ungefähr hundert Mal anschauen möchte, fügte sie in Gedanken hinzu. *Denn nichts lenkt mich mehr von meiner eigenen Schwäche ab als die unfassbare Stärke eines anderen. Und so wird es mein Leben lang bleiben.*

Kapitel 6

Das Licht würde sie tragen.
Sie würde schweben, durch die Luft gleiten,
sich in schwindelnde Höhen emporschwingen.

»Also, warum findest du es problematisch, wenn ich mein Leben in Bereiche einteile?«

Danic schüttelte die letzten Reste Stroh aus der Schubkarre auf den Boden des Ponyunterstandes. Er warf Freddy einen fragenden Blick über die Schulter zu.

Der alte Mann winkte ab. »Erst räumen wir mal die Sachen weg und setzen uns hin. Dann reden wir in Ruhe.«

Lächelnd schob Danic die Schubkarre an den Platz, an dem sie nachts immer stand. Er schnippte ein paar Strohreste von seiner Jeans und strich sich die Locken aus der Stirn. Dann sah er Freddy dabei zu, wie er noch einmal zu jedem einzelnen Pony ging, ihm den Hals klopfte und einige liebevolle Worte murmelte. Als wären es seine Kinder, denen er zärtlich eine gute Nacht wünschte. Irgendwie war es ja auch so.

»Da drüben am Zaun ist es schön«, brummte Freddy, als er fertig war. Mit seinem leicht hinkenden Schritt überquerte er die platt getretene Wiese.

Danic folgte ihm. Wie gebeugt Freddy aussah. Seine linke Schulter hing tiefer als die rechte, und das schwarz-rot karierte, ausgeblichene Holzfällerhemd bauschte sich an seiner Hüfte, als hätte der alte Mann in letzter Zeit stark abgenommen. War das so? Oder war Danic nur nie zuvor aufgefallen, wie schmal Freddy wirkte?

An dem verwitterten braunen Holzzaun, der den Zirkusplatz

von einer ziemlich großen Wiese trennte, lagen zwei dicke Steinbrocken. Freddy ließ sich auf einem der beiden nieder und bedeutete Danic, sich neben ihn zu setzen.

»Also, warum …?«

»Warte«, wehrte Freddy erneut ab. »Erst mal atmen. Sieh dich um. Oder besser: einfach nur geradeaus, das reicht schon.«

Danic atmete tief ein – weniger, weil der alte Mann es gesagt hatte, als vielmehr, weil er spürte, wie ungeduldig er wurde. Oder war. Ja, er war schon den ganzen Tag ungeduldig gewesen. Die ganze Woche schon. Nur merkte er es erst jetzt so richtig, weil Freddy so viel Ruhe ausstrahlte. Als hätte er alle Zeit der Welt.

Einfach nur geradeaus sehen. Okay.

Vor Danics Augen erstreckte sich zuerst der Rand des Zirkusplatzes. Der Bauzaun aus Metall, der die Stallungen vom Wohnbereich trennte. Polniks Wohnwagen und daneben ein paar gestapelte Kisten. Sein Blick glitt darüber hinweg auf die Häuser der Kleinstadt, die ein wenig unterhalb des Platzes in einer Talsenke lag. Auf deren anderer Seite säumte ein Waldstück den Horizont. Hinter den dunklen Bäumen sank gerade die Sonne. Sie ließ den Himmel in einem pastelligen Orange schimmern. Danic schluckte. Die Stille und das warme Leuchten stimmten ihn zutiefst melancholisch. Warum war das hier so schön?

»Und«, begann Freddy schließlich, »welcher Bereich deines Lebens ist jetzt gerade gerührt von der Schönheit dieses Sonnenuntergangs?«

Unwillkürlich schüttelte Danic den Kopf und schmunzelte. Eine typische Freddy-Frage war das. Als wäre es so einfach, sich ganz zu fühlen. Oder war es das?

Während er überlegte, welchen der tausend Gedanken, die in seinem Kopf aufploppten, er zu Ende denken wollte, flogen zwei Spatzen in sein Blickfeld. Sie landeten auf dem geschotterten Rand des Weges und begannen, lauthals zu zwitschern. War das ein Streit oder eine interessante Unterhaltung? Er tippte auf Streit, denn kurze Zeit später erhob sich einer der beiden in die

Luft und flog davon. *Beneidenswert*, dachte Danic. Er sah auf seine Hände, die, ineinander verschränkt, locker auf seinen Knien lagen. Die Abendsonne ließ auch sie samtig orange schimmern. Seine Füße dagegen lagen bereits im Schatten.

Welcher Bereich meines Lebens ist gerührt von der Schönheit dieses Sonnenuntergangs?, überlegte Danic.

Jeder.

Aber der eine war traurig berührt, weil das satte, leuchtende Orange ihn an Aurys Lockenkopf erinnerte. Aury, die wärmende Sonne, die ihn glücklich machte und die er trotzdem verlieren würde. Weil er an ihrer Seite niemals der sein würde, der er wirklich war.

Der Gedanke schmeckte so bitter, dass Danic ihn so schnell wie möglich zu schlucken versuchte.

Der Bereich seines Lebens, in dem Jura-Bücher eine große Rolle spielten, war ganz anders berührt. Er fühlte sich wie der Spatz, der dringend wegwollte von dieser scheinbaren Idylle. Er regte sich darüber auf, hier tatenlos herumzusitzen und die Romantik zu genießen. Da draußen warteten zahllose Fälle von Ungerechtigkeit darauf, dass jemand sich für Wahrheit und Gerechtigkeit einsetzte. Und dieser Jemand war er. Nichts war ihm je klarer gewesen.

Aber da war noch ein anderer Bereich seines Lebens und der hieß: Familie.

Danic seufzte.

Der Familienbereich war von dieser Schönheit auf eine angespannte Weise berührt, nostalgisch und verzweifelt. Er wollte, dass alles immer so blieb, wie es in den guten Zeiten gewesen war. In den Zeiten, als sie alle gemeinsam nach getaner Arbeit auf dem Platz zusammengesessen hatten. Paps hatte Gitarre gespielt, Aurys Opa, Freddy und Ines – eine Akrobatin, die für ein paar Jahre mit ihnen auf Tour war – hatten ihn auf ihren Instrumenten begleitet. Abends brannte damals oft ein kleines Lagerfeuer. Aury und er hatten mit den anderen Zirkuskindern zwischen den

Wohnwagen Verstecken gespielt. Danic erinnerte sich, dass Aurelie ihn manchmal überredet hatte, Mutter-Vater-Kind mit ihm zu spielen. Das Kind war immer Lilly gewesen. Die Ziege stellte die perfekte Tochter dar. Sie ließ sich von Aurelie sogar Zöpfchen machen.

Aber die guten Zeiten waren vorbei.

Danic wusste, dass es schon früher angefangen hatte. Aber so richtig schlimm war es, seit er an die Staatliche Artistenschule in Berlin gegangen war. Zwei Schuljahre hatte er dort verbracht und das Abitur abgelegt. In dieser Zeit hatte der Zirkus ziemlich brachgelegen, denn es waren die ersten beiden Jahre, die von der Coronapandemie gezeichnet gewesen waren. Durch die langen Lockdown-Zwangspausen war der Zirkus an die Grenze seiner finanziellen Belastbarkeit gekommen. Damals hatten Aurelie und er angefangen, die Videos zu machen. Mittlerweile machte es wirklich eine ganze Menge aus, dass der Zirkus Wittenmeer mit seinem Artisten Danic werben konnte. Aber Danic konnte seinen Ruhm nicht genießen – im Gegenteil. Er lastete als riesige Verantwortung auf seinen Schultern. War die Bleikugel am Fuß des flugbereiten Spatzen. Und er riss einen tiefen Graben zwischen ihn und seine schöne, lebenslustige Freundin Aurelie, denn sie war stolzer auf ihn als er selbst.

Die Sonne verschwand hinter den Bäumen und Danic fröstelte.

»Es ist wunderschön, Freddy«, gab Danic schließlich zu. Seine Stimme war leise gewesen, doch Freddy nickte. »Natürlich fühle ich es mit meinem ganzen Selbst. Aber weißt du, es ist nicht jeder so verwurzelt hier im Zirkus wie du. Mich zerreißt das alles. Mein Herz gehört euch, das ist doch klar. Aber meine Leidenschaft gilt nun einmal den Rechtswissenschaften. Ich will Jurist werden, Freddy. Und es macht mich verrückt, dass meine ganze Familie mir vermittelt, das sei egoistisch. Als könnte der Zirkus nicht ohne mich existieren! Als wäre ich der einzige Superstar. Weißt du eigentlich, was das für eine Verantwortung ist, der ich mich da stellen muss?«

Freddy schwieg. Er sah so versunken aus, dass Danic kurz vermutete, der alte Mann wäre eingenickt. Aber dann drehte Freddy den Kopf und sah ihm tief in die Augen.

»Es lässt sich nicht verleugnen, wie ähnlich du deiner Mutter bist, Daniel«, sagte er mit so ernster Stimme, dass Danic eine Gänsehaut bekam.

Dann erhob sich der alte Tierpfleger und stützte sich kurz an dem Stein ab. »Überleg dir gründlich, was du willst. Und dann geh deinen Weg mit ganzem Herzen. Mach es nicht wie sie.«

Damit humpelte er davon.

Verwirrt blickte Danic ihm nach.

Mach es nicht wie sie? Es war ihm nie in den Sinn gekommen, dass seine Mutter je etwas anderes gewollt haben könnte, als Artistin im Zirkus Wittenmeer zu sein. Und noch viel weniger hatte er je gedacht, ihr zu ähneln.

Was auch immer Freddy mit dieser todernsten Ansage gemeint haben mochte, Danic hatte keine Ahnung, was er damit anfangen sollte.

Nachdenklich folgte er Freddy auf den Zirkusplatz. Aurelies Mutter nahm gerade Wäsche von der Leine ab und faltete sie in einen Korb.

»Ach, hier bist du, Danic«, sagte sie, als er an ihr vorbeiging. »Aury hat dich gesucht.«

»Ich hab Freddy geholfen«, gab Danic ausweichend zurück.

»Was wollte sie denn? Ist sie im Wagen?«

Britta zuckte mit den Schultern. »Keine Ahnung, was sie wollte«, erwiderte sie und pflückte ein weiteres Shirt von der Leine. »Sie ist noch mal losgezogen. Jake hat sie abgeholt. Vielleicht wollte sie fragen, ob du mitkommst.«

»Ich wusste gar nicht, dass Jake da ist.« Ein ungutes Gefühl machte sich in Danics Brust breit. Jake hatte eine Weile im Zirkus gearbeitet, war aber vor ein paar Monaten zurück nach Leipzig gegangen, wo seine Familie wohnte. Er war ein mittelmäßiger Artist. In Danics Augen fehlte ihm einfach die Disziplin. Außerdem konnte Jake sich nicht entscheiden, was er wollte. Mal träumte er davon, Medizin zu studieren. Dann wiederum jobbte er monatelang in irgendwelchen Kneipen und trainierte tagsüber Kids in seinem ehemaligen Turnverein, statt sich endlich an der Uni zu bewerben. Dabei war er wirklich klug. Sein sportliches Können und sein Abischnitt öffneten ihm jede Tür, aber er konnte sich nicht entschließen, sich auf eine Sache festzulegen. Es gab nur eins, was ihn wirklich zu begeistern schien, und das machte Danic Bauchschmerzen: Jake war verrückt nach Aurelie.

Ich brauche einen Kerl, dem ich mehr bedeute als seine verdammten Jura-Bücher, hatte Danic plötzlich Aurelies wütenden Satz wieder im Kopf. Verdammt, warum musste Jake ausgerechnet jetzt wieder hier auftauchen?

Natürlich musste Danic Aurelie irgendwann verlieren, aber doch nicht *heute.* Und schon gar nicht an diesen oberflächlichen, unentschlossenen Jake!

»Hat sie gesagt, wo sie hingehen?« Er hörte selbst die Wut in seiner Stimme.

Britta sah ihn halb überrascht, halb belustigt an. »Nein, hat sie nicht. Aber mach dir keine Sorgen. Aury wird schon nicht mit ihm durchbrennen.« Sie lachte leise, aber Danic war kein bisschen beruhigt. Er ließ sie stehen und ging mit langen Schritten über den Platz. Vielleicht wusste seine Mutter, wo Jake und Aury hingegangen waren.

»Die sind zum Marktplatz gefahren.« Es war Fee, die Danic mit der Information versorgte. Sie saß, zusammen mit ihrem Bruder Filou, auf der Treppe vor dem Wohnwagen ihrer Eltern und grinste stolz. »Ein paar Jugendliche, die bei der Vorstellung waren, haben sie eingeladen. Eigentlich sind sie wegen *Danics Trixx* gekommen, haben sie gesagt. Aber dann hat Jake ein paar Handstände gemacht und sie waren auch mit ihm zufrieden.«

Filou warf ihr einen bösen Blick zu. »Jake hat es längst nicht so drauf wie Danic«, brummte er missmutig.

Danic lächelte ihn dankbar an. »Schon gut, Großer. Und danke für die Info, Fee. Übrigens, ich glaube, heute haben doppelt so viele Leute Popcorn gekauft wie gestern. Gut gemacht!« Er verabschiedete sich mit Handschlag von den beiden Kindern und lief in Richtung Tor. Dort schnappte er sich das Fahrrad, das immer dastand und von jedem genutzt wurde, der rasch etwas erledigen wollte. Während der Fahrtwind seine Locken zauste, überschlugen sich in seinem Kopf die Szenarien, die ihn erwarten könnten. Aury auf Jakes Schoß. Jake, wie er Aury küsste. Danic trat noch kräftiger in die Pedale. Vielleicht konnte er Jake ja noch den Wind aus den Segeln nehmen, wenn er rechtzeitig zum Marktplatz kam.

Kapitel 7

**Es war, als gäbe die Sonne alles,
um das Mädchen zum Leben zu überreden.**

Ungeduldig trat Cleo von einem Fuß auf den anderen. Sie stand am Eingangstor des Friedhofs der St.-Matthäus-Kirche und wartete auf den Friedhofsgärtner. Ihre Hände waren eiskalt trotz des warmen Wetters. Die Nachmittagssonne schien schon auf Juli eingestellt zu sein, obwohl es erst Ende Mai war. Cleo knetete ihre Finger. Sie war super nervös und das seit beinahe drei Tagen.

Fünf Minuten, sagte sie sich, ich bin fünf Minuten zu früh. Er wird gleich kommen. Dann habe ich dieses erste doofe »Kennenlernen« hinter mir und kann anfangen, meine Strafe abzuarbeiten.

Wieder biss sie auf ihrer Lippe herum, diesmal allerdings darauf bedacht, dass kein Blut kam. Schließlich wollte sie einen halbwegs guten ersten Eindruck machen. Sie war kein asozialer Freak, der nicht auf sein Äußeres achtete und stahl, um Drogen zu besorgen. Das Stehlen hatte sie nicht nötig – sie wollte es tun. Es war ihre Art, der Welt zu zeigen, dass sie, Clementine Hanssen, die Vergessene, nicht machtlos war. Und darauf war sie stolz.

Ob der Typ, für den sie arbeiten sollte, überhaupt wusste, wofür sie die Strafe ableisten musste?

Knirschender Kies ließ sie aufhorchen. Jemand kam mit energischen Schritten über den Platz gelaufen. Gleich würde er um die Ecke biegen. Cleo straffte die Schultern, atmete tief ein und stellte sicher, dass die schwarze Haarsträhne ihre Narbe bedeckte. *Knirsch, knirsch.* Lächeln. Sie war bereit.

»Hallo, ich bin Claas.« Der hagere Mann mittleren Alters hielt Clementine die Hand hin.

Kurz dachte Cleo an die guten alten Zeiten der Pandemie, als Händeschütteln verboten gewesen war. Jetzt biss sie die Zähne zusammen und erwiderte den Handschlag so oberflächlich wie möglich.

»Hallo«, quetschte sie mühsam unter gepresstem Atem hervor. Sie spürte, wie ihr der Schweiß ausbrach. *Reiß dich zusammen, Cleo. Du musst das hier durchziehen, komme, was wolle.*

Der Gärtner ließ ihre Hand los und sah ihr offen ins Gesicht. »Du bist also Clementine.«

Wer sonst?, dachte Cleo und senkte den Blick. *Hast du heute etwa noch mehr Verbrecherinnen zu bändigen?* Sie versuchte, ihre zitternden Hände hinter dem Rücken zu verbergen und nickte.

Der Mann musterte sie mit einem leichten Lächeln, das irgendwas zwischen amüsiert und mitleidig zu sein schien. Cleo beschloss, ihn zu hassen.

»Na, dann wollen wir mal. Ich zeig dir am besten erst mal deinen Arbeitsplatz.«

Während Cleo ihm folgte, wie er mit langen Schritten durch das Tor den Weg hinunterging, betrachtete sie ihren neuen Vorgesetzten. Claas war ein schmal gebauter, großer Mann, vermutlich Mitte vierzig. Er trug eine dunkelgrüne Latzhose über einem verwaschenen grauen Shirt. Haare wuchsen an allen sichtbaren Stellen seines Körpers: im Nacken, an den Armen, sogar an den Fingergelenken. Seine Frisur bestand aus anscheinend im Teenageralter zum letzten Mal gekämmten dunkelblonden Strähnen, die über die Ohren hingen. Am Hinterkopf blitzte darunter eine beginnende Glatze hervor. Angesichts seiner groben Arbeitsschuhe, die eine Kruste aus Erde trugen, bekam Cleo Angst um ihre roten Chucks. Sie würde doch wohl hoffentlich keine Gräber ausheben müssen, oder? Zumindest nicht gleich am ersten Tag? Überhaupt: Sie hatte keine Ahnung, wie sie sich dazu überwinden sollte, auf einem Friedhof in der Erde zu buddeln. Wie war Mona nur auf die schwachsinnige Idee gekommen, ihr Strafstunden-Ableistung auf einem Gräberfeld zu organisieren? Schließlich hatte sie keinen Mord begangen!

»Hier kannst du deine Tasche ablegen.« Der Gärtner war vor dem Hintereingang einer kleinen Kapelle stehen geblieben und schloss die Tür auf. »Pause machen wir auch hier, aber nur, wenn gerade keine Trauerfeier ist. Komm bloß nicht auf die Idee, deine Brote zu holen, während in der Kapelle eine Trauergemeinde versammelt ist.«

Cleo verdrehte die Augen. Für wie taktlos hielt der Typ sie bitte? Abgesehen davon konnte sie sich nicht vorstellen, in dieser Umgebung überhaupt je das Bedürfnis nach etwas zu essen zu verspüren. Wortlos schlüpfte sie in die kleine Kammer, die anscheinend hinter dem eigentlichen Raum der Kapelle lag. Sie war kühl, die Wände waren mit überall abblätternder Farbe überzogen, die vielleicht einmal hellblau gewesen war; jetzt war es zu einem deprimierenden Grau verkommen. An einer davon hingen jede Menge Gerätschaften, die eindeutig der Gartenarbeit dienten. Außerdem gab es einen kleinen Tisch und drei Stühle. Cleo runzelte die Stirn, als sie die Kaffeemaschine entdeckte, die auf einem Kühlschrank in der Ecke stand.

»Schlafen Sie auch hier?« Die freche Frage war ihr herausgerutscht, bevor Cleo sie zurückhalten konnte. Sie musste unbedingt daran arbeiten, ihre Zunge besser im Zaum zu halten. Aber ganz ehrlich: Dieser Claas wirkte einfach wie der klassische creepy Single, dem es ohne Weiteres zuzutrauen war, mit seinem Job dermaßen verheiratet zu sein.

»Manchmal«, gab der Gärtner ungerührt zurück und schaute ihr mit gruselig-irrem Blick in das freie Auge. »Aber nur bei Vollmond.«

Trotz ihrer Anspannung musste Cleo lachen. »Tut mir leid«, sagte sie und fuhr sich verlegen mit der Hand durchs Haar.

Claas lächelte breit. »Jetzt, da wir das geklärt haben, können wir auch normal miteinander reden, oder?«, schlug er vor.

Cleo nickte und zuckte gleichzeitig mit den Schultern. »Gern.«

»Na, dann. Noch mal von vorn. Ich bin Claas, dreiundvierzig Jahre alt, Friedhofsgärtner. Ich bin seit zwanzig Jahren glücklich verheiratet und habe vier Kinder. Eins ist so alt wie du.« Er schien Cleos Verlegenheit ein wenig zu genießen und fuhr grinsend fort: »Auf dem Friedhof habe ich als Kind schon gespielt, aber geschlafen noch nie. Eigentlich hab ich es auch nicht vor. Ich werde noch früh genug dauerhaft hier herumliegen.«

Immerhin hatte er Humor. Cleo atmete innerlich ein wenig auf und beschloss, sich der Vorstellungsrunde zu öffnen. »Okay. Ich bin Clementine Hanssen, sechzehn Jahre alt, nicht verheiratet und kinderlos. Ich habe noch nie auf einem Friedhof gespielt oder geschlafen und hatte es eigentlich auch nicht vor. Ach ja. Ich klaue. Deshalb bin ich hier. Nur falls Sie noch schnell irgendwelche Juwelen wegschließen wollen, bevor ich hier täglich ein und aus gehe.«

»Schade, ich hatte gedacht, die hätten mir endlich mal eine echte Verbrecherin geschickt. Eigentlich habe ich nur die Spaten weggeschlossen, damit du nicht heimlich deine eigenen Leichen vergraben kannst.«

Ein erleichtertes Lachen gluckste aus Cleo heraus. Überrascht stellte sie fest, dass Claas ihr mit einem Mal ehrlich sympathisch war. Sie musste sich wohl einen anderen Menschen suchen, den sie hassen konnte.

Kaum war der Gedanke aufgetaucht, schob sich auch schon wieder eine dunkle Wolke über Cleos unverhoffte Fröhlichkeit. Der Mensch, den sie hasste, trug die Bezeichung »Vater«. Er war der Grund für all das hier. Ohne ihn wäre es nie so weit gekommen, das wusste Cleo genau.

Es schien Claas nur ein klein wenig zu verwundern, dass die Miene des ihm anvertrauten Schützlings sekündlich von heiter zu wolkig wechselte. Er warf Clementine einen prüfenden Blick zu und drückte ihr etwas in die Hand, was wie ein zu groß geratener Kamm am Stiel aussah. »Komm, wir widmen uns als Erstes den Kieswegen. Dabei kann ich dir am besten deinen Arbeitsplatz zeigen.«

Gemeinsam gingen sie über den Friedhof. Claas schien nach einem bestimmten Muster zu laufen, das sich Cleo nicht erschloss, und er sagte für eine ganze Weile kein Wort. Ebenfalls schweigend folgte sie ihm und ließ den Blick über die Grabstellen schweifen.

Es waren zunächst ganz alte Steine, die zum Teil schief über den Erdhügeln wachten. Nahe an der Kapelle sahen die Gräber aus, als seien sie vor mindestens hundert Jahren angelegt worden. Cleo versuchte, die Inschriften zu entziffern. Doch die Buchstaben waren verwittert und die Zahlen kaum erkennbar. Außerdem legte Claas ein beachtliches Tempo vor.

Die Grabsteine, die sie nun passierten, sahen deutlich jünger aus. Schwarze, hellgraue und rostbraune Steinplatten mit eingravierten Namen und Daten. *Ruhe in Frieden* stand darauf oder: *Unvergessen.*

Cleo wandte den Blick wieder ab und versuchte, sich auf den Friedhof als Ganzes zu konzentrieren. Was in den kommenden Wochen wohl ihre Aufgaben sein würden?

Sie entdeckte Unkraut, das unter den Begrenzungen der Gräber hervorquoll. Grabbepflanzungen, die welk und unordentlich aussahen.

Traurig, dachte Cleo, *wenn deine Familie dich so schnell abschreibt. Sie lassen dich in der Erde versenken, legen ein paar Kränze ab und wenden sich wieder ihrem Leben zu. Immerhin, du hast ein Grab bekommen. Meine Familie hat mich einfach so vergessen, noch lebendig.*

Mittlerweile hatte Claas sie zu einer Wiese geführt, die an einen Block gut gepflegter Grabstellen grenzte. Ein paar Bäume umstanden diesen grünen Flecken, der nur auf den ersten Blick unberührt wirkte. Bei näherer Betrachtung bemerkte Cleo an vielen Stellen kleine eckige Einschnitte in der Rasenfläche. Sie sahen aus wie Narben.

»Hier fangen wir an«, erklärte der Mann. »Das ist die Fläche für anonyme Bestattungen.«

Das Feld der wirklich Vergessenen? Cleo schluckte.

»Ich beginne auf dieser Seite, du auf der anderen. Wir rechen mit unseren Harken die Blätter und Zweige zusammen, die der Sturm letzte Woche runtergeschüttelt hat. Ganz sanft, damit wir die Grasnarbe nicht unnötig strapazieren. Siehst du, so.« Er begann, die Harke mit kurzen, kontrollierten Bewegungen über den Rasen zu ziehen. Wie ein geübter Frisör, der eine verfilzte Mähne liebevoll entwirrt.

Cleo nickte und machte es ihm nach. Das war einfach. Hoffentlich musste sie das nicht drei Stunden am Stück machen, dann würde sie sich zu Tode langweilen.

Claas nickte zufrieden und bedeutete ihr mit einer Handbewegung, an die andere Seite der Wiese zu gehen. Es war Cleo nur recht, dass sie Abstand zu ihm nehmen konnte. Auch wenn der Typ nett war – sie spürte, wie das ganze Setting ihr langsam zu schaffen machte.

Während Cleo harkte, galoppierten ihre Gedanken wild davon.

Wer mochte wohl unter ihren Füßen seine letzte Ruhe gefunden haben? Würde sie auch irgendwann anonym verscharrt werden? Sie konnte sich nicht vorstellen, dass es jemals jemanden geben würde, der eine teure Grabstelle für sie kaufen und heiße Tränen zu ihrer Beerdigung weinen würde. Aber der Gedanke, einfach von der Bildfläche zu verschwinden, ohne dass jemand sich erinnerte, tat weh. Obwohl sie genau das vor gar nicht allzu langer Zeit versucht hatte. Na ja, nicht ganz. Sie wollte nicht vergessen werden. Genau das war ja das Problem.

Im Leben unsichtbar zu sein, das war ihr Alltag. Aber es war nicht das, was sie wollte. Deshalb sollte wenigstens ihr Verschwinden dazu führen, dass Menschen aufgerüttelt wurden.

Cleo versuchte, diese Gedanken wegzuschieben. Sie fühlte, wie heiße Wut in ihr aufstieg. Es war nicht fair, dass sie hier auf diesem blöden Friedhof stand und Blätter zusammenkehren musste. Es war nicht ihre Schuld, dass sie angefangen hatte zu stehlen. Irgendetwas musste sie doch tun, um sich zu wehren! Wütend hackte Cleo in den Boden.

Claas sah zu ihr herüber, eine Augenbraue in die Höhe gezogen. Ein Knurren entfuhr ihr, während sie sich zwang, das Gras vorsichtiger zu behandeln. Sie war nicht scharf darauf, aus Versehen eine Urne freizulegen.

Trotzdem, diese dämliche Strafarbeit war so ungerecht, dass es zum Himmel stank. Warum wurde sie dafür zur Rechenschaft gezogen, dass ihre Eltern sie im Stich gelassen hatten?

Wieso durfte ihr Vater sich betrinken, sie schlagen und Dinge mit ihr tun, die sie nicht wollte – und am Ende wurde sie dafür bestraft, dass sie sich Wege suchte, die ganze Sache zu verarbeiten?

Wieder hingen Klumpen von Erde an der Harke. Cleo biss sich auf die Lippe und schmeckte Blut. Ihre Hände zitterten und die Arme fühlten sich plötzlich unendlich schwach an.

Claas hatte seinen Rechen an einen der Bäume gelehnt und kam zu ihr herübergeschlendert.

Keine Tränen, zwang Cleo sich zu denken. *Konzentrier dich, Clementine. Heul nicht vor dem Mann mit der Latzhose.*

Ihre Augen brannten, als Claas bei ihr angekommen war. Cleo versuchte, ihre Gefühle hinter einer hochmütigen Miene zu verstecken, aber es schien nicht zu funktionieren.

»Das reicht für den Moment«, sagte der Gärtner, als er bei ihr angekommen war.

Cleo sah sich um und bemerkte, dass die paar Quadratmeter Wiese, die sie bearbeitet hatte, ziemlich zerklüftet waren.

Claas musterte sie prüfend und zog ein Päckchen Papiertaschentücher aus der Brusttasche an seiner Latzhose. »Da, für deine Lippe.« Er drückte ein paar herausgerissene Grasbüschel mit dem Stiefel zurück ins Erdreich. »Es wird langsam zu warm, um hier auf der freien Wiese zu arbeiten«, behauptete er ruhig. »Ich schlage vor, dass du erst mal einen Schluck trinkst. Dann treffen wir uns am Regenbecken wieder. Weißt du noch, wo das ist?«

Cleo zuckte unschlüssig mit den Schultern. »Ich werde es schon finden.«

»Okay.« Lächelnd nahm Claas Cleo die Harke aus der Hand. »Dann geh erst mal zur Kapelle und mach eine kleine Pause. Zehn Minuten.«

Cleo musste sich mühsam beherrschen, nicht quer über die anonyme Grabstelle zu rennen, um so schnell wie möglich wegzukommen. Mit großen Schritten ging sie auf die Kapelle zu, ihr Herz klopfte viel zu schnell, ihr Atem ging kurz und flach. Panikattacke auf dem Friedhof, ganz toll. Und keine Rosalie dabei, um das Hyperventilieren aufzuhalten.

Sie schaffte es fast bis zur Kapelle, bevor es vor ihren Augen zu flimmern begann. Die letzten Schritte waren ein einziges Stolpern und sie musste sich am Türrahmen festhalten, um nicht in den Pausenraum zu fallen. Nur noch ein paar Meter bis zu der rettenden Bank. Sie würde ihren Rucksack als Atembremse benutzen. Gleich geschafft. *Los, Cleo, du machst jetzt nicht schlapp,* redete sie sich selbst zu. *Rein in den Raum, und niemand sieht, wie du zusammenbrichst.*

Cleo ließ sich mit halb geschlossenen Augen auf die schmale Bank fallen, die in dem Hinterraum der Kapelle stand.

Geschafft.

Zwischen den tanzenden Lichtpunkten vor ihren Augen versuchte sie ihren Rucksack auszumachen, den sie vorhin irgendwo hier abgestellt hatte. Wo war er bloß? Verzweifelt tastete Cleo um sich.

Plötzlich spürte sie eine Hand auf ihrer Schulter.

»Suchst du den?«, fragte eine besorgte Frauenstimme.

Cleo schaffte es nicht einmal zu erschrecken. Sie drückte ihr Gesicht in den Rucksack und atmete gegen die Panik an. Wer auch immer es war, dessen warmer Körper ihr dabei Halt gab, Cleo wehrte sich nicht.

Langsam verschwanden die Punkte vor ihren Augen und die quälende Übelkeit wich. Die Attacke war vorbei.

»Trink einen Schluck«, bat die Frauenstimme.

Cleo griff nach der Flasche, die ihr gereicht wurde, und trank.

Je klarer ihr Kopf wurde, desto deutlicher wurde ihr, wie peinlich das Ganze war. Wer auch immer diese Fremde war: Hoffentlich musste sie sie nie wiedersehen.

Kapitel 8

Und doch zögerte sie. Spürte, wie ihre Knie zitterten.
Sie wusste, sie sollte nicht springen.
Nicht heute, nicht mit dieser Last auf ihren Schultern.

»Unbändige Kraft und schwerelose Schönheit ... Fühlen Sie die Magie der Leidenschaft, die unsere jungen Artisten verbindet. Lassen Sie sich verzaubern von Danic und Aurelie, dem Sturmwind und der Morgenröte. Manege frei für unser einzigartiges Artistikpaar!«

Donnernder Applaus begrüßte Danic, als er den Vorhang teilte und schwungvoll in die Manege trat. Energetische Musik, das blendende Licht und begeistertes Kreischen aus zahlreichen Kehlen:»Danic, Danic ...!«

Sie lieben mich, dachte er, als er Anlauf nahm, um mit seinem speziellen Anfangsmove in die Strapaten zu steigen. Er ging in die erste Position, kontrollierte seine Körperspannung und hielt die Pose, während die Seile sich in sanften Schwingungen weiterbewegten.

»Uuuh!«

Obwohl er sie nicht sah, wusste Danic, dass Aurelie jetzt in die Manege tanzte. Für diese Nummer trug sie stets ein beinfreies Trikot mit Farbverlauf von Dunkelrot zu Hellorange, wie ein Sonnenaufgang. Reichlich Glitzer an den Armen und im Gesicht unterstrichen ihren Glanz. Aurys natürliche fuchsrote Haarpracht und ein kraftvolles Lippen-Make-up vervollständigten das beeindruckende Gesamtbild. Das Publikum belohnte ihr strahlendes Aussehen und das gewinnende Bühnenlächeln stets mit Rufen der Bewunderung.

Aurelie ließ sich kurz feiern, dann begann auch sie mit der Darbietung.

Ihr tiefrotes Vertikaltuch hing neben Danics Bändern aus der Kuppel des Zirkuszeltes herunter.

Die Musik wurde nun ruhiger und eine spannungsgeladene Atmosphäre legte sich über die Zuschauer.

Aurelie kletterte gewandt nach oben in die Zeltkuppel, wobei sie sich gekonnt mit ihrem Tuch verflocht. Oben angekommen streckte sie die Arme aus und genoss den ersten Applaus. Während dieser Aktion war der einzelne Lichtspot durchgehend auf sie gerichtet gewesen. Nun schwenkte er nach unten. Die Aufmerksamkeit lag jetzt auf Danic.

Er konzentrierte sich auf seine Atmung, spannte die Muskeln, bot den Zuschauern, was sie sehen wollten.

Unbändige Kraft.

Einen Körper, der den Gesetzen der Schwerkraft trotzen konnte.

Glänzende Haut, einen Aufstieg in schwindelerregende Höhen.

Die Zuschauer jubelten, pfiffen und staunten. Es sah so unfassbar leicht aus, obwohl jeder, der schon einmal Liegestütze oder einen Klimmzug gemacht hatte, wusste, wie anstrengend das war, was der gut aussehende Artist hier vollführte.

Strecken, spannen, eine Drehung. Danic führte jede Bewegung hoch konzentriert und präzise aus.

Und dann kam der Fall: Während Danic die Kuppel erreichte, löste Aurelie die Knoten ihres Tuches. Es sah aus, als stürze sie direkt auf den Boden. Das scharfe Einziehen der Luft, wenn das Publikum sie fallen sah – Danic konnte es jedes Mal hören. Mit dramatischer Geste streckte er die Hand aus, als wolle er die Fallende aufhalten, und griff ins Leere. Das Publikum dankte ihm mit einem entsetzten Schrei, doch wie geplant fing die stürzende Schönheit sich kurz vor dem Boden ab. Sie landete in einem eleganten Spagat, die Füße in den Enden des Tuches lagernd, und schwang sanft hin und her.

Während das Publikum applaudierte und das strahlende Lächeln genoss, das Aurelie aussandte, brachte Danic sich erneut in Position.

Drei, zwo, eins: Die Musik wurde kraftvoll und stürmisch, Danic ließ sich in kunstvollen Drehungen Meter um Meter nach unten gleiten. Nun kam Aurelie ihm entgegen. Die Schöne streckte ihrerseits die Hand nach dem vermeintlich Stärkeren aus, doch wieder verfehlten sich ihre Finger.

Danic musste ein Grinsen unterdrücken, als das Publikum gemeinschaftlich seufzte.

Als ob Aury von seiner Kraft beeindruckt wäre! Wenn sie beide sich im Armdrücken maßen, war er sich nie ganz sicher, ob er der Sieger sein würde.

Von oben rieselten nun Rosenblätter und Glitter auf die vermeintlich verzweifelt Liebenden herunter und romantische Töne erfüllten das Zirkuszelt.

Zeit für das Finale.

Aurelie schwang erneut in den Spagat, diesmal auf halber Höhe zwischen Kuppel und Boden. Danic griff um, schwang im Handstand und präsentierte ebenfalls einen Spagat.

Vier, drei, zwo, eins: Auf den Schlag glitten sie beide nach unten und landeten gleichzeitig auf der weißen Gummiplane.

Das Publikum jubelte und klatschte, während Danic vor Aurelie auf die Knie sank und, beleuchtet von rosarotem Licht, einen Heiratsantrag mimte.

Den Antrag, auf den Aury sehnsüchtig wartete.

Den Antrag, den er ihr nie machen würde.

Mit überzeugend echt imitierter Freude nahm die Morgenröte den Antrag an und küsste den Sturmwind leidenschaftlich auf den Mund.

Unter brausendem Applaus hob Danic seine Freundin hoch, die wieder im Spagat posierte, drehte sie scheinbar mühelos über seinem Kopf einmal um die eigene Achse und trug sie federnden Schrittes aus der Manege.

»Sie lieben es«, keuchte Aury, als Danic sie hinter dem Vorhang sanft zu Boden gleiten ließ.

»Und ich liebe dich, Daniel Nicolas Wittenmeer.«

☙

Das schlechte Gewissen, das Danic bei dieser Nummer jedes Mal befiel, hielt an diesem Nachmittag nicht lange an. Sein zweiter Auftritt machte so viel Spaß, dass es ihn beinahe euphorisch stimmte. Besonders ein Block Jugendlicher, natürlich hinten auf den billigen Plätzen im Rang, hatte ihn geradezu frenetisch angefeuert. Vielleicht kannten sie ihn wirklich von seinen Videos. Der Chinesische Mast, an dem er turnte, war sein Lieblingsgerät. Deshalb drehte er seine Clips auch meist damit. Außerdem stahl ihm bei dieser Nummer kein schönes Mädchen die Show.

Es ging ganz allein um ihn, den berühmten Danic Wittenmeer, mit den beeindruckenden Armmuskeln und einem Sixpack zum Niederknien.

Grinsend verließ Danic die Manege und wäre beinahe mit dem Kamel zusammengestoßen, dass als Nächstes dran war.

»Sie sind gut drauf!«, ermunterte er Freddy.

Der alte Tierpfleger wirkte müde. Vermutlich quälten ihn seine rheumatischen Gelenke. Doch er nickte und setzte sich träge in Bewegung. Das Kamel trottete lustlos hinter ihm her.

In der Manege würden die beiden dennoch eine gute Figur machen. Jeder hier konnte seine wahren Gefühle verbergen, sobald das Rampenlicht ihn beleuchtete.

Danic schlüpfte in den kleinen abgetrennten Bereich des Zeltes, der die Umkleide darstellte.

»Wie lief es?«, fragte seine Mutter. Sie saß auf einem Hocker und ließ sich von Aury die Lippen nachschminken.

»Super«, erwiderte er knapp. Das Glücksgefühl war noch da, aber die üblichen Bedenken begannen schon wieder, es beiseitezuschieben.

Ohne Aurelie anzusehen, schlüpfte Danic in seinen weichen Sweater. Über die kurze Trikot-Turnhose zog er eine weite Jeans, dann kamen Chucks an die Füße. Er musste raus. Hier drin drängten sich die anderen Künstler, die sich auf ihren Auftritt vorbereiteten. Das Gewusel war ihm vertraut, aber jetzt wollte er durchatmen und versuchen, seinen Erfolg wenigstens noch ein bisschen zu genießen.

Noch zwölf Minuten bis zur Pause. Dann wartete wieder die Meute Kinder am Zaun, die es geschafft hatte, ihre Eltern zum Kauf einer Eintrittskarte für die Tierschau zu überreden.

Durstig trank Danic eine Flasche Wasser fast leer, verließ das Zelt und schlenderte zu den Gehegen.

Er mochte die Ruhe, die während der Vorstellung auf dem Platz herrschte.

Aus dem Zirkuszelt klangen gedämpft Musik, das Stampfen der Tiere und Applaus. Hier draußen hingegen spielte nur der leichte Wind mit den Planen, und das leise Schnauben der Pferde und Esel, die heute keinen Auftritt hatten, war zu hören.

Das hier ist mein Leben, dachte Danic. Mit der Hand fuhr er sich durch die Locken, die ein wenig verschwitzt an seiner Schläfe klebten. *Ich bin glücklich da drin, wenn ich tue, was ich liebe. Ich liebe den Sport. Ich liebe das Rampenlicht. Ich liebe den Applaus. Ich schätze, ich liebe sogar Aury. Nein, ich weiß, dass ich Aury liebe. Warum kann ich nicht einfach zufrieden sein mit dem, was ich erreicht habe? Wieso bin ich so besessen von dem Gedanken, Jura zu studieren und aus dem Zirkus auszusteigen? Ich könnte einfach bleiben und tun, was meine Familie seit Generationen tut. Ich könnte Aury heiraten, zwei bis drei süße Kinder mit ihr haben und in ein paar Jahren Geschäftsführer und Zirkusdirektor sein.*

Danic stieß die Fußspitze in den harten, trockenen Boden, dass es stiebte.

Keiner aus der Sippe Wittenmeer hat je so unsinnig rebelliert wie du, Daniel Nicolas, klagte er sich selbst an.

Trotzdem blieb das Ziehen in seinem Herzen und das unerschütterliche Gefühl, seiner Berufung folgen zu müssen.

Er hob den Blick aus dem Staub vor seinen Füßen hinauf zum Himmel.

»Falls es da oben jemanden gibt … Vielleicht kannst du mir mal erklären, was die ganze Sache soll«, murmelte er verstimmt. Jetzt redete er schon mit dem Universum.

Obwohl er sich lachhaft vorkam, sehnte er sich danach, irgendeine Antwort zu bekommen. Von einer inneren Stimme vielleicht oder durch irgendeine krasse Erleuchtung. Aber natürlich passierte nichts. Über dem Platz spannte sich der Sommerhimmel völlig unbeteiligt und ignorant gegenüber dem Menschen auf dem fest getretenen Zirkusplatz. Wolken verschleierten die Sicht. Vielleicht konnte die Macht im Universum deshalb nichts hören und sehen.

Danic stieß ein trockenes Lachen aus, um diese widersinnigen Gedanken zu vertreiben. *Denk vernünftig!,* befahl er sich selbst.

Die Wolken zeigten einen Wetterumschwung an. Bestimmt würde es in der Nacht regnen. Der Abbau des Zeltes war für den Abend geplant. Hoffentlich schafften sie es, bevor die ersten Tropfen fielen.

Am kommenden Tag würden sie schon zum nächsten Gastspielort aufbrechen.

»Irgendwann reise ich nicht mehr mit, Pedro, Alter«, erzählte Danic dem Esel, der ihm am nächsten stand. Gedankenverloren tätschelte er dem Tier den Hals.

Morgen während der Fahrt spreche ich Klartext mit Paps, beschloss Danic. *Ich muss es endlich hinter mich bringen.*

Kapitel 9

Doch es war zu spät.
Die Entscheidung war längst gefallen.

Die Erde, in der Clementine seit dreiundzwanzig Minuten wühlte, war warm und trocken. Ihre Finger fühlten sich wund an und unter den Nägeln steckte mehr Dreck als in den Schuhsohlen der drei Jungs aus der WG, nachdem sie auf der Wildwiese bei Regen Fußball gespielt hatten.

Claas hatte ihr gesagt, dass sie die Gartenhandschuhe während der Arbeit unbedingt anlassen sollte. Gefahr von Tetanus und so. Aber bei dieser Hitze war das einfach unzumutbar. Die Sonne knallte vom Himmel, als wäre Hochsommer, dabei hatte der Juni gerade erst begonnen.

Cleo hatte sich ihre Sweatjacke um den Kopf gebunden, weil sie schon einen Sonnenstich und im Nacken den Sonnenbrand kommen fühlte.

Mit einer kleinen Handharke malträtierte sie die Grabstelle. Löwenzahn, Giersch und anderes Unkraut fielen ihr zum Opfer.

Cleo hielt inne und strich sich den Schweiß aus der Stirn. Noch eine Stunde und siebenunddreißig Minuten, dann konnte sie gehen.

Zu Hause in der Wohngemeinschaft wartete eine gekühlte Flasche Cola auf sie. Und Mona hatte versprochen, nachher noch mit ihr für die mündliche Geschichtsprüfung zu lernen. Nora kämpfte mit ihrem eigenen Prüfungsstoff und war so gestresst, dass Cleo sich schon seit drei Tagen nicht mehr mit ihr getroffen hatte.

Eine Hummel schwirrte an das aufgewühlte Erdreich heran,

schien es kurz zu begutachten und summte wieder davon. Auf den Nachbargräbern gab es vielversprechendere Blüten.

Seufzend wandte Cleo sich wieder ihrer Arbeit zu.

»Ziemlicher Knochenjob bei dem Wetter.«

Cleo schrak zusammen, als ein Schatten auf sie fiel. »Frau Lehmann!«, keuchte sie. »Sie haben mich erschreckt.«

»Ich hab doch gesagt, du sollst mich Simone nennen.« Die Frau lächelte freundlich.

Cleo musste blinzeln, um ihr ins Gesicht zu sehen. So hell leuchtete der Himmel im Hintergrund.

Frau Lehmann streckte ihr die Hand hin, um ihr aufzuhelfen. Entgegen ihrer Gewohnheit griff Clementine zu und ließ sich in den Stand ziehen. Im ersten Moment war ihr ein wenig schwindelig, aber ihr Kreislauf beruhigte sich schnell.

»Hier, trink mal einen Schluck. Heute ist echt kein Tag für langwierige Gartenarbeit.«

Überrascht nahm Cleo die kleine Flasche entgegen, die Frau Lehmann ihr mitgebracht hatte. Zwar war es keine Cola, aber eiskaltes Sprudelwasser. »Danke.«

Frau Lehmann antwortete mit einem weiteren Lächeln, das tief aus ihren Augen kam. Diese Freundlichkeit, die die Frau mit ihrem ganzen Wesen ausstrahlte, machte Cleo ganz weich. Sie hatte noch nie erlebt, dass ein Mensch diese Wirkung auf sie hatte.

Während Cleo trank, erklärte Frau Lehmann ihr den Grund für ihren Besuch: »Claas hat mir erlaubt, dich für den Rest deiner Arbeitszeit heute zu entführen.« Sie fuhr sich mit der Hand durch das halblange blonde Haar mit den grauen Strähnen und stecke eine davon hinters Ohr. »Nimm am besten Harke und Eimer gleich mit. Wir arbeiten an einem anderen Ort.«

Die Bestatterin sah Cleo dabei zu, wie diese ihr Werkzeug zusammensammelte und in den Eimer mit dem Unkraut legte. Normalerweise hasste Cleo es, unter den Augen einer anderen Person zu arbeiten. Aber bei Frau Lehmann war das anders.

Die Frau hatte sie in einem ihrer schwächsten Momente kennengelernt. Als die Panikattacke in der Kapelle vorbei gewesen war, hatte sie Cleo einfach wieder losgelassen und ihr eine Tasse Tee gekocht. Ohne ein Wort zu sagen, war es ihr gelungen, Cleo zu vermitteln, dass sie in Sicherheit war. Dass es keine unangenehmen Fragen geben würde.

Sie hatte eine Dose mit selbst gebackenen Keksen aus dem Hängeschrank genommen und auf den Tisch gestellt, während Cleo ein Taschentuch aus ihrem Rucksack gefummelt hatte.

»Ist es okay, wenn ich das Radio anstelle?«, war ihre einzige Frage gewesen.

Und ob, hatte Cleo gedacht. Musik und eine Stimme, die belangloses Zeug laberte, um die Stille zu füllen – genau das war es, was sie in diesem Moment nötig gehabt hatte. Woher hatte diese Frau das gewusst?

Jedenfalls war es auf seltsame Weise wunderbar und tröstlich gewesen, beim Plätschern der Radiomusik mit ihr in diesem Pausenraum zu sitzen und wortlos Kekse zu essen.

Als Claas später gekommen war, weil Cleo nicht wie vereinbart am Regenbecken erschien, hatte Frau Lehmann ihm einfach nur zugeblinzelt, und er hatte verstanden.

Faszinierend.

»Du findest mich am Kompost«, hatte Claas nur gesagt.

Und Frau Lehmann hatte versichert: »Ich zeige ihr den Weg, wenn wir fertig sind.«

Heute strahlte sie die gleiche Ruhe aus wie an diesem Tag, der gerade einmal eine knappe Woche zurücklag. Allerdings war sie ganz anders gekleidet. Feierlicher irgendwie. Sie trug dunkelgraue Hosen und eine weiße Bluse. An den Ohren schimmerten Perlenohrringe, und Cleo bemerkte ein dezentes Augen-Make-up.

Cleo kamen ihre schmutzigen Hände plötzlich völlig unpassend vor. »Wohin gehen wir?«, fragte sie. Wie anders ihre Stimme klang, wenn sie mit Frau Lehmann sprach. Nicht so frech und aggressiv wie sonst. Eher irgendwie kindlich und sanft. So wie …

so wie ihre eigentliche Stimme. Die von früher. Die Stimme, die sie verloren hatte, als Mama weggegangen war.

Cleo schluckte.

»Ich habe heute eine Trauerfeier und meine Gehilfin ist kurzfristig ausgefallen«, erklärte die Bestatterin. »Deshalb habe ich Claas gefragt, ob du mir assistieren darfst drüben in der Kapelle.«

Cleo riss die Augen auf. Eine Trauerfeier?

»Etwa mit Leiche?«, rutschte es ihr heraus. In ihrem Magen machte sich ein flaues Gefühl breit.

Aber Frau Lehmann lachte amüsiert auf. »Nein, nein, keine Bange. Die Leiche kommt erst auf Stufe zwei. Du bist auf Stufe eins. Heute gibt's für dich nur Blumen. Und eine Urne, wenn du dich davor nicht gruselst.«

»Eine Urne geht, denke ich. Gerade so.«

Schmunzelnd setzte Frau Lehmann sich in Bewegung. Die Art, wie die ältere Frau beim Gehen die Hüfte schwang, ließ sie irgendwie schwerelos wirken. Als würde sie über die Kieswege schweben. Als wäre sie nicht von dieser Welt.

Vielleicht liegt es daran, dass sie permanent Menschen von dieser Welt in eine andere geleitet, dachte Cleo. Frau Lehmanns Beruf verursachte ihr eine Gänsehaut.

Cleo ging ein paar Schritte hinter ihr. Der Kies knirschte unter ihren Füßen, die in den festen Turnschuhen schwitzten. Heute hatte sie ihre roten Chucks zu Hause gelassen, weil sie sie bei der Arbeit nicht unnötig schmutzig machen wollte.

Kurz bevor sie die Kapelle erreichten, fiel Cleo eine Besucherin auf.

Auf dem Friedhof waren den ganzen Tag Menschen anzutreffen. Sie schritten meist andächtig über die Wege und standen dann minutenlang mit hängenden Schultern an einem Grab. Andere eilten eifrig zwischen Regenbecken und Grabstelle hin und her und gossen die blühende Pracht auf ihrem Vorzeige-Erinnerungsflecken.

Besonders nervig fand Cleo die alten Damen, die sich anscheinend an jedem zweiten Tag auf einen Plausch auf dem Friedhof trafen. Sicher hätten sie nichts dagegen, wenn Claas ihnen dazu noch einen Kaffee bringen würde. Die offensichtliche Respektlosigkeit, mit der die Frauen über Gott und die Welt tratschten, während andere Menschen trauernd an ihnen vorbeigingen, machte Cleo ehrlich wütend. Sollte man den Tod nicht säuberlich vom Leben trennen, statt die Grenzen auf diese Weise einfach zu verwischen?

Die Besucherin, die jetzt ihre Aufmerksamkeit erregte, war ganz anders.

Cleo hatte sie in der vergangenen Woche schon mehrmals auf dem Friedhof gesehen, allerdings nie an einem speziellen Grab. Schon ihre Frisur war auffällig: Statt schütteren Strähnen, wie viele alte Menschen sie haben, türmten sich dichte weiße Locken zu einem wilden Dutt. Dazu kamen elegante Schuhe an den Füßen, ein gerader dunkelblauer Stoffrock und eine weiße Bluse, die unter dem leuchtenden Haarschopf beinahe stumpf wirkte.

In eine der Kategorien ließ die Besucherin sich nicht einordnen. Statt deprimiert, übereifrig oder respektlos wirkte sie einfach … entschlossen. Etwas in ihrer Haltung passte nicht zu dem, was alle anderen ausstrahlten, die diesen Ort betraten. Es schien, als hielte die Frau sich nicht auf einem Friedhof auf. Vielmehr erinnerte ihr Auftreten an die Art und Weise, wie die Leute in Filmen an eine Hotelrezeption herantraten.

Cleo hätte sie gern länger beobachtet, aber Frau Lehmann schritt zügig aus. Nachher würde sie zu dem Grab gehen und schauen, ob sie etwas Besonderes daran finden konnte, nahm Cleo sich vor.

Sie beeilte sich, zu der Bestatterin aufzuschließen.

Während der ganzen letzten Woche hatte Clementine die Kapelle noch kein einziges Mal betreten. Auch jetzt gingen die beiden Frauen zuerst in den Pausenraum. Cleo war froh, sich die Hände waschen zu können. Mit der Bürste, die am Waschbecken lag, entfernte sie gründlich die Erde unter ihren Nägeln. Am liebsten hätte sie sich geduscht und umgezogen, aber das musste warten.

Frau Lehmann wartete geduldig, bis Cleo fertig war. Dann erklärte sie:

»Wir werden jetzt gleich nach nebenan gehen und die Dekoration für die Trauerfeier arrangieren. Hast du so eine Zeremonie schon einmal erlebt?«

Hastig schüttelte Clementine den Kopf.

»Wie schön«, stellte Frau Lehmann fest. »Gut, dass du noch niemanden aus deinem engen Familienkreis verloren hast.«

Und ob ich das habe, dachte Clementine bitter. *Aber es gab keine Trauerfeier.*

Automatisch biss sie auf ihre Lippe, ließ jedoch schnell wieder locker, als sie Frau Lehmanns Blick bemerkte. Die Frau konnte Gedanken lesen, oder?

»Du hast recht, vielleicht gibt es auch andere Arten, Menschen zu verlieren. Entschuldige bitte, falls ich einen wunden Punkt berührt habe.«

Cleo konnte nicht einmal protestieren. Sie war den Tränen viel zu nahe.

Frau Lehmann drückte ihr eine zusammengefaltete Stoffbahn in die Hand und nahm selbst einen Karton auf. »Komm, wir gehen in die Kapelle. Dort zeige ich dir alles.«

Die Kapelle wirkte von innen größer als von außen.

Es war kühl hier drinnen und die Luft roch ganz anders als überall sonst. Irgendwie nach einer anderen Zeit. Als könnte man die Jahrhunderte atmen, die diese alten Wände schon miterlebt hatten. Dem Atem all derer nachspüren, die hier geweint und gebetet hatten.

Dabei wirkte die Einrichtung des Raumes überhaupt nicht so, wie Cleo es sich vorgestellt hatte. Statt dunkler Kirchenbänke standen mehrere Reihen recht modern wirkender Stühle da. Im Gegensatz zum Pausenraum war der Anstrich der Wände nicht vergilbt, sondern in einem frischen, hellen Grauton gehalten.

Hohe Bleiglasfenster ließen Licht herein, das farbige Flecken auf den Steinboden malte.

Im vorderen Bereich der Kapelle gab es ein großes Wandgemälde. Cleo erkannte Jesus: langes, wallendes Gewand, leicht gewelltes braunes Haar, das Übliche eben. Aber irgendetwas war an ihm anders als bei den meisten Heiligenbildern, die Cleo bisher gesehen hatte. Nicht dass ihr besonders viele unter die Augen kamen, schließlich hatte sie mit Kirche nichts am Hut.

»Das Tuch kannst du erst mal hier ablegen«, unterbrach Frau Lehmann Cleos Gedanken. Sie selbst stellte den Karton ab und ging zu einer Seitentür.

Ihrer Aufforderung Folge leistend, platzierte Clementine das Tuch auf einem der Stühle in der ersten Reihe.

»Wir holen jetzt die Blumen aus dem Auto.«

Sorry, Jesus, ich hab jetzt keine Zeit, dich anzuschauen, sagte Clementine in Gedanken zu dem Bild. Was war denn jetzt los? Seit wann sprach sie mit fiktiven Personen?

Stirnrunzelnd folgte sie der Bestatterin, die durch eine Seitentür aus der Kapelle trat.

Draußen parkte ein weißer Ford mit der Aufschrift: *Lehmann Bestattungen.* Frau Lehmann trat an den Kofferraum und öffnete die Klappe. Bouquets, Kränze und Schleifen kamen zum Vorschein. Die Trauerfeier würde wohl zu Ehren eines Menschen stattfinden, der sich zu Lebzeiten einige Freunde gemacht hatte.

Gemeinsam trugen Cleo und Frau Lehmann die Gebinde in die Kapelle.

Es machte Cleo beinahe Spaß, unter dem aufmerksamen Blick von Jesus das Tuch und die Kränze zu arrangieren. Herzen kamen hinzu, und Frau Lehmann stellte zwei unterschiedlich hohe Hocker auf, über die sie ein weiteres Tuch drapierte.

Zufrieden prüften die beiden Frauen anschließend ihr Werk.

Schön, dachte Cleo. *Findest du nicht auch, Jesus?*

»Jetzt fehlen nur noch die Urne und das Foto«, erklärte Frau Lehmann ruhig.

»Ich hole sie mal.«

Zum Glück schien die Bestatterin Cleos Gedanken diesmal nicht erahnen zu können. Sonst hätte sie sie vielleicht für ihre Respektlosigkeit gerügt. Schließlich sollte man sich nicht kurz vor einer Trauerfeier kumpelhaft mit dem Chef der Heiligen unterhalten, oder?

Während Frau Lehmann nicht im Raum war, betrachtete Cleo mit halb zusammengekniffenen Augen das Bild. Die Haarsträhne, die sonst Augen und Narbe verdeckte, hatte sie beiseitegestrichen.

Der Jesus auf dem Bild machte einen sympathischen Eindruck auf sie. Er wirkte nicht so abgehoben, eingebildet und weltfern wie auf den Gemälden, die sie kannte. Außerdem hing er zur Abwechslung mal nicht am Kreuz, und auch der Heiligenschein fehlte. Dieser Jesus stand einfach auf einer Wiese. Um ihn herum lungerten ein paar Schafe, aber die sahen alle ziemlich desinteressiert aus. Bis auf das eine, das Jesus auf dem Arm hielt. Es war klein. Der Kopf des Lämmchens schmiegte sich in die Armbeuge des Heilands. Dieser hielt es fest an sich gedrückt. Cleo war sich ganz sicher, dass das Schaf sicher und geborgen war. Aber der Blick des göttlichen Hirten war nicht auf das Lamm in seinem Arm gerichtet. Auch nicht auf die Herde, die ihn umgab. Jesus sah in eine andere Richtung.

Er blickte Cleo direkt in die Augen.

»Ein schönes Bild, oder?«

Clementine zuckte zusammen. Sie hatte nicht einmal bemerkt, dass jemand an ihre Seite getreten war. Rasch machte sie eine Kopfbewegung, die ihr das Haar auf beiden Seiten zurück ins Gesicht fallen ließ. Dann strich sie die schwarze Pracht nach hinten über die Schultern, straffte den Körper und wandte sich dem Störenfried zu.

Er sah aus wie ein Pfarrer.

»Ich finde, die Schafe sehen fies aus«, rutschte es ihr heraus. Sie hatte wieder ihre provokante Stimme parat.

Der Fremde antwortete mit einem schiefen Grinsen. »Findest du? Na ja, du hast recht. Sie wirken nicht ganz so zufrieden, wie man es in dieser guten Gesellschaft erwarten würde. Ich bin übrigens Sebastian, der Vikar.«

»Sebastian der Vikar? Interessanter Name. Ist das niederländisch?«

Das Grinsen auf dem Gesicht des irgendwie viel zu jungen Pfarrers vertiefte sich. »Nein, das ist nicht mein Nachname, sondern mein Beruf. Ein Vikar ist sozusagen ein Pfarrer im Praktikum.«

»Oh.«

»Wissen die wenigsten.«

Zum Glück kam Frau Lehmann in diesem Moment zurück in die Kapelle. Cleo räusperte sich den Verlegenheitsfrosch aus dem Hals, während Sebastian-der-Vikar die Bestatterin begrüßte.

»Hallo Simone. Habt ihr wieder echt schön vorbereitet hier.«

»Grüß dich, Sebastian. Danke!« Frau Lehmann stellte eine dunkelblaue Urne auf den höheren Schemel. Dann zog sie den Pfarrer im Praktikum in eine freundschaftliche Umarmung. »Ich stelle nur noch das Bild auf und bringe Clementine zu Claas. Dann bin ich wieder hier und wir können die Details besprechen. Sind schon Gäste da?«

»Nur ein paar. Es ist ja noch ein bisschen Zeit.«

Sebastian-der-Vikar hob die Hand zum Gruß und verschwand in einem Nebenraum hinter Jesus. Unfassbar, wie viele Türen es in dieser Kapelle gab!

Frau Lehmann nahm ein gerahmtes Foto auf, das in der ersten Stuhlreihe gelegen hatte, und stellte es auf den noch freien Hocker. Es zeigte eine alte Dame mit kurzem grauen Haar und einem irgendwie verkniffenen Gesichtsausdruck. Die bekam eine so blumenreiche Abschiedsfeier? Interessant.

Cleo zog die Augenbrauen in die Höhe.

Na, dann. Ruhe in Frieden, dachte sie.

Frau Lehmann mahnte zum Aufbruch und Clementine machte auf dem Absatz kehrt, um ihr zu folgen. Bevor sie die Kapelle durch den Haupteingang verließen, warf Cleo noch einmal einen Blick über ihre Schulter. Jesus sah ihr eindringlich nach.

»Wir sehen uns«, murmelte Cleo und trat blinzelnd nach draußen ins viel zu helle Sonnenlicht.

Kapitel 10

Sie musste es tun. Für ihre Familie,
für alle, die sich auf sie verließen.
Tief atmete sie ein. Spannte sich vom Kopf
bis in die Zehenspitzen und schloss die Augen.

Im Auto herrschte bedrückendes Schweigen, als Danic und seine Eltern in die neue Gastspielstadt einfuhren.

Danic starrte abwesend aus dem Fenster. Alles war gesagt, und er würde nichts zurücknehmen. Irgendwann würden sie es verstehen, und dann konnten sie auch wieder mit ihm sprechen. Vielleicht würden sie es akzeptieren, wenn sie den Schock darüber verdaut hatten, dass er bereits Nägel mit Köpfen gemacht und sich an der Uni eingeschrieben hatte.

Der Wagen stoppte an einer Ampel. Am Straßenrand liefen zwei Schulkinder mit ihren Ranzen. Das eine stieß das andere an und deutete auf Danic. »Zirkus!«, hörte Danic es rufen. Dann sprang die Ampel auf Grün.

Die Straße führte bergab und gab den Blick auf die grau anmutende Stadt frei.

»Dort unten müsste der Platz gleich sein«, ließ sich Danics Vater unerwartet vernehmen. Wow, er konnte doch noch sprechen.

Danic erinnerte sich an den Platz. Sie waren eine Zeit lang jedes Jahr hier gewesen. Das Schöne an dieser Stadt war, dass meist ziemlich viele Besucher kamen. Allerdings waren diese nicht ganz so begeisterungsfähig und man musste sich wahnsinnig viel Mühe geben, um irgendeine Gefühlsregung bei ihnen zu provozieren.

Danics Mutter auf dem Beifahrersitz wirkte wie versteinert. Es war ihre Reaktion, die ihn am meisten getroffen hatte. Normalerweise war sie sehr verständnisvoll. Danic war ihr einziges Kind und er wusste, dass sie eigentlich gern mehr gehabt hätte. Irgendwann, als er noch relativ klein gewesen war, hatte Danic sie gefragt, wann er endlich eine Schwester bekäme. Er erinnerte sich, wie sie plötzlich ganz mutlos ausgesehen hatte. Dann hatte sie ihn in ihre Arme gezogen, fest an sich gedrückt und gemurmelt: »Das weiß nur der liebe Gott. Bis jetzt hat er uns nur dich geschenkt. Vielleicht bleibt es dabei.«

Und er erinnerte sich an seine schlichte Antwort: »Kein Problem, Mama. Dann ist eben Aury meine Schwester. Das geht auch.«

In Mamas Gesicht war ein Lächeln erschienen, noch während eine Träne über ihre Wange lief. Danic hatte es damals seltsam gefunden, dass man gleichzeitig lachen und weinen konnte. Heute verstand er das.

Was er nicht verstand, war, was seine Mutter vorhin gesagt hatte.

Auf der Autobahn war es ihm endlich gelungen, sich zu überwinden und seine Eltern in das einzuweihen, was er getan hatte.

»Die Uni Leipzig hat mir einen Studienplatz zugesagt. Ich habe mich auch in Berlin und Köln beworben. Überall hab ich eine Zusage bekommen. Aber ich gehe nach Leipzig. Am ersten September beginnt das Semester, also ziehe ich Ende August dort hin.«

Den Wutanfall seines Vaters hatte er erwartet.

Er hatte geschimpft, ihm etwas von Verantwortungslosigkeit erzählt, dem finanziellen Ruin, in die er sie alle treiben würde, und überhaupt, er solle doch einmal an Aurelie denken. Danic war für diesen Ausbruch gewappnet gewesen, weil er seinen Vater kannte. Didi Wittenmeer neigte zu starken Gefühlsausbrüchen. Er konnte schreien wie ein Wilder, rot anlaufen und mit der Faust auf den Tisch schlagen – oder, wie in diesem Fall –, auf das Lenkrad. Ebenso weinte er aber auch wie ein Schlosshund, wenn es einen Anlass dazu gab.

Von Mutter hatte Danic auch erwartet, dass sie sich aufregen und ihn mit Vorwürfen überschütten würde. Aber nichts dergleichen war passiert. Sie war einfach nur blass und still geworden, und dann hatte sie mit tonloser Stimme gesagt: »Das sagst du uns ausgerechnet heute.«

Überrascht hatte Danic gefragt: »Warum nicht heute?«

Statt einer Antwort hatte er eine weitere Belehrung seines Vaters über sich ergehen lassen müssen, wie unfair es war, dass die Bewerbung heimlich erfolgt war und Danic seine Eltern einfach vor vollendete Tatsachen stellte.

Aber Danic war bei diesen beiden Worten hängen geblieben. *Ausgerechnet heute?*

Er kramte in seinem Gedächtnis, ob er irgendeinen Geburtstag vergessen hatte oder ein Jubiläum, aber ihm fiel rein gar nichts ein. Noch einmal nachfragen wollte er nicht, weil er Angst hatte, seine Mutter könnte in Tränen ausbrechen. Vielleicht konnte er nachher von Freddy etwas erfahren.

Die Kolonne mit den Zirkuswagen war inzwischen am Zielort angekommen. Langsam ließ Danics Vater das Auto, das den Trailer zog, durch die Einfahrt rollen. Ein staubiger Weg führte von der Hauptstraße auf den Festplatz. Es war ein richtig traditioneller Kirmesplatz: Glatt und beinahe rund lag er, ein wenig erhöht, im Saum des Stadtzentrums. Eine breite Freitreppe führte von der Straße aus nach oben. Gegenüber lag ein Park.

Danic sprang aus dem Wagen, sobald sein Vater hielt. Er beeilte sich, zu den Lkws zu gelangen, die die Traversen transportiert hatten. Sie waren schon seit einer ganzen Weile da und die Männer hatten bereits mit dem Aufbau begonnen. Das Skelett des Zirkuszeltes mitsamt seinem Innenleben aus bestuhlten Rängen war schon fast fertig. Danic kannte die Abläufe und packte mit an, ohne sich darum zu kümmern, was seine Eltern jetzt taten.

Ausgerechnet heute … Hing es mit dem Datum zusammen? Oder mit dem Ort, an dem sie heute aufbauten?

»Hepp!« Eine Plastikflasche klatschte neben Danic zu Boden

und platzte auf. Schäumend und spritzend verteilte sich Sprudel-wasser auf Danic Beinen und im trockenen Kies.

»Was ist denn los, Dan?«, rief Polnik ihm zu. »So unkonzen-triert heute?«

»Mist!« Schimpfend hob Danic die Flasche auf und warf sie in einen Müllsack, der in der Nähe lag. »Hast du noch eine?«

Es war ungewöhnlich heiß für einen Tag Anfang Juni und die Männer schwitzten.

Polnik reichte Danic eine neue Flasche. »Wo bist du mit deinen Gedanken?«

Die beiden setzten sich auf den halb fertigen Rang und genos-sen das kühle Wasser.

»Keine Ahnung«, gab Danic zu. Seine Locken klebten ihm an der Stirn und er zupfte an seinem verschwitzen Shirt. »Meine Mutter hat was Seltsames gesagt, als wir hier angekommen sind. Weißt du, ob heute irgendein besonderer Tag ist?«

An Polniks Reaktion erkannte der Junge ganz klar, dass er einen wunden Punkt getroffen hatte. Der untersetzte Mann riss die Augen auf und die Farbe wich aus seinen Wangen. »Was? Ach, hör auf.« Er sprang von seinem Sitz und wandte sich wieder der Arbeit zu.

Danic folgte ihm. In ihm brodelte es. »Mann, irgendwas weißt du doch! Warum ist meine Mutter heute sentimental? Liegt es am Tag? Am Ort? Wir waren doch schon oft hier. Was ist heute anders als sonst?«

»Anders ist nichts. Aber ja, es liegt am Ort. Hier hat sich vor neunzehn Jahren das schlimmste Ereignis in der Geschichte un-seres Zirkus ereignet.«

Verwirrt starrte Danic ihn an. Das schlimmste Ereignis? Er kannte nur heldenhafte Geschichten aus dem Zirkus Wittenmeer. Glitzer und Glamour und zauberhafte Artisten. Gut, die Sache mit dem überlagerten Popcorn vor ein paar Jahren war dumm gelaufen und hatte ihnen einige Klagen eingebracht. Aber sonst? Für Katastrophen sorgte nur Lilli. Und seine Mutter, wenn sie mit dem Kochen dran war.

»Ich weiß nichts von Sachen, die vor neunzehn Jahren passiert sind«, bemerkte er bitter. Es fühlte sich ziemlich ungut an, offenbar von einigen Familiengeheimnissen ausgeschlossen zu sein. »Das einzige Ereignis«, fügte er sarkastisch hinzu, »das neunzehn Jahre her ist und für den Zirkus schlimm gewesen sein könnte, ist meine Geburt.«

Der Klaps, den Polnik ihm auf den Hinterkopf gab, sollte vielleicht spielerisch ausfallen, tat aber weh.

»Hör auf, solchen Unsinn zu reden, und arbeite weiter.«

Aber Danic hatte nicht vor, sich ablenken zu lassen. »Jetzt sag schon, was es ist. Ich schätze, ich sollte das wissen. Ich gehöre zur Familie.«

»Wenn es dir bisher niemand erzählt hat, werde ich mich hüten, es zu tun.« Polnik hängte einen Haken in eine Traverse. »Geh rüber und zieh sie hoch. Joe, Franz, wir brauchen euch hier!«

Die Angesprochen kamen herüber. Die Männer arbeiteten konzentriert und Danic blieb nichts anderes übrig, als mitzumachen. Routiniert errichteten sie das Zelt. Keiner hatte Zeit, weitere Fragen zu stellen oder zu beantworten.

Es war Mittag, als die Planen herabgelassen wurden und Aurelie ins Zelt rief, dass das Essen fertig sei.

Heute war die Mannschaft besonders groß. Es gab immer Gastarbeiter, die nur für den Auf- und Abbau vor Ort mit anpackten. Nana ließ es sich nicht nehmen, für sie alle mit zu kochen.

Obwohl Danic sich am liebsten irgendwohin zurückgezogen hätte, weil seine Gedanken ungebremst Karussell fuhren, setzte er sich zu den anderen an den Tisch.

Aury erwartete ihn bereits. Die Sonne schien auf ihr rotes Haar und ließ es leuchten, als wäre es ein echtes Feuer. Wie schön sie war.

»Ich hab was für dich«, flüsterte sie, als Danic neben ihr Platz nahm. Aurelies grüne Augen funkelten. »Diesmal hab ich es erst am letzten Tag gefunden, aber dafür ist es was ganz Besonderes.« Aury ergriff Danics Handgelenk und hob es an. Mit diesem glücklichen Lächeln im Gesicht schob sie ein aus Paketschnur geflochtenes Armband über seine Hand. Sie hatte einen Kronkorken darauf gefädelt, der mit roten und silbernen Kästchen verziert war. Darüber prangte ein Herz mit Anker als Aufdruck, begleitet von dem Schriftzug *Rakete*.

»Das passt doch phänomenal gut zu dir, oder?«, fragte Aury grinsend.

»Der Deckel lag unter eurem Wohnwagen auf dem alten Platz. Ich hab ihn gesehen, als ich gestern Abend dran vorbeigelaufen bin. Du hattest noch Licht an, aber ich hab auch deine Eltern gesehen. Deshalb bin ich nicht reingekommen.« Ihr Lächeln war jetzt verschmitzt und sprach Bände und Danic hatte automatisch wieder ein schlechtes Gewissen. Ein Herz mit Anker und der Titel *Rakete*.

Ach, Aury.

Es war so eine Tradition, dass Aurelie an jedem Auftrittsort mindestens ein Armband fertigte. Sie knüpfte es immer aus Paketschnur und der Hingucker war stets etwas anderes: mal eine Perle oder ein Knopf, den irgendwer verloren hatte. Mal der Clip einer Coladose oder ein besonders geformtes Stück Holz. Einmal hatte sie den Zahn von Esel Ferdinand eingearbeitet, der diesem hatte gezogen werden müssen.

Aury schenkte die Armbänder jeweils der Person, für die sie ihr passend schienen. Danic hatte schon eine ganze Sammlung solcher Bänder. Er trug sie jeweils ein paar Tage, dann legte er sie ab und bewahrte sie in einer kleinen Holzkiste auf, seiner Erinnerungsbox.

»Danke«, flüsterte er zurück und küsste Aurelie sanft auf die Stirn. »Es ist echt was Besonderes. Wie jedes deiner Bänder.«

»Na, ihr Turteltauben?«, mischte Nana sich in den intimen Moment ein. »Schmeckt's?«

Aurys Wangen röteten sich, als ihr bewusst wurde, dass so ziemlich alle am Tisch zu ihnen beiden sahen. Rasch schob sie sich einen Löffel Suppe in den Mund und nickte. »Perfekt wie immer!«, beteuerte sie.

Zufrieden lächelnd wandte Nana sich Danic zu. »Und was ist mit dir, Danic-Superstar? Wirst du satt von unserem bescheidenen Zirkusessen?«

Der Knoten, der sich schon am Morgen in Danics Bauch gebildet hatte, zog sich noch fester zusammen. Er hätte wetten können, dass seine Mutter mit Nana über seine Pläne gesprochen hatte. Und nicht nur mit Nana. Alle am Tisch sahen ihn mit einer Mischung aus vorwurfsvollen Blicken und gespannter Erwartung an. Nur Aurelie und die Gastarbeiter wirkten leicht irritiert von dem unerwarteten Stimmungsumschwung.

Langsam legte Danic den Löffel neben seine Schüssel und sah Nana direkt in die Augen. »An deinem Essen ist nichts auszusetzen, Nana.«

Vielleicht würden sie sich damit zufriedengeben. Erwartete Nana wirklich, dass er jetzt gleich, hier vor allen, erklären würde, dass er den Zirkus verließ? Wegen des Essens?

In diesem Moment erhob sich Didi Wittenmeer und Danic spürte, wie der Knoten sich in Übelkeit verwandelte.

Die Bombe würde platzen, und zwar jetzt und hier.

Der Zirkusdirektor räusperte sich. Alle Augen waren auf ihn gerichtet.

Auf Danics Stirn erschien eine Falte.

Fehlt nur noch, dass einer einen Tusch spielt, dachte er wütend. *Didi Wittenmeer steht im Rampenlicht, wie er es liebt. Sogar die Verkündigung der angeblichen Hiobsbotschaft muss er zelebrieren wie einen besonders beeindruckenden Showact.*

Tiefe Verachtung für seinen Vater breitete sich in Danic aus. Sie schmeckte bitter in seinem Mund.

»Ich habe etwas zu sagen«, begann der kräftige Mann mit seiner tiefen Stimme, die jeden Zuhörenden automatisch verstummen ließ.

Aury griff nach Danics Hand und drückte sie fest. *Hast du*

eine Ahnung, was los ist?, fragten ihre Augen. Danic senkte die Lider.

»Wir sind heute, seit fünf Jahren, wieder einmal hier vor Ort. Mich freut es, denn das Publikum hier war immer sehr dankbar.« Er machte eine kurze Pause, in der er einen raschen Blick mit seiner Frau wechselte.

Eine beinahe greifbare Trauer lag in diesem kurzen Moment. War Danic ihnen wirklich so unfassbar wichtig?

»Ihr wisst, wie wichtig es ist, dass wir hoch konzentriert arbeiten. Deshalb möchte ich euch etwas mitteilen, bevor wir uns an die Vorbereitungen für die erste Vorstellung machen. Es macht uns nur nervös, wenn sich Gerüchte auszubreiten beginnen.«

Aury und den Gastarbeitern stand die Ahnungslosigkeit nach wie vor deutlich ins Gesicht geschrieben. Die anderen hielten den Atem an.

Danic versuchte, die Übelkeit zu ignorieren, die ihn mittlerweile beinahe zu überwältigen drohte.

»Unser Sohn hat uns heute Morgen etwas eröffnet, was die Zukunft des Zirkus beeinträchtigen wird. Danic, bitte erkläre deine Pläne selbst.«

Mit rasendem Herzen und zu Schlitzen verengten Augen starrte Danic Didi Wittenmeer an. »Das ist nicht fair«, zischte er.

»Unfair ist, was du tust. Sag es ihnen.«

Die Schüsseln auf dem Tisch klirrten, als Danic seinen Stuhl zurückschob und aufsprang. Aury sah ihren Freund erschrocken an.

»Vielen Dank für diese hilfreiche Einleitung«, knurrte Danic für alle vernehmlich. Er hob den Blick und sah herausfordernd in die Runde.

»Da ich nun schon so dramatisch angekündigt wurde, hoffe ich, dass meine Aussage auch die Erwartungen des Publikums erfüllt.« Seine Stimme zitterte vor Wut und ihm stieg die Hitze in Wangen und Hals. »Ich habe meinen Eltern heute Morgen gesagt, dass ich mich entschlossen habe, Jura zu studieren.«

Stirnrunzeln bei einigen, Verständnislosigkeit in den Gesichtern der anderen.

»Mir ist klar, dass ich zum Zirkus gehöre und ihr es schräg findet, wenn jemand wie ich andere Interessen hat. Aber jeder von euch weiß, dass mein Herz für das Gesetz und die Gerechtigkeit schlägt. Ich habe gehofft, dass ihr mich versteht. Es gibt genügend gute Artisten, die meinen Platz hier einnehmen können. Jedenfalls werde ich im August den Zirkus verlassen und nach Leipzig ziehen.«

»Was sagst du da?«

Danic sah auf Aurelie herunter, die ihre Finger in sein Hosenbein gekrallt hatte.

»Du gehst wirklich weg?«

»Ja, ich gehe wirklich weg. Danke, dass ihr dafür Verständnis habt.«

Ohne eine weitere Reaktion abzuwarten, streifte Danic Aurys Hand ab, drehte sich um und lief mit langen Schritten über den Platz davon. Hinter sich hörte er die aufgebrachten Stimmen seiner Familie anschwellen und mit jedem Meter, den er sich entfernte, leiser werden.

Kapitel 11

»Es ist so weit«, sagte sie laut
in die atemlose Stille des Abends.
»Meine Geschichte ist zu Ende.«

Cleo lungerte auf dem Sitzplatz vor dem Haus herum und wartete darauf, dass irgendwer vorbeikam. Das Wetter war unverändert warm und die Bäume am Straßenrand warfen bereits gelbe Blätter ab. Vor ein paar Jahrhunderten hätte jeder Angst bekommen. Diese anhaltende Dürre, bereits im Juni, hätte mit Sicherheit eine ausgewachsene Hungersnot zur Folge gehabt. Heute jammerten nur alle über die Hitze, aber die Supermarktregale würden voll bleiben wie eh und je, solange die Leute keinen neuen Grund für Hamsterkäufe fanden.

Der Tag zog sich in die Länge. Cleo wäre nie auf die Idee gekommen, dass sie die Schule einmal derart vermissen würde. Seit die letzten Prüfungen hinter ihr lagen, hatte sie nichts mehr: nichts zu tun, nichts zu lernen und irgendwie auch nichts zu erwarten. Bis auf die Arbeitsstunden auf dem Friedhof gab es keine Verpflichtungen mehr für sie. Immerhin hatte sie in den vergangenen Wochen jeden Tag ungefähr fünf Stunden dort verbracht. Doch die Strafe war beinahe abgeleistet, und dann wartete niemand mehr auf sie. Cleo vermisste schon jetzt die Struktur und die Routine, die sie während der Schulzeit gehasst hatte. Außerdem vermisste sie Nora.

Zum gefühlt hundertsten Mal innerhalb der vergangenen dreißig Minuten checkte Cleo ihre WhatsApp-Nachrichten. Nichts.

Nora war gerade mit ihren Eltern in Griechenland. Ihre Tante heiratete und Cleos beste Freundin aalte sich am Strand, während ihre Eltern die Hochzeitsfeier vorbereiten halfen. Das letzte Foto, das Nora geschickt hatte, zeigte sie vor dem türkisblauen Meer – braun gebrannt und strahlend. Nur die Frisur war wild wie immer, was vor der traumhaften Kulisse wie ein gewollter Kontrast wirkte.

Wenn es wenigstens ein neues Video von *Danics Trixx* gäbe, aber auch dort herrschte Schweigen.

Frustriert sprang Cleo auf die Füße und ging los, ohne einen Plan zu haben, wohin. Sie steckte sich Kopfhörer in die Ohren und war froh über die Blase aus Musik, die sich augenblicklich um ihr Hirn zu schließen schien. Wie ein Schutzschild gegen die Welt.

In Gedanken versunken marschierte Cleo die Straße hinunter, einen Fuß vor den anderen setzend, ohne nach rechts und links zu schauen.

Du musst dich endlich mal irgendwo bewerben, Clementine, klopfte Monas Ermahnung an ihrem Gewissen an.

Die Erinnerung an Noras Vorfreude gesellte sich dazu: *Wahnsinn, in zwei Monaten bin ich eine echte Auszubildende und verdiene mein eigenes Geld!*

Den Abschlussball hatte Cleo geschwänzt. So viele stolze Eltern auf einem Haufen konnte sie nicht ertragen.

Ihr Vater hatte eine Glückwunschkarte geschickt mit zwanzig Euro drin. Die konnte er sich sonst wohin stecken. Das Geld hatte Cleo Dorothea geschenkt, einer Zwölfjährigen aus ihrer WG, die erst seit ein paar Wochen da war und ständig verweinte Augen hatte.

Die Karte lag, in winzige Schnipsel zerrissen, in Cleos Papierkorb.

Bürofachangestellte wäre doch was für dich, Clementine. Da musst du nicht viel reden. Oder wie wäre es mit Rechtsanwaltsgehilfin?

Mona schien ihr nur Assistenzjobs zuzutrauen – natürlich auch nur solche, die möglichst wenig sprachliche Fertigkeiten erforderten. Vermutlich war Mona überzeugt davon, dass Cleo keine drei Sätze sinnvoll aneinanderreihen konnte. Aber das lag nur daran, dass Mona ihr nicht zuhörte. Cleo redete nicht mit Menschen, die ihr das Gefühl gaben, sie würde sie langweilen. Oder enttäuschen. Mona war ständig enttäuscht von Cleo.

Hier, ich hab dir eine Liste mit Ausbildungsberufen ausgedruckt, die in unserer Stadt angeboten werden. Es muss doch was dabei sein, was dich anspricht!

Die Gedanken trieben Cleo an, schneller zu gehen. Die Sonne brannte auf ihrem schwarzen Haar, aber das machte ihr heute nichts aus. Das Gefühl, nichts zu können und nichts wert zu sein, brannte viel stärker in ihr.

Ziellos und planlos.

Egal, wie sehr sie in ihren Hirnwindungen wühlte, es gab nichts, was sie sich als Beruf vorstellen konnte. Allein der Gedanke, mit irgendeiner Tätigkeit acht Stunden täglich, fünf Tage die Woche zu verbringen, versetzte sie in tödlich miese Stimmung.

Regale auffüllen.

Zahlen sortieren.

Wände streichen.

Menschen pflegen.

Tiere füttern.

Waren prüfen.

Programme schreiben.

Kinder erziehen …

Nichts davon machte Sinn für sie. Vielleicht sollte sie einfach weiter zur Schule gehen. Ihr Realschulabschluss war gut genug, um in die Abiturstufe quereinzusteigen. Aber dazu hatte sie genauso wenig Lust. Noch mal drei Jahre nur lernen, während Nora erwachsen wurde, ihre Ausbildung machte und vielleicht auch gleich noch eine Familie gründete? Zuzutrauen war es ihr.

Cleo spürte, wie sich eine heiße Blase aus Neid in ihrer Brust bildete. Nora hatte es gut. Sie hatte eine Familie, die sie unterstützte. Wie die Eltern ihrer besten Freundin den Rücken stärkten, war phänomenal. Clementine dagegen wusste nicht einmal, ob ihre Mutter noch lebte. Und ihr Vater ließ, abgesehen von dem Geldgeschenk zum Abschluss, nichts von sich hören – worüber Cleo eigentlich froh war. Besser, er hielt so viel Abstand wie möglich von ihr und ihrem Leben. Er hatte schon genug Schaden angerichtet. Aber es wäre trotzdem so schön, einen Vater zu haben, dem sie wichtig war.

Cleo blinzelte. Waren das Tränen in ihren Augen? Wütend kickte sie mit dem Fuß in den Kies.

Kies?

Überrascht sah Clementine sich um.

Sie war tatsächlich automatisch zum Friedhof gelaufen. Jetzt hatte sie bereits den Kiesweg unter den Füßen, den sie in den vergangenen Wochen so oft entlanggegangen war.

Na toll, jetzt führt mein Unterbewusstsein mich schon auf den Friedhof, dachte sie. *Vielen Dank, Universum.*

Cleo zuckte mit den Schultern und beschloss, einfach dazubleiben. Sie hatte nichts Besseres vor und konnte sich genauso gut nicht mit den Toten unterhalten wie mit den Lebendigen. Außerdem fiel ihr ein, dass sie letztens ganz vergessen hatte, noch einmal bei dem Grab zu schauen, an dem sie diese besondere Frau beobachtet hatte.

Ein Windhauch strich ihr durchs Haar, als sie in die schattige Gräberreihe abbog, in der die gesuchte Ruhestätte lag. Bis auf das vereinzelte Zwitschern eines Vogels und das leise Summen der Insekten in den Büschen war es ganz still. Niemand außer ihr war in dieser Ecke des Friedhofs unterwegs.

Cleo ließ den Blick über die Grabstätten gleiten. Es musste eine der vorderen sein. Diese hier. Genau.

Clementine trat näher an das Grab heran.

Zwischen einigen Blühpflanzen, die durch die Trockenheit ein wenig schlapp wirkten, steckte eine Grabvase im Erdreich. Ein frischer Blumenstrauß befand sich darin. Wahrscheinlich hatte ihn erst heute jemand gebracht.

Neugierig betrachtete Cleo den Grabstein und runzelte die Stirn.

Corona Marie Langscheidt stand darauf.

Wer nannte bitte sein Kind Corona?

Nachdenklich betrachtete Cleo die Jahreszahlen. Gut, damals hatte natürlich noch keiner etwas von der Pandemie ahnen können.

Geboren am 15.10.1979. Gestorben am 17.06.2004.

Rasch überschlug sie im Kopf die Zeiten. Diese arme Frau war nur fünfundzwanzig Jahre alt geworden. Wie traurig.

Es machte Cleo immer ein wenig kribbelig, nicht zu wissen, woran die Menschen verstorben waren. Wenn es nach ihr ginge, würde jeder Grabstelle eine kurze Biografie beigefügt werden. Als QR-Code vielleicht. Dann könnte man nachschauen, was die Menschen so erlebt und aus welchem Grund sie ihr Leben ausgehaucht hatten. Vor allem bei so jungen Leuten brannte die Neugier heiß in Clementine.

Kritisch suchte sie den Grabstein nach Hinweisen auf irgendein Puzzleteil aus Coronas Leben ab. Der glatte, rotbraun marmorierte Stein glänzte matt im Licht des Sommernachmittags. Er hatte die übliche rechteckige Form, war jedoch an der oberen Kante sanft geschwungen. Als hätte der Steinmetz zärtlich darüber gestreichelt. Die Zahlen und Buchstaben waren eingeprägt und weiß gefärbt. Kein Kreuz und kein Trauerspruch waren zu finden; nur ein kleines, halb hinter einer immergrünen Pflanze verstecktes Symbol entdeckte Cleo. Sie beugte sich hinunter, um den Minibusch beiseitezuschieben.

Eine plötzliche Bewegung rechts neben sich ließ sie zusammenschrecken. Mit einem spitzen Schrei sprang sie auf die Füße. Dann realisierte ihr Gehirn, was es war, das sie so erschreckt hatte. Eine weiße Katze sah ihr irritiert ins Gesicht.

»Puh, du bist echt spooky!«, stieß Cleo aus. Sie musste lachen, obwohl ihr Herz noch immer wild polterte.

»Miau.« Die Katze schmiegte sich versöhnlich an ihre rechte Wade und strich sanft um sie herum.

»Ist ja gut.«

Cleo bückte sich und streichelte das Tier.

Die Katze war fast komplett weiß, nur über dem linken Auge und an drei Stellen ihres ziemlich mageren Körpers hatte sie schwarze Flecke. Ein wenig erinnerte ihre Musterung an die eines Dalmatiners. Aus großen gelben Augen sah sie Cleo an.

»Mal ehrlich, du kannst doch nicht so auf einem Friedhof herumschleichen. Ich wäre beinahe gestorben vor Schreck!«

Wie zur Entschuldigung drückte das Tier seinen Kopf in Cleos Handfläche. Deren Inneres wollte schmelzen vor lauter Glück.

»Wohnst du hier? Ich hab dich noch nie gesehen. Vielleicht kennst du mich ja schon. Ich bin in letzter Zeit oft hier.«

Die Katze begann zu schnurren und bot Cleo ihren Rücken zum Streicheln dar.

»Weißt du was, ich nenne dich Spooky. Das passt zu dir.«

Die Katze schien mit der Namenswahl einverstanden zu sein. Geschmeidig schlüpfte sie unter Cleos liebkosender Hand weg und setzte sich neben Coronas Grabstein. Mit ihren gelben Augen sah sie Clementine herausfordernd an.

Mach schon weiter, womit du begonnen hast, schien ihr Blick zu sagen.

Cleo lächelte und wandte sich wieder dem Symbol zu, das sie untersuchen wollte.

Hinter den Zweigen der Pflanze, die sie beiseiteschob, kam ein kreisrundes Zeichen zum Vorschein, in dessen Mitte eine gerade Linie verlief. Auf der Linie schien eine elegante Frauensilhouette zu tanzen. Wie eine Flagge hing unter der Linie ein geschwungenes »W«, das am äußeren Kreis verankert war.

Cleo schnappte nach Luft.

Sie kannte dieses Zeichen.

Kapitel 12

»Es wird weitergehen, meine Liebsten«, schickte sie
in Gedanken voraus, bevor sie sprang.
»Ich tue es für euch.«

Danic saß auf der winzigen Wiese, die Lilli sich mit den anderen Weidetieren teilte, und kraulte der Ziege den Nacken. Die Nähe seiner tierischen Freundin war das Einzige, was ihn in den vergangenen Tagen ab und zu ein wenig beruhigte.

Die Menschen um ihn herum behandelten ihn wie einen Aussätzigen.

Danic hasste die finsteren Blicke, die vor allem Polnik, Nana und sein Vater ihm zuwarfen. Er versteckte sich vor Aurys Betteln, er solle bleiben und einfach ein Fernstudium machen. Am meisten fürchtete er sich vor dem Schweigen seiner Mutter, die sich jedes Mal abwandte, wenn er ihr unerwartet begegnete. Neulich hatte sie gerade versonnen Bilder oder Schriftstücke aus einer kleinen Schatulle betrachtet, als er in den Wohnwagen kam. Schnell hatte sie sie weggesteckt, als hätte er sie bei etwas Verbotenem ertappt. Abends hörte er sie im Bett weinen.

Was verheimlichte sie ihm?

Und warum ging ihr das alles so furchtbar nahe? Leipzig war nicht so weit vom Winterquartier des Zirkus entfernt. Er konnte seine Familie besuchen, so oft er Zeit hatte. Außerdem hatte er doch erst vor Kurzem viel weiter entfernt gelebt, als er die beiden letzten Schuljahre vor dem Abitur an der Artistenschule in Berlin verbracht hatte. Aber hier ging es wohl um die Angst, er könnte dem Zirkus komplett den Rücken kehren. Eigentlich wusste Danic selbst noch nicht so recht, ob er das wirklich wollte. Er wollte dieses Studium jetzt einfach machen, ohne sich schon für immer festzulegen. Vielleicht kam ja die Leidenschaft für den Zirkus in ihm noch zum Vorschein, wenn er erst einmal ein paar Semester an der Uni verbracht hatte?

Seufzend zupfte er ein paar Grashalme aus und hielt sie Lilli hin. Gierig riss die Ziege ihm das Futter aus der Hand und stupste dann auffordernd mit dem Kopf gegen seine Schulter.

»Mehr gibt's jetzt nicht«, bestimmte Danic und stand auf. Er klopfte Staub und Gras von seinem Hosenboden und stieg über den Weidezaun. »Bis später, Lilli, du treue Seele.«

Ein leises Meckern war die Antwort.

Danic drehte sich um und ging zu den Wohnwagen hinüber. Freddy saß auf der Schwelle seines Heims und trank aus einer Flasche Bier.

»Na, immer noch am Grübeln?«, fragte der alte Mann. Das schelmische Grinsen, das den Spruch begleitete, pikte in Danics Herz.

Er zuckte die Schultern und fuhr unsicher mit der Hand durch seine Lockenmähne.

»Setz dich einen Moment zu mir«, bat Freddy.

Die Holztreppe war warm. Wieder einmal sah Danic einen hellblau-orange gefärbten Abendhimmel, als er den Blick hob. Diesmal hing ein dünner grauer Schleier in der Luft, der vermutlich von den Abgasen und dem Staub der Stadt herrührte.

Eine Weile saßen die beiden Männer schweigend nebeneinander.

Dann wagte Danic sich endlich noch einmal an die Frage, die ihn seit Tagen beschäftigte: »Was ist vor neunzehn Jahren in dieser Stadt bei uns im Zirkus passiert, Freddy? Niemand will es mir sagen.«

Freddys wässrige blaue Augen weiteten sich vor Erstaunen. »Noch immer nicht?« Er sah Danic forschend ins Gesicht, als könne er nicht glauben, wie unwissend dieser war.

Danic fühlte sich schrecklich ausgeschlossen. Warum hatte seine Familie Geheimnisse vor ihm?

»Was auch immer es ist, anscheinend wissen alle Bescheid, außer mir.«

»Nein.« Freddy runzelte die Stirn und schüttelte den Kopf. »Nein, nicht alle. Nur die, die damals dabei waren. Die Jüngeren haben nichts davon gehört. Aury nicht, auch nicht Fee, Filou oder wer sonst noch dazugekommen ist. Seit Marie und Pfeffer sich getrennt haben, spricht keiner mehr davon. Aber ich dachte, dir hätten sie es doch zumindest gesagt, als du volljährig wurdest.«

Zwei Schwalben schossen pfeifend durch die Luft und Danic zuckte zusammen. Er war vollkommen verwirrt. Seine Großeltern spielten also eine Rolle bei dieser Sache? Er hatte sie nie gesehen und kannte sie nur von ein paar Bildern, die über dem Schminktisch seiner Mutter hingen. Siedend heiß fiel ihm plötzlich ein, wo sie wohnten: hier in dieser Stadt. Mutter hatte es irgendwann erwähnt, als sie das letzte Mal hier gewesen waren, vor fünf Jahren.

»Ich glaube nicht, dass ich es sein sollte, der dir diese Geschichte beibringt, Danic«, stellte Freddy bedauernd fest. »Deine Eltern sollten dir davon erzählen. Weißt du, Cora hat damals …«

Mit einem Knall flog die Tür des Wohnwagens nebenan auf und Nana steckte ihren zerzausten grauen Lockenkopf heraus. »Freddy!«, brüllte sie.

Die beiden Männer schraken zusammen. So aufgebracht hatten sie Nana selten erlebt.

»Hör auf zu erzählen«, fuhr Aurys Großmutter etwas ruhiger fort. Sie sah sich nach rechts und links um und kam zu ihnen herüber. Mit gedämpfter Stimme beschwor sie Freddy: »Wir reden nicht über Cora.« Sie legte dem alten Mann die Hand auf die Schulter und bedachte Danic mit einem eindringlichen Blick. In ihren Augen lag Schmerz – und Bedauern. »Komm schon, Danic, es ist nicht gut, andere Leute auszufragen. Schon gar nicht, wenn sie ein so schwaches Herz haben wie Freddy. Wenn deine Eltern dir etwas nicht erzählt haben, dann sollst du es auch nicht wissen. Es hat keinen Sinn, in der Vergangenheit zu rühren. Also lass es bleiben. Geh nach Hause und tröste deine Mutter, auch wenn du keinen Schimmer hast, was du ihr antust mit diesen Flausen in deinem Kopf! Was meinst du wohl, wie sie sich fühlt? Investiert neunzehn Jahre ihres Lebens in dich Knirps, kratzt das letzte Geld zusammen, um dich an die Artistenschule zu schicken, und nun wirfst du alles weg.«

»Ich werfe überhaupt nichts weg!«, fauchte Danic und sprang auf.»Unfassbar, wie jeder hier über mich redet, als wäre ich Eigentum des Zirkus! Ich bin übrigens ein Mensch, keine Attraktion! Und mein Leben ist zufällig mein Leben. Sorry, dass meine Eltern umsonst in mich investiert haben. Keine Ahnung, was schiefgelaufen ist, dass die reinen Zirkusgene nicht die erwünschte Wirkung bei mir entfalten.«

Nana war blass geworden.

Freddy senkte den Kopf und sah auf seine Hände.»Ich denke, es ist wirklich besser, die Sache ruhen zu lassen«, pflichtete er Nana beinahe unhörbar bei.

Wütend und verwirrt stapfte Danic davon. Er schlug mit der flachen Hand gegen die Kante von Nanas Wagen und genoss den Schmerz. Er würde herausfinden, was seine Familie ihm verschwieg!

Er riss die Tür seines Wohnwagens auf und schlüpfte hinein. Die Luft war heiß und stickig. Außerdem fühlte er sich verschwitzt. Danic schnupperte an seinen Händen. Lillis Duftnote war deutlich zu riechen. Eine Dusche würde ihm guttun.

Gedankenverloren warf er seine Klamotten in den Wäschekorb und quetschte sich in die winzige Duschecke. Er gönnte sich ein wenig mehr als die übliche knapp bemessene Ration Wasser, wusch gründlich sein Haar und genoss es, das kühle Wasser auf seinem Körper zu spüren.

Wie würde er sich während des Studiums fit halten? Prüfend spannte Danic seine Bauchmuskeln an. Nur das tägliche Training und die Auftritte sorgten dafür, dass er all die verrückten Dinge tun konnte, die die Leute so liebten. Als Student würde er mit Sicherheit viel weniger Zeit haben. Er würde mittelmäßig werden. Ein Halbwegs-Artist wie Jake … Sofort stand ihm der blonde Schönling wieder vor Augen. Letztens hatten Aury und er sich eine Dose Energy geteilt, als Danic mit dem Fahrrad am Stadtbrunnen ankam. Aury lachte nur, wenn er eine eifersüchtige Bemerkung über Jake machte. Aber wie lange würde sie ihm widerstehen, wenn Danic wegzog? Er hatte vor, mit ihr Schluss zu machen, bevor er ging. Einfach, weil sie ihm wertvoll war. Sie sollte nicht ewig auf ihn warten, wenn er sich nicht sicher war, ob er zum Zirkus zurückkehren würde. Und ob er sie auf dieselbe Weise liebte wie sie ihn. Aber wenn sie etwas mit Jake anfangen sollte, dann würde er verrückt werden. Jake war Mittelmaß und Aury war Spitzenklasse.

Danic schüttelte das Wasser aus seinem Schopf und trat aus der Dusche. Er hatte sich gerade trocken gerubbelt und das Handtuch um seine Hüfte geschlungen, als es an der Tür klopfte.

»Danic, bist du da?«

Aury.

Als könnte sie Gedanken lesen …

»Es ist offen!«, rief er und schlüpfte rasch in seine Hose.

Aurelie steckte den Kopf zur Tür herein. Über ihr Gesicht lief ein Strahlen und ihre grünen Augen blitzten. Wie ein Schmetterling tanzte sie zu ihm heran und ließ durch den Schwung ihres Zopfes die Glöckchen an der Girlande klingen, die neben der Tür hing.

»Mmh, frisch geduscht«, schnurrte sie und schmiegte sich an ihn.

Danics Herzschlag beschleunigte sich.

Es war niemand da. Seine Eltern waren zum Essen in die Stadt gegangen und kamen sicher nicht so schnell zurück. Aury roch berauschend nach Pfirsich diesmal und einem Hauch von Yasmin.

Ihre Finger gruben sich in sein Haar, die Lippen berührten sanft seinen Hals. Danic spürte, wie die Härchen an seinen Unterarmen sich aufrichteten und sein ganzer Körper in Erregung versetzt wurde.

Hör auf!, schrie sein Verstand ihn an. *Hör auf, du machst alles nur noch schlimmer!*

Aber Aury zog ihn schon sanft in Richtung Bett. Er konnte sich nicht wehren. Oder wollte er nicht? Gemeinsam fielen sie auf die Matratze und Aurelie schlang ihre starken Beine um seine.

»Heute ist es so weit, Danic«, flüsterte sie. Ihre Stimme war rau. »Hör auf, dich zu wehren, und vertrau mir.«

Danic konnte den Blick nicht von ihr wenden. Alles in ihm sehnte sich danach, sie weitermachen zu lassen, was sie gerade tat.

»Du willst es, Danic«, versicherte sie ihm.

Und er wollte es.

Aber er wusste, dass sie es bereuen würde.

Mit einem Stöhnen richtete er sich auf und schob sie ein Stück von sich. »Ich kann nicht.«

Aurelie war nicht bereit aufzugeben. »Natürlich kannst du. Es ist ganz einfach.« Sie lachte ein kehliges, dennoch perlendes Lachen und versuchte, sich wieder an ihn zu pressen.

»Ach, Aury. Ich hab so viele Fragen im Kopf und ich bin so kurz davor, mein ganzes Leben über den Haufen zu werfen … Das hier ist nicht der richtige Augenblick für ein erstes Mal.«

Was in diesem Moment mit Aurelie geschah, hatte er nicht erwartet. Sie kniff die Augen zusammen und eine Falte erschien auf ihrer Stirn. Energisch stieß sie Danic von sich und sprang vom Bett. »Du meinst, es ist nicht der richtige Zeitpunkt für *dein* erstes Mal!«, fauchte sie aufgebracht.

Danic starrte sie an. »Wie meinst du das?«

Tausend Puzzleteile fügten sich augenblicklich in seinem Gedächtnis zusammen.

Aury mit Jake am Brunnen. Aury mit Jake auf dem Motorrad. Aury mit Jake … irgendwo. Das konnte nicht sein. Oder doch?

»Du hast es genau richtig verstanden. Jake ist nicht so zögerlich wie du.«

Danic atmete ein und wieder aus. Schluckte. Versuchte zu begreifen, was sie da sagte.

Konnte Aurelie – seine beste Freundin Aurelie, die ihn schon tausendmal geküsst und mit der er unzählige Male gekuschelt hatte – ihn mit diesem Durchschnittsartisten betrogen haben? Und gab sie das gerade unumwunden zu?

»Mach den Mund zu, Danic.« Aurelie schniefte und wischte sich mit der Hand über die Augen. Sie sah verzweifelt aus. Das hier lief entschieden aus dem Ruder.

»Wenn das wahr ist, dann hast du deine Wahl schon getroffen«, stellte Danic fest und wunderte sich darüber, wie kalt seine Stimme klang. »Das ist gut, denn ich gehe ja sowieso. Bleib du bei Jake. Was auch immer wir beide hatten, ich schätze, es ist vorbei.«

Damit stand er auf, drückte sich an Aurelie vorbei, die wie erstarrt vor seinem Bett stand, und versuchte, zur Tür zu gelangen. Wie so oft stieß er mit dem Knie gegen das Schränkchen im Flur, aber diesmal war da nicht nur der Schmerz. Die Schublade sprang auf und Danic erkannte sofort die Schatulle, die obenauf lag. Es war das flache Kästchen, das seine Mutter vor ihm versteckt hatte.

Instinktiv griff Danic danach, steckte es in die Hosentasche und floh aus der Tür.

Mit schnellen Schritten eilte er über den Platz, rannte die Freitreppe hinunter, überquerte die Straße und tauchte in den Schatten der alten Bäume im Park.

Seine Augen schwammen in Tränen.

Aury, beste Freundin, Herzensschwester. Er hatte sie verloren.

Und er hatte es erst heute bemerkt.

Kapitel 13

**Das Mädchen richtete sich auf,
streckte die Arme weit gen Himmel
und machte einen Schritt nach vorn.**

Kurz vor dem Tor lief Cleo Sebastian-dem-Vikar über den Weg. »Hallo Clementine«, grüßte er lächelnd. Er war definitiv viel zu jung und viel zu gut aussehend für einen Pfarrer. Froh über die Haarsträhne, die hoffentlich die ihr ins Gesicht schießende Röte verbarg, murmelte Cleo ein höfliches »Hi«. Sie wäre gern einfach an ihm vorbeigegangen, aber Sebastian-der-Vikar hatte offenbar Lust auf Small Talk. Eigentlich hatte sie vorgehabt, direkt nach Hause zu gehen und unterwegs zu schauen, ob das mit dem Zeichen tatsächlich stimmte. Auf dem Friedhof wollte sie das Handy nicht herausholen, das erschien ihr irgendwie respektlos.

»Wie läuft es eigentlich bei dir so? Claas meint, du musst nur noch drei Stunden abarbeiten. Was machst du denn danach? Gehst du noch zur Schule?«

Ob der Typ auch manchmal Luft holte? Cleo hatte das Gefühl, sich nicht einmal alle seine Fragen merken zu können. Vielleicht lag das aber auch an der Hitze. Oder an seinen wasserfallblauen Augen.

»Hab gerade meinen Abschluss gemacht«, murmelte sie ausweichend. Hoffentlich ließ er sie gehen.

»Ah, also kommt jetzt eine Ausbildung?«

Verlegen zuckte Clementine mit den Schultern und nuschelte: »Keine Ahnung.«

»Was steht ihr denn hier so in der Sonne?«, mischte sich eine

Stimme von hinter ihnen ein. Frau Lehmann erschien, diesmal in Jeansrock und buntem T-Shirt. »Kommt ihr mit rüber? Ich hab Kaffee gemacht. Mein letztes Trauerhaus hat uns Kuchen geschickt, und den schaffe ich nicht allein.«

»Ähm … ich wollte gerade gehen«, versuchte Cleo sich aus der Affäre zu ziehen. Aber Frau Lehmann hatte sie schon untergehakt. »Ach was, keine Widerrede. Du gehörst doch jetzt zur Familie.«

Ein fetter Kloß bildete sich in Cleos Hals und sie versuchte vergeblich, ihn wegzuschlucken. *Du gehörst zur Familie.* Sie gehörte doch nirgends dazu. Aber der Gedanke, eine Friedhofsfamilie zu haben, war so schräg, dass er beinahe überwältigend schön war.

Mit einem kleinen Funken Widerwillen folgte Clementine Frau Lehmann zur Kapelle. Sebastian-der-Vikar hatte ein glückliches Grinsen im Gesicht. Vermutlich mochte er Kuchen.

Während sie die wenigen Schritte zum Pausenraum gingen, prüfte Cleo panisch ihr Outfit. Sie hatte nicht vorgehabt, zum Friedhof zu gehen, deshalb war sie irgendwie unangemessen gekleidet. Wegen der Hitze trug sie ziemlich knappe Shorts und dazu auch noch ein bauchfreies Oberteil. Hoffentlich gingen sie wenigstens nicht in den Hauptraum der Kapelle. Cleo war sich nicht sicher, ob der Anblick Jesus gefallen würde. Die Schäfchen trugen alle anständiges Fell.

Kühle Luft strömte ihnen entgegen, als die Bestatterin die Tür des Hinterzimmers öffnete.

Drinnen am Tisch saß Claas und strahlte über das ganze Gesicht. »Happy Birthday, Sebastian!«, rief er und sprang auf.

Moment mal, war das hier eine Geburtstagsfeier für den Geistlichen? Sie hätte vielleicht wenigstens eine Blume von einem Grab klauen sollen. Cleo biss sich in die Innenseite ihrer Wange, um sich für den Gedanken zu bestrafen.

Während Frau Lehmann und Claas den angehenden Pfarrer umarmten, stand Cleo etwas verloren im Türrahmen. Wie war sie nur in diese Situation geraten? Konnte sie sich vielleicht unauffällig aus dem Staub machen?

Aber die Bestatterin hatte sie nicht vergessen.

»Komm rein, Cleo. Entschuldige den Überfall. Der Kuchen stammt wirklich von einer Trauerfeier, aber wir fanden, dass wir damit genauso gut Sebastians Geburtstag feiern könnten. Wenn es schon mal so passt. Und es ist klasse, dass du auch da bist. Ich wusste nicht, dass du heute arbeitest.«

»Tu ich auch nicht«, bemerkte Cleo ein wenig trotzig. »Ich bin … einfach nur hier.«

»Wenn das mal nicht wieder eine glückliche Fügung ist«, meinte Claas grinsend und gab ihr mit einer Handbewegung zu verstehen, dass sie sich setzen sollte.

Unsicher sah Cleo zu Sebastian-dem-Vikar. »Also, ähm, ja, dann … herzlichen Glückwunsch und so.« Ihr Gesicht war schon wieder knallrot und Cleo wäre am liebsten unter den Tisch gekrochen.

Aber Sebastian-der-Vikar sah so begeistert aus, dass er vermutlich nicht einmal bemerkte, wie sie sich hier blamierte.

»Ich liebe Eierschecke!«, rief er und schnappte sich direkt ein Stück des Kuchens von der Platte. »Lasst uns beten, damit wir gleich zuschlagen können!«

»Ach so, Jesus ist auch eingeladen«, rutschte es Cleo heraus. Wieso war sie nur so peinlich drauf?

Sebastian-der-Vikar warf ihr einen amüsierten Blick zu. »Jesus ist immer dabei«, erklärte er, als sei das selbstverständlich. »Du musst übrigens nicht mal unbedingt die Augen zumachen beim Beten. Kannst du aber. Wie du willst. Also, ich bete dann mal.«

Der junge Mann faltete die Hände, und weil die anderen das Gleiche machten, tat Cleo es auch. Herdentrieb. Es fühlte sich gut an.

»Herr, ich danke dir für diesen überraschenden Segen. Danke für Clementine, Claas und Simone. Danke für den leckeren Kuchen. Du bist der Beste. Amen.«

»Irgendwie hab ich etwas Seriöseres erwartet.« Auch dieser Satz war heraus, bevor Cleo darüber nachdenken konnte.

Die drei Frommen lachten. Obwohl, war Frau Lehmann überhaupt fromm? Man musste nicht christlich sein, um Tote unter die Erde zu bringen, oder?

»Er kann auch seriös sein«, tröstete Claas. »Aber er ist eben Sebastian, und so, wie er ist, redet er auch mit Gott.«

Cleo sah ihn an, nickte, hatte keine Ahnung, was sie erwidern sollte, und nahm sich ein Stück Kuchen. Die Kaffeetasse klirrte, weil sie sie dabei beinahe umstieß.

Cleo war schon auf so einigen Geburtstagspartys gewesen, aber das hier war mit Abstand die schrägste. Und die beste. Noch nie hatte sie sich so zu Hause gefühlt, nicht einmal in Noras Familie.

Claas und Frau Lehmann überboten sich gegenseitig mit skurrilen Geschichten von Beerdigungen. Cleo schwankte zwischen Entsetzen und Lachen. Mehr als einmal spritzte Kaffee über den Tisch, weil irgendwer plötzlich losprustete.

Sebastian-der-Vikar lauschte den Erzählungen genauso fasziniert wie Cleo. Scheinbar war er noch nicht allzu lange in seinem Job unterwegs, und während des Studiums ging es vielleicht ein bisschen trockener zu.

»Und dann stand er da unten auf dem Sarg und wir oben reichten ihm alle unsere Hände, um ihm wieder heraus zu helfen«, berichtete Claas gerade. »Hat nicht geklappt.«

Clementine versuchte, sich die Szene vorzustellen. Ein Ehemann, der beim letzten Abschied an der Kante des Grabes abgerutscht und in die Grube gefallen war … Sie konnte kaum glauben, dass so etwas passieren konnte.

Sebastian-der-Vikar biss in ein weiteres Stück Eierschecke und nuschelte: »Und, was habt ihr dann gemacht?«

»Dann«, erklärte Claas und machte eine künstlerische Pause, während der er hingebungsvoll in seiner Kaffeetasse rührte, »dann haben wir die Sargträger zurückgerufen, die schon weggefahren waren. Ja, die Grabrede war sehr lang. Deshalb war vermutlich auch der Kreislauf des Ehemannes nicht mehr so stabil.«

Frau Lehmann grinste, weil Claas ihr verschwörerisch zuzwinkerte. »Ich fasse mich immer kurz!«, behauptete sie mit unschuldigem Blick.

»Die Sargträger haben dann eine Schlinge aus dem Seil gelegt, mit dem sie normalerweise die Särge hinablassen. Auf diese Schlinge hat sich der arme Mann gestellt und sie haben ihn nach oben gezogen.«

»Ich will mir gar nicht ausmalen, wie die Trauerfeier danach weiter abgelaufen ist«, stöhnte Cleo und schüttelte den Kopf. Aber Claas lächelte nur. »Die Tochter meinte, es wäre ein würdiger Abschied gewesen. Ihre Eltern hätten schon immer ein solches Gespann abgegeben: sie eine anziehende Persönlichkeit und er ein liebenswerter Tollpatsch. Wir lachen heute noch über diesen Abgang, wenn sie zum Blumengießen ans Grab kommt.«

»Aber wie schafft ihr es, dass diese traurigen Menschen auch nach der Beerdigung noch mit euch reden? Ich dachte immer, jeder vermeidet es, an irgendwas erinnert zu werden, was so blöd war wie eine Trauerveranstaltung.«

Sebastian-der-Vikar, Frau Lehmann und Claas sahen sie auf einmal alle drei ernst und ein wenig verwundert an.

»Das fragst ausgerechnet du?«, durchbrach Frau Lehmann schließlich das plötzliche, seltsame Schweigen. »Ich habe dich während deiner Zeit hier so oft vertieft ins Gespräch mit Friedhofsbesuchern gesehen!«

Cleo zog die Stirn in Falten. Ja, es hatte sie andauernd jemand während ihrer Arbeit unterbrochen. Mehr als einmal war Panik in ihr hochgestiegen, weil sie von Claas eine Rüge dafür erwartet hatte.

»Aber das ist doch was anderes. Die haben mich einfach angesprochen. Ich meine, ich zupfe so Unkraut neben einem Beet. Auf einmal sagt jemand etwas und ich hab einfach nur höflich zugehört. Ich weiß nicht, warum die dann anfangen, mir ihr ganzes Leben zu erzählen.« Cleo machte eine Pause und sah von ihrem Teller auf. Die drei Erwachsenen schauten sie noch immer an. Wohlwollend. Was passierte hier?

»Du hast einfach nur zugehört«, meinte Frau Lehmann. »Genau das ist es, Cleo. Du bist jemand, der ernsthaft interessiert zuhört. Das ist eine große Gabe, die nur wenige Menschen haben. Viele interessieren sich nur für sich selbst. Du hörst mit ehrlichem Interesse zu, wenn jemand anderes etwas erzählt.«

Claas nickte zustimmend. »Deshalb bist du auch die beste Gärtner-Gehilfin, die ich je hatte.«

»Das Unkraut erzählt aber nicht allzu viel«, rutschte es Cleo heraus.

Während Claas und Sebastian-der-Vikar lachten, suchte Frau Lehmann ihren Blick. »Ich möchte dir ein Angebot machen, Cleo.«

Ein seltsames Gefühl breitete sich in ihr aus. Kribbelnde Spannung und ein Hauch von Angst. Oder war es Freude?

»Ich habe mitbekommen, dass du deinen Abschluss gemacht hast und noch nicht genau weißt, was du jetzt anfangen sollst. Wie wäre es mit einem FSJ hier in der Gemeinde? Mit Sebastian und Claas habe ich schon geredet: Du könntest weiterhin auf dem Friedhof arbeiten, aber vor allem würde ich dich gern in die Arbeit mit den Trauernden einbeziehen. Es ist zwar etwas unüblich, aber wir könnten uns vorstellen, dass du mit mir oder Sebastian Hausbesuche machst und mir auch bei anderen Arbeiten zur Hand gehst, wenn du dich traust. So eine Mischung aus Praktikum und sozialem Jahr. Was hältst du davon?«

Die Welt schien für einen kurzen Moment stillzustehen.

In Cleo explodierte eine Konfettibombe und sie musste kurz die Augen schließen, um zu spüren, ob es ein gutes oder ein schlechtes Gefühl war.

Wie viele Ausbildungsideen hatte sie gewälzt und nie hatte irgendetwas sie angesprochen? Und jetzt war es, als hätte jemand das Tuch weggezogen und die darunter versteckte Überraschung präsentiert: Tadaa, hier siehst du deine Bestimmung!

Aber konnte es wirklich sein, dass ihre Bestimmung Leichen und weinende Menschen beinhaltete? War sie wirklich *so* schräg?

Das erwartungsvolle Räuspern von Claas riss sie aus ihren Gedanken.

»Ich glaub ... ich brauche ein bisschen Bedenkzeit«, brachte sie mühsam heraus. Mit ungewollter Heftigkeit stieß sie den Stuhl zurück und stand auf.

»Ich gehe eine kleine Runde, wenn es in Ordnung ist.«

»Natürlich«, meinte Frau Lehmann mit einem Nicken und strich ihr kurz über den Arm. »Wir bleiben noch ein paar Minuten hier.«

»Ist ja noch Kuchen da«, ergänzte Sebastian-der-Vikar professionell einfühlsam. Er hatte wohl mit dem scheinbaren Small Talk vorhin versucht, sie schon auf das Angebot vorzubereiten.

Cleo schlüpfte durch die Tür nach draußen auf den Friedhof. Es war heiß und hell und die vielen Gräber schienen auf einmal ihre Sinne zu überreizen. Deshalb hielt sie sich dicht an der Mauer der Kapelle und steuerte auf den Haupteingang zu.

Die Tür war nicht abgeschlossen.

Cleo zögerte kurz, weil ihr das unpassende Outfit wieder einfiel. Egal, sie brauchte jetzt diesen Ort und seine Ruhe. Der Gemälde-Heiland konnte damit bestimmt umgehen, schließlich akzeptierte er auch die saloppen Gebete von Sebastian-dem-Vikar.

Leise drückte Cleo die Klinke ganz herunter und betrat, trotz allem automatisch ehrfurchtsvoll, den Raum. Ihr Blick richtete sich sofort wieder auf den Schäfchen-Jesus, der sie schon erwartet zu haben schien.

Clementine ging im Mittelgang bis ganz nach vorne und setzte sich in die erste Bankreihe.

»Wir müssen reden«, sagte sie zu dem Mann im weißen Gewand.

Sein zustimmender Blick lud sie ein zu erzählen.

Kapitel 14

Sie flog. Spannte und bog ihren Körper,
wie sie es unzählige Male vorher schon getan hatte.
Hörte das Rauschen der Luft, die an ihren Ohren vorbeiströmte.
Riss die Augen auf, um die Hände zu sehen,
die sie erwarteten.

Der dramatische Tod der berühmten Artistin Cora Langscheidt (25) vor zwei Tagen versetzt die Zirkuswelt in eine Schockstarre. Der Veranstalter hat alle weiteren Vorstellungen vor Ort abgesagt. Die Kosten für bereits gekaufte Karten werden erstattet. Zirkusdirektor Peter »Pfeffer« Wittenmeer kündigte seinen Rücktritt an. Es bleibt zu vermuten, dass die Geschichte des Zirkus Wittenmeer durch diesen Unglücksfall ein jähes Ende findet.
C., 19. Juni 2004

Danic las den vergilbten Zeitungsartikel zum wahrscheinlich tausendsten Mal.

Wie immer zitterten seine Finger dabei, und diesmal kam auch das Rütteln des Zuges dazu. Das dünne Blatt Papier zappelte hin und her, sodass Danic den Text kaum erkennen konnte. Aber das war egal, denn er kannte ihn längst auswendig.

Neben ihm auf dem speckigen Zweiersitz der Regionalbahn lag eine große Reisetasche, im Gepäckfach über seinem Kopf der Rucksack. Er war auf dem Weg nach Leipzig in sein neues Leben.

Nach Aurelies Geständnis war er lange durch den Park geirrt. Sein Kopf konnte sich an keine Details erinnern – alles erschien ihm wie ein grüner Nebel, durchzogen vom Sirren der Wahrheit, die wie ein Pfeil sein Herz getroffen hatte.

Irgendwann war es dunkel geworden und die kühle Luft hatte ihn nach Hause getrieben. Vielleicht hatte er erwartet, dass seine Eltern aufgelöst nach ihm suchten, aber sie nahmen an diesem Abend kaum Notiz von seiner Rückkehr. Sie waren selbst gerade erst auf den Platz zurückgekehrt und dachten sich nichts dabei, dass ihr Sohn wortlos in sein Bett schlüpfte.

Das alles schien eine Ewigkeit zurückzuliegen. An den nächsten Tagen hatten Danic und Aurelie die Vorstellungen und das Training routiniert durchgezogen. Niemand schien zu bemerken, dass die romantische Nummer von *Sturmwind und Morgenröte* verblasst war.

Die einzige große Veränderung bestand darin, dass Danic und Aurelie keine Videos mehr gedreht hatten. Die Kommentare unter dem letzten Video hatten sich in den vergangenen Tagen vermehrt: *Wo bleiben neue Trixx? Wann gibt's endlich was Neues?*

Danic faltete den Zeitungsartikel zusammen und steckte ihn seufzend zurück in seine Brieftasche.

Der tragische Tod seiner Tante Cora war nicht das Ende des Zirkus Wittenmeer gewesen.

Sein Großvater »Pfeffer« war weggegangen, ebenso seine Oma Marie. Er wusste nicht genau, wo die beiden lebten. Tante Cora hatte ihre letzte Ruhestätte gefunden – auf einem der Friedhöfe in dieser Stadt, aus der er eben wegfuhr. Danic hatte versucht zu erfahren, wo ihr Grab war, aber keiner wollte es ihm sagen, nicht einmal Freddy. Überhaupt reagierte jeder, den Danic darauf ansprach, abweisend und entsetzt. Seine Mutter war in Tränen ausgebrochen, als er den Namen *Cora* erwähnte. Und deshalb hatte Danic ihr nichts von der Schatulle erzählt, obwohl sie fragte, woher er von seiner Tante wisse. Wahrscheinlich konnte sie es sich mittlerweile selbst zusammenreimen, wenn sie bemerkt hatte, dass das Kästchen nicht mehr in der Schublade lag.

In der kleinen Schachtel hatte Danic den Zeitungsartikel entdeckt und dazu drei Fotos: Eines zeigte Cora bei ihrer Nummer, mitten im Flug. Auf dem zweiten strahlten zwei kleine Mädchen, die einander glichen wie ein Ei dem anderen, in die Kamera. Und das dritte Bild zeigte eine glückliche Familie: Pfeffer und Marie, ihren Sohn Didi mit seiner Frau Carina, die ein Baby auf dem Arm hielt, und Tante Cora. Die beiden Frauen sahen einander noch immer so ähnlich, dass Danic beim ersten Anblick nach Luft geschnappt hatte.

Seine Mutter hatte nie erwähnt, dass sie ein Zwilling war. Und doch waren da diese beiden Frauen, den Bildern nach jede von ihnen Teil der Familie, obwohl doch nur seine Mutter die Schwiegertochter war.

Seit neunzehn Jahren hatte niemand im Zirkus Wittenmeer von der Zwillingsschwester gesprochen. Als hätte sie nie existiert.

Danic seufzte erneut.

Das Baby auf Carinas Arm war er.

Niemand hatte ihm gesagt, dass seine Tante bei einem Auftritt vor Publikum verunglückt war.

Tag für Tag gaukelten sie den Zuschauern die aufregende, heile Zirkuswelt vor. Wie viele Menschen ahnten wohl, dass nicht nur ihre Kunststücke, sondern sogar die eigene Familiengeschichte von undurchdringlichen Geheimnissen geprägt war?

Überhaupt musste es wahnsinnig schwierig gewesen sein, dieses schreckliche Unglück so zu verdrängen. Wie hatten die Artisten den Mut gefunden weiterzumachen? Was hatten sie investiert, um sicherzustellen, dass kein weiterer solcher Unfall passieren konnte? Natürlich wusste jeder, dass die Arbeit im Zirkus Risiken für Leib und Leben barg. Trotzdem erstaunte es Danic, dass seine Familie es geschafft hatte, das Publikum und sich selbst zu beruhigen. Irgendwie hatten sie es geschafft, trotz allem die Illusion, alles im Griff zu haben, aufrechtzuerhalten.

Danic fuhr sich mit der Hand durch die widerspenstige Lockenmähne.

Der Zug ruckelte, draußen flogen Häuser und Bäume vorbei. Noch ungefähr eine Dreiviertelstunde, dann würde er in Leipzig ankommen.

»Hey, bitte sag, dass du wirklich Danic von *Danics Trixx* bist!«
Zwei Mädchen fielen fast auf seinen Schoß, so enthusiastisch
beugten sie sich über die Lehne der Sitze vor ihm, um mit ihm ins
Gespräch zu kommen.

»Du bist es auf jeden Fall!«, behauptete die Kleinere energisch.
Sie war höchstens dreizehn Jahre alt, trug das Haar in zwei straff
geflochtenen Zöpfen und hatte kugelrunde blaue Augen. Ihre
Freundin war vielleicht ein wenig älter und hatte vor Begeiste-
rung ein knallrotes Gesicht.

Danic brachte ein schiefes Grinsen zustande. »Ertappt«, erwiderte er. Es war sinnlos, es zu leugnen. Hoffentlich waren die
beiden keine allzu harten Fangirls und ließen sich schnell abwim-
meln.

»Wooooow, Lina, er ist es wirklich! Hey, gibst du uns ein Auto-
gramm? Dürfen wir ein Selfie mit dir machen?«

Die beiden warteten seine Zustimmung gar nicht erst ab, sondern zückten sofort ihre Handys.

»Wir lieben deine Videos!«, versicherte die Bezopfte eifrig.
»Wann machst du endlich wieder eins?«

Danic hob bedauernd die Hände und schüttelte den Kopf. »Tut
mir leid, euch zu enttäuschen, aber es wird jetzt eine ganze Weile
nichts Neues mehr von mir geben. Ich bin aus dem Zirkus erst
mal raus und widme mich dem Studieren.«

»Ernsthaft?«, rief die mit den roten Wangen entsetzt. »Das
kannst du doch nicht machen! Du bist der Beste!«

»Ja, sorry, ist halt so. Und jetzt muss ich raus.« Hastig raffte
Danic seine Sachen zusammen und eilte zur Tür.

Es war der falsche Bahnhof, aber er musste ins Freie, weg von
diesen Fans.

Zum Glück hielt der Zug, bevor die beiden auf die Idee kamen,
ihm zu folgen. Danic sprang auf den Bahnsteig und ging auf die
Treppe zu, als wolle er tatsächlich in diese Stadt. Der Zug fuhr an
und der Bahndamm leerte sich.

Zu spät fiel ihm ein, dass er auch einfach in einen anderen

Waggon hätte umsteigen können. Jetzt musste er auf die nächste Bahn warten, aber das war ihm egal. Hauptsache kein Small Talk mit Fangirls mehr.

Die nächsten zehn Minuten verbrachte Danic damit, ins Leere zu starren.

Dann vibrierte sein Smartphone.

Danic schmeißt hin!, besagte die Benachrichtigung, die Instagram ihm anzeigte. Babyblue09 hatte ihn auf ihrem Selfie markiert.

Wow, jetzt war es offiziell. Zwar hatte das Mädchen – es war das mit den roten Wangen – nicht allzu viele Follower; trotzdem wäre es ihm lieber gewesen, wenn die Mitteilung von ihm selbst an die Fans gegangen wäre. Er hätte sich schon längst dazu aufraffen sollen.

Unschlüssig sah Danic sich um.

Er war fast allein auf dem Bahnhof. Der nächste Zug in seine Richtung kam vermutlich erst in einer Stunde. Wetter und Licht passten … Warum nicht einfach das Handy auf die Reisetasche stellen und ein Abschiedsvideo drehen? Es würde nicht so professionell werden wie die Clips von Aury, aber es war besser als nichts.

Der Gedanke schien perfekt. Ein bisschen Drama und eine Prise Ehrlichkeit. Seine Familie würde es hassen.

Kurz entschlossen wuchtete Danic seine Reisetasche auf eine Wartebank, platzierte das Handy darauf, prüfte den Blickwinkel der Kamera und machte einen sporadischen Soundcheck.

Dann zog er sich das T-Shirt über den Kopf und warf es zur Seite. Auch die Schuhe streifte er ab.

Bloß nicht in einen alten Kaugummi oder auf einen Zigarettenstummel treten, dachte er angewidert, als er barfuß auf dem Bahnsteig stand.

Dann drückte er auf Aufnahme.

»Hey, willkommen zu *Danics Trixx,* live und ohne Filter. Heute zum letzten Mal – jep. Die Gerüchte sind wahr.« Er sprang aus

110

der Hocke auf die Füße. »Für mich geht's außerhalb des Zirkus weiter. Ich will hoch hinaus, wie meine Familie glaubt.«

Mit diesen Worten legte Danic seine Hände an einen Metallmast, der auf dem Bahnsteig stand und ein Hinweisschild trug. Er holte Schwung, drehte sich um den Mast und bewegte sich daran mit ausgestreckten Armen nach oben. Er ließ den Körper nachkommen, streckte ihn, bis er wie eine wehende Fahne von der Stange abstand. Diese Position hielt er für einige Sekunden.

Die Stange hatte einen anderen Umfang als der Chinesische Mast, an dem er normalerweise turnte, und Danic hatte das Gefühl, gleich abzurutschen. Kontrolliert brachte er seinen Körper wieder an die Stange und zog sich weiter nach oben. Er wusste, dass sein Kopf nicht über das Schild hinaus gehen durfte, um auf dem Video zu bleiben.

Danic holte tief Luft, spannte sich an und wirbelte mit weiterhin gestrecktem Körper in drei schnellen Drehungen nach unten, die Hände dabei immer an der Stange.

Gekonnt landete er auf dem Boden vor der Kamera, dort, wo er den Clip begonnen hatte.

»Tja, das war's mit *Danics Trixx* – wir sehen uns im Real-Life, falls ihr in Leipzig studiert. Ansonsten: Bleibt dem Zirkus treu, vor allem dem Zirkus Wittenmeer. Grüßt die Morgenröte, wenn ihr sie seht. Sie wird zauberhaft sein wie immer, auch mit der nächsten Luftnummer.

Macht's gut, Leute!«

Ärgerlich drückte Danic auf Stopp. Was war denn das für ein Mist mit der Luftnummer? Es war ihm herausgerutscht, bevor er wirklich darüber nachgedacht hatte. Obwohl er Jake nicht leiden konnte, wollte er ihn eigentlich nicht indirekt diskriminieren, schon gar nicht auf Aurys Kosten.

Sollte er noch einen Take machen?

»Wow, das war fantastisch!«

Drei Mädchen mit Bauchtaschen und gezückten Handys scharten sich um ihn.

»Kannst du noch was machen? Wir haben nur den Schluss mitbekommen …«

Als Danic den Blick hob, bemerkte er noch weitere Menschen, die ihn, zum Teil bewundernd, zum Teil misstrauisch, anstarrten. Einige applaudierten.

Danic hob abwehrend die Hände. Aus dem Augenwinkel bemerkte er einen uniformierten Mann, der mit energischen Schritten auf ihn zukam – ein aufgebrachter Bahnbeamter.

»Sorry, mehr gibt's nicht«, wehrte Danic ab und packte hastig sein Handy in die Reisetasche. Bevor der Beamte bei ihm ankam, hatte er das Shirt übergestreift und die Schuhe an den Füßen.

Die Mädchen gingen einen Schritt zur Seite und Danic präsentierte ein unschuldiges Gesicht.

»Was war das für eine Hampelei an meinem Inventar?«, blaffte der schwitzende Mann mit der blauroten Kappe. »Das ist Erregung öffentlichen Ärgernisses! Ich verweise dich meines Bahnhofs.«

Danics Augen weiteten sich vor Überraschung. *Ernsthaft jetzt?* »Tut mir leid, mir war nicht klar, dass Bewegung auf dem Bahnsteig verboten ist«, platzte er mit etwas respektlosem Unterton heraus. »Ich habe nichts beschädigt und niemanden behindert.«

»Niemanden behindert!«, wiederholte der Mann aufgebracht. Unter den Achseln seines hellblauen Hemds bildeten sich Schweißflecke. »Auf der Treppe gab es einen Stau und die Leute hätten beinahe ihren Zug verpasst wegen deiner Sperenzchen!«

Die Mädchen schauten einander erstaunt an, während Danic fassungslos den Kopf schüttelte. »Hier ist kein einziger Zug durchgefahren, seit ich da bin«, protestierte er. »Und selbst jetzt ist keiner in Sicht.«

Der Beamte war so wütend, dass Danic einen Schritt nach hinten machte, bevor er am Ende noch handgreiflich wurde.

»Wer von uns beiden kennt den Fahrplan wohl besser?«, zischte der Wächter des Bahnhofs und zeigte mit ausgestrecktem Arm auf die Treppe. »Raus jetzt, bevor ich die Polizei rufe!«

Obwohl Danic sich sicher war, dass sein Verhalten kein Grund für ein Hausverbot war, beschloss er, sich aus dem Staub zu machen. Die Sache war es nicht wert. Er würde schon einen Weg nach Leipzig finden und wenn er trampen sollte. Achselzuckend schulterte er die Tasche, tippte grüßend an seine Stirn und machte eine kleine Verbeugung wie in der Arena. »Es war mir ein Vergnügen, verehrtes Publikum!«, rief er grinsend in die Runde der Schaulustigen. Dann ging er mit langen Schritten zur Treppe und verließ, mit professionell hocherhobenem Haupt, den Bahnhof.

Kapitel 15

Der Fall änderte alles.
Plötzlich rauschte das Blut in den Ohren des Mädchens.

Gedankenverloren fuhr Clementine mit dem Finger durch die dünne Staubschicht, die auf dem Schränkchen neben dem Sofa lag. Sie saß seit ungefähr fünfzehn Minuten hier und versuchte, nicht zu tief zu atmen. Der enge Raum war überfüllt mit Möbeln, Kissen, medizinischen Geräten und speckigem Nippes. Stapel von zerlesenen Frauenzeitschriften und abgegriffenen Kreuzworträtselblöcken nahmen den Couchtisch ein. Um die zahlreichen Gläser mit Getränkeresten, die dazwischen herumstanden, schwirrten Fliegen.

»Möchten Sie vielleicht einen Keks?«

Cleo zuckte zusammen und schüttelte rasch den Kopf. *Lächeln!* *Freundlich gucken!*

Sie richtete den Oberkörper auf, um wach und interessiert zu wirken, wie Frau Lehmann es ihr eingeschärft hatte. Trotzdem konnte sie den leichten Würgereiz nicht verdrängen, den der Geruch in der Wohnung bei ihr auslöste.

»Entschuldigen Sie bitte, macht es Ihnen etwas aus, wenn ich das Fenster öffne?« Sie warf der Bestatterin einen entschuldigenden Blick zu. War die Frage jetzt zu eigenmächtig gewesen? Aber Frau Lehmann sah wohlwollend aus, und die ältere Dame – Witwe seit dreizehn Stunden – nickte zustimmend.

»Machen Sie nur«, bemerkte sie gleichmütig. »Wenigstens meckert Heinz jetzt nicht mehr, dass er sich von der Zugluft einen steifen Nacken holen könnte.«

Cleo war froh, dass sie sich schon dem Fenster zugewandt

hatte, denn ihre Augenbrauen schnellten unwillkürlich in die Höhe.

Das hier war ihr fünfter Hausbesuch, seit sie das Praktikum bei Frau Lehmann begonnen hatte. Bisher war es immer ziemlich entspannt gewesen. Die Leute waren meistens viel ruhiger, als Cleo es sich in ihrer Fantasie ausgemalt hatte. Weniger Tränen, mehr – Stille, irgendwie. Die Menschen, die innerhalb der vergangenen Tage einen Angehörigen verloren hatten, wirkten oft auf seltsame Weise erleichtert. Vielleicht lag es daran, dass Frau Lehmann Cleo nur zu Trauerhäusern mitnahm, bei denen die Angehörigen schon seit einiger Zeit mit dem Tod der betroffenen Person gerechnet hatten. Sie schlossen das letzte Kapitel einer langen Lebensgeschichte ab, deren finale Zeilen oft mühsam gewesen waren.

Wenn Frau Lehmann und sie kamen, war die Wohnung gelüftet und geputzt, der Tisch sauber, und die Gläser, in denen Wasser gereicht wurde, waren ordentlich poliert. Aber heute hatte Frau Lehmann ihr »Level 4« zugetraut. Level 1 bis 2 waren die Trauerfeiern – mit Urne und Leiche.

Level 3 die Besuche in Trauerhäusern, wenn die verstorbene Person schon längst abgeholt war. Frau Lehmann hatte dann einen Notizblock und einen Korb dabei und unterhielt sich einfühlsam mit den Angehörigen. Cleos Aufgabe bestand darin, einfach zuzuhören. Später gingen sie dann in Frau Lehmanns Büro gemeinsam die Notizen der Bestatterin durch, um das Grundgerüst für eine passende Trauerfeier zu bauen. Frau Lehmann lobte Cleo dafür, dass sie oft feine Schwingungen wahrnahm und sich an Details erinnerte, die während der Verabschiedung dafür sorgten, dass die Gäste sich Tränen der Rührung von den Wangen tupften. Dabei gab Cleo sich gar keine Mühe, diesen Effekt zu erzielen. Sie war einfach unendlich fasziniert von den Geschichten der Toten.

Allerdings fiel es ihr heute schwer, sich zu konzentrieren. Nicht nur weil die Wohnung unordentlich und muffig war. Es lag auch nicht nur daran, dass die Witwe viel zu viel redete und kein gutes Haar an ihrem verstorbenen Ehemann ließ. Viel beunruhigender fand Clementine die Tatsache, dass selbiger noch anwesend war. Er lag im Nebenzimmer, säuberlich verpackt in einen blauen Leichensack mit Reißverschluss.

Und nachher, wenn das Gespräch zu Ende war, würde Cleo helfen, ihn zum Auto zu tragen.

Innerlich schüttelte sie sich und schluckte gegen die Übelkeit an, die sich in ihr breitgemacht hatte. Zum Glück wehte jetzt durch das offene Fenster ein frischer Wind in den Raum. Gestern Nacht hatte kräftiger Regen die sommerliche Hitze kurzfristig vertrieben und die Blätter der Bäume in Cleos Blickfeld schimmerten rotgolden.

»Ich bin froh, wenn er endlich unter der Erde ist«, drang die Stimme der Witwe wieder zu ihr durch. »Er hatte zu allem einen Kommentar. Mit ihm die Nachrichten zu gucken, hieß zu hören, wie er die Welt regieren und natürlich alles besser machen würde.«

Die Frage stellte sich von allein. Entsetzt hörte Cleo sich selbst sagen: »Und welchen seiner Vorschläge zur Weltrettung fanden Sie insgesamt am besten? Was könnte seine letzte Nachricht an uns alle sein?«

Irritiert sah die Dame Clementine an.

Um Frau Lehmanns Mund spielte ein amüsiertes Lächeln.

Das Ticken der Wanduhr klang unnatürlich laut in der Stille, die folgte.

Der Witwe standen plötzlich Tränen in den Augen und ihre Finger verkrampften sich um das Taschentuchpäckchen, das sie die ganze Zeit in den Händen gehalten hatte. Mit zittriger Stimme gestand sie sich ein: »Ich weiß es nicht. Ich habe ihm doch längst nicht mehr zugehört.« Sie richtete ihre wässrigen grauen Augen auf das offene Fenster und ihr Blick schien sich in der Ferne zu verlieren. »Früher, als wir ganz frisch zusammen waren, da sah das anders aus. Heinz war politisch aktiv, müssen Sie wissen. Er hatte wirklich gute Ideen.«

Sie sprang mit einer Energie auf, die Clementine der alten Frau gar nicht zugetraut hatte. Emsig kramte sie in einer Schublade der großen dunkelbraunen Anbauwand. Mit einem Arm voll Zeitungen und Alben kam sie zurück an den Tisch. Clementine registrierte aus dem Augenwinkel, wie Frau Lehmann sich im Sessel leicht zurücklehnte. Sie deutete es als eine Ermutigung, die Gesprächsführung von jetzt an zu übernehmen. Das prickelnde Gefühl, das in ihrer Kehle aufstieg, lenkte Cleo nur für eine Sekunde ab. Dann konzentrierte sie sich voll und ganz auf die Bilder.

»Hier, das ist sein Parteiausweis von 1956. Ja, ja, ich weiß, ihr jungen Leute glaubt, dass damals alles ganz falsch war. Aber in unserer Jugend, da hatten wir noch was vor! Die Republik war ganz jung. Heinz war überzeugt davon, dass der Sozialismus funktioniert. Er wollte mitgestalten und seine Vorschläge hatten Potenzial. Einige davon wurden auch umgesetzt. Hier, sehen Sie dieses Foto?« Sie tippte nachdrücklich auf ein Schwarz-Weiß-Bild, das auf vergilbtes Zeitungspapier gedruckt war. »Da hat er eine Ehrung für besondere Verdienste bekommen. Das war kurz vor unserer Hochzeit. Ich war zu dieser Zeit hochschwanger mit unserer Sybille.« Wieder wischte sie eine Träne weg, diesmal mit einer energischen Handbewegung, als müsse sie Haltung bewahren. »Ja, er hat sich früher immer stark gemacht für die Gemeinschaft. Er war Vorsitzender im Kleingartenverein, fünfunddreißig Jahre lang! Aber das war nur ein Hobby. Was er wirklich erreichen wollte damals, das waren Gerechtigkeit und Gleichbehandlung. Er wollte, dass Fleiß und Arbeit ehrlich belohnt werden. Wie es ihm zuwider war, wenn Leute sich durch Gefälligkeiten nach oben geschleimt haben! ... Wo ist es nur?« Hastig blätterte die Frau durch das dicke Fotoalbum. Ihre faltigen Hände flatterten, das Taschentuchpäckchen war längst zu Boden gefallen. Cleo musste sich zurückhalten, um nicht zwischen die Seiten zu greifen, wenn die Hast der Witwe Knicke in den Seidenpapierseiten zwischen den Fotos verursachte.

»Da.« Ein zufriedenes Seufzen besiegelte das Ende der Suche.

Auf der rechten Seite klebte eine Urkunde, links ein weiteres Schwarz-Weiß-Foto, großformatig und in Papier gerahmt.

Mitarbeiter des Jahres, prangte in orangebraunen Buchstaben darauf. *Für seinen außerordentlichen Einsatz im staatseigenen Betrieb* VEB Textilwaren Ultimo *verleihen wir Herrn Heinz Sandig die Arbeiterspange in Gold. Besondere Beachtung verdienen das Engagement im Betriebsrat sowie seine Vorschläge zur Verbesserung des Mitarbeiterkollektivs.*

»Wow, die goldene Arbeiterspange«, wiederholte Cleo das Gelesene laut.

Die Witwe nickte ehrfürchtig. Sie wandte den Blick von der Urkunde ab und ließ ihn auf dem Hochzeitsfoto ruhen. »Wir waren damals glücklich.« Ihre Stimme war beinahe nur noch ein Flüstern.

Cleo spürte, wie sich eine Gänsehaut auf ihren Armen bildete. Das hier war ein heiliger Moment. Leise sagte sie: »Ein wirklich schönes Paar.«

Wieder schien das Ticken der Wanduhr das einzige Geräusch zu sein, das Macht über die Stille hatte. Dann klingelte draußen vor dem Fenster ein Fahrrad und der Fahrer schimpfte lautstark.

Als würde sie aus einer verlorenen Welt zurückkehren, in der sie kurz versunken war, schüttelte die Witwe sich und klappte das Album mit Schwung zu. »Tja, damals waren wir jung und voller Idealismus. Aber der wurde uns gründlich ausgetrieben.« Sie raffte die Beweise ihrer glücklichen Vergangenheit zusammen und stopfte sie zurück in die Schublade. Der Knall, mit dem sie diese schloss, tat Cleo in den Ohren weh.

Was ist passiert?, wollte Clementine fragen, aber sie spürte, dass es zu spät war.

So wie die Schublade, so hatte sich auch das Fenster geschlossen, durch das die Witwe sie in ihr Leben hatte blicken lassen. Cleo verspürte eine tiefe Traurigkeit.

Drüben im Nachbarzimmer lag der Träger der goldenen Arbeiterspange und dachte an gar nichts mehr: weder an seine

Träume von einer besseren Welt noch an die Verbitterung über deren Scheitern. Ob er wohl darunter gelitten hatte, trotz aller Anstrengung am Ende doch bedeutungslos für die große Weltgeschichte gewesen zu sein?

»Was meinen Sie, möchte Sybille vielleicht auch noch etwas zu der Trauerfeier beisteuern?«, versuchte Clementine, das Gespräch noch einmal aufzunehmen.

Die alte Frau, die noch immer vor der Schrankwand stand, ließ die Schultern sinken. Plötzlich wirkte sie zerbrechlich trotz ihrer Körperfülle, und Cleo hätte sie gern in den Arm genommen. »Sybille hat den Kontakt zu uns vor sechs Jahren abgebrochen«, erklärte sie mit rauer Stimme. »Sie fand es unerträglich, dass ihr Vater sich wieder einer Partei angeschlossen hatte. Wir waren Unmenschen für sie, die angeblich nichts aus der Geschichte gelernt haben.« Mit einer Geste, als wolle sie eine lästige Fliege verscheuchen, winkte sie ab. »Wie oft ich versucht habe, ihr alles zu erklären! Dass wir keine Nazis sind. Aber mir hat sie nicht zugehört; sie sagte, ich hätte doch keine Ahnung von Politik. Und ihr Vater war stur wie ein Bock. Jedes Mal, wenn Sybille zu Besuch kam, haben sie gestritten. Jedes Mal ist sie wutentbrannt davongefahren. Beim letzten Mal hat es nicht einmal bis zum Ende des Kaffeetrinkens gereicht. Das halbe Stück Apfelstreusel lag noch auf ihrem Teller, als sie abgehauen ist.« Die alte Frau schnäuzte sich geräuschvoll und steckte das Tuch dann in die Tasche ihrer Kittelschürze. »Soll sie doch bleiben, wo der Pfeffer wächst, hat er gesagt, und den Kuchen einfach aufgegessen.«

Cleo wechselte einen Hilfe suchenden Blick mit Frau Lehmann. Die stand auf und legte der alten Frau eine Hand auf die Schulter. Cleo bemerkte, wie deren Lippen und Hände bebten. Es war furchtbar, verlassen zu werden.

»Vielleicht genügt das auch für heute«, schlug die Bestatterin sanft vor. »Sie haben uns viel erzählt. Wenn Ihnen später noch etwas Wichtiges einfällt, können Sie mich jederzeit anrufen.«

Die Witwe nickte.

Wie klein die Frau wirkte, die vorhin noch den ganzen Raum einzunehmen schien.

»Nehmen Sie ihn jetzt mit?« Ihre Stimme klang unsicher wie die eines kleinen Kindes, das Angst hat, alleingelassen zu werden.

Unwillkürlich fragte Cleo: »Haben Sie Sybille schon benachrichtigt?«

Frau Lehmann zuckte leicht zusammen und warf Clementine einen warnenden Blick zu. Vielleicht war das eine No-go-Frage. Aber Cleo hatte das Gefühl, dass sie wichtig war.

»Sie wird es in der Zeitung lesen«, gab die Frau zurück.

Cleo sah ihr in die Augen und entgegnete: »Vielleicht würde sie es lieber von ihrer Mutter erfahren.«

Das Kopfschütteln der Witwe war ein schwacher Protest, der Clementine nicht überzeugen konnte. Sie strich sich die schwarzen Haare hinter beide Ohren und nahm das schnurlose Telefon aus der Ladestation. »Wir sind bei Ihnen«, ermunterte sie die alte Dame und legte ihr das Gerät in die Hand. »Trauen Sie sich nur.«

Frau Lehmann atmete tief ein und aus, nickte Cleo aber beinahe unmerklich zu.

Ein paar Sekunden lang starrte die Witwe regungslos auf das Telefon. Dann blinzelte sie, nickte und drückte die Taste einer eingespeicherten Nummer. Über den Lautsprecher des Telefons erklang das Freizeichen. Zweimal klingelte es, dann meldete sich eine junge Frau.

»Billie?« Der Name kam kurzatmig über Frau Sandigs Lippen. Sie sah unsicher zu Cleo, dann strafften sich ihre Schultern. »Billie. Mutti ist hier. Vati ist gestern gestorben.«

Clementine schluckte. Sie war erleichtert, dass Mutter und Tochter es schafften, miteinander zu sprechen. Es war nur ein kurzer Austausch, und beide Frauen klangen so verletzlich. Trotzdem lächelte die Witwe, als sie das Telefon schließlich wieder ablegte.

Später trugen Frau Lehmann und Clementine Heinz die Treppen nach unten ins Auto. Es war längst nicht so schlimm, wie Cleo es sich vorgestellt hatte.

Frau Sandig sah von oben aus dem Fenster und hob die Hand zu einem letzten Gruß, bevor die Bestatterin den Kofferraum schloss.

Das Kapitel war zu Ende.

Und Sybille würde zur Trauerfeier kommen.

Kapitel 16

Zu kurz! Sie war zu kurz gesprungen.
Es fehlten nur ein paar Zentimeter,
doch in diesem Bruchteil einer Sekunde war ihr klar,
dass sie es nicht schaffen würde.
Die rettenden Hände waren unerreichbar fern.

Danic hockte auf einer der Bänke am Augustusplatz und versuchte, sich auf den Stoff für die nächste Vorlesung zu konzentrieren. Hinter sich wusste er die Glasfront des neuen Augusteums, die im hellen Sonnenlicht glänzte, als wolle sie damit prahlen, den schönsten Universitätscampus Deutschlands zu beherbergen. Vor Danic lag der weite Platz mit seinen Springbrunnen, quietschenden Straßenbahnen und einer bunten Mischung an Menschen.

Das Herz der Stadt pulsierte hier und Danic genoss es seit der ersten Sekunde seines Studiums.

Zwei Tauben stritten sich um die Krümel des Döners, die ihm vorhin heruntergefallen waren. Kilian und Tilmann, beide Erstis wie er und außerdem seine Mitbewohner, hockten neben ihm auf der Bank und führten eine heiße Diskussion darüber, ob die Modebranche die Anstrengungen der aktuellen Frauenbewegung unterstützte oder torpedierte.

Grinsend glich Danic das, was er hörte, mit dem ab, was er vor Augen hatte, wenn er den Blick hob.

Jede Menge junger Frauen tummelten sich auf dem Platz. Einige trugen Ordner und Bücher in Baumwolltaschen mit sich herum, andere hatten schicke Laptoptaschen lasziv über ihre Schultern drapiert. Eine nicht zu vernachlässigende Anzahl der

Mädchen, die gerade über den Platz schlenderten, waren allerdings ganz klischeehaft mit Einkaufstüten behängt. *Nicht mein Thema*, ermahnte Danic sich und fuhr mit der Hand durch seine Lockenmähne. Es war ziemlich heiß, schon wieder. Dieser Sommer hatte es in sich gehabt und der September schien dem August in Sachen Hitze in nichts nachstehen zu wollen. *Okay, Fokus.* Mit gerunzelter Stirn las Danic den Text in seinem Hefter zum wahrscheinlich vierten Mal in Folge, verstand aber wieder nur die Hälfte. Dabei interessierte ihn der Stoff wirklich und er wollte perfekt vorbereitet sein. Schließlich war es eine Ehre, hier studieren zu dürfen. Vor den Dozierenden hatte Danic einen riesigen Respekt und er saugte jedes Wort, das sie sagten, auf wie ein Verdurstender das Wasser. Endlich war er in seinem Element. Er liebte das Lernen und er fühlte sich seinem Traum, Menschen mithilfe seines Wissens zu der ihnen zustehenden Gerechtigkeit zu verhelfen, so nah wie nie zuvor.

»Du bist so ein naiver Idealist«, hatte Kilian am zweiten Tag des Studiums gespottet, als sie gemeinsam in der chaotischen WG-Küche Nudeln gegessen hatten. Aber Danic ließ sich davon nicht ärgern. Ihm war klar, dass jeder anders an die Sache heranging. Klar gab es viel zu viele Juristen, die das Gesetz verdrehten, um dem Kapital zu frönen. Aber er musste ja keiner von denen werden.

»Ich glaube, wir sollten mal wieder«, ließ Tilmann sich vernehmen. Er schob die schwarz gerahmte Brille, die ihm ein besonders seriöses Aussehen verlieh, fester auf die Nase. Obwohl er gerade einmal neunzehn war, wirkte er auf den ersten Blick wie dreißig. Aber nur auf den allerersten Blick. Die Art und Weise, wie er von der Bank sprang, seinen Rucksack schulterte und Danic spielerisch anrempelte, entlarvte ihn sofort als unreifen Teenager.

»Genug gelernt, du Streber!«, stichelte er. »Die ersten Prüfungen sind im November, also geh es doch mal etwas langsamer an.«

Schulterzuckend stand Danic auf und versicherte sich mit einem raschen Blick, ob sein weißes Shirt auch keine Spuren des Dönergenusses aufwies.

»Besser jetzt schon dranbleiben, als nachher die Nächte durchzupauken«, gab er gelassen zurück.

Kilian verdrehte die Augen und Tilmann lachte. »Ach ja, ich vergaß. Wir haben es ja mit einem wahnsinnig disziplinierten Athleten zu tun, der sich in unsere Kreise verirrt hat.«

Die drei jungen Männer gingen die wenigen Schritte hinüber zur hohen Glastür des Gebäudes. Schnell fanden sie sich in einer Traube Studierender wieder, die ins Haus drängten. Kilian drückte Danic gegen ein Mädchen, dessen fuchsrote Mähne ihn schmerzhaft an Aurelie erinnerte.

Ach, Aury.

Es tat immer noch irre weh, an sie zu denken.

Ob sie wirklich mit Jake geschlafen hatte? Wahrscheinlich hatte sie nur geblufft, um ihm Druck zu machen. Zumindest hatte sie das in den paar Wochen, die Danic nach dem Desaster-Abend noch im Zirkus verbracht hatte, wieder und wieder beteuert. Trotzdem konnte er ihr nicht mehr vertrauen. Er war ihr so weit wie möglich aus dem Weg gegangen und hatte während des Trainings nur das Nötigste mit ihr gesprochen.

Am Ende hatte sie sich genauso zurückgezogen. Zwei verletzte, ehemals beste Freunde und Liebende. Danic fragte sich, ob es überhaupt möglich war, dass der Riss zwischen ihnen irgendwann heilte. Er hatte natürlich vorgehabt, sich von Aurelie zu trennen. Aber nur, um sie zu schützen. In seiner Vorstellung war es viel einfacher und deutlich weniger schmerzhaft gewesen.

»Hey Danic, wir müssen hier lang!« Kilian zerrte an seinem Ärmel. »Wo bist du denn bitte mit deinen Gedanken?«

Zum Glück war die Vorlesung interessant und Danic gelang es, sich ganz in den Stoff zu vertiefen. Er machte sich eifrig Notizen und freute sich, wenigstens mit der Entscheidung für das Studium wirklich zufrieden zu sein.

Danach beeilte sich Danic, zurück zur WG zu kommen. Mit

dem Fahrrad war es kein Problem, die paar Kilometer schnurrten unter seinen Rädern dahin und der Fahrtwind schien seinen Kopf frei zu pusten.

Er schloss das Rad unten im Hausflur an, direkt neben dem Schild mit der Aufschrift *Fahrräder abstellen verboten*. Es standen bereits drei weitere Drahtesel da, die den Mädchen aus der Etage unter ihnen gehörten. Fiona, die Jüngste aus der Mädels-WG, begegnete Danic auf der Treppe. Sie grüßte und drückte sich rasch vorbei, als hätte sie Angst, er könnte einen Small Talk beginnen. Das Treppenhaus war von einem vielversprechenden Geruch nach Mittagessen erfüllt. Buletten vielleicht? Oder Steak? Natürlich wusste er, dass niemand aus seiner Wohnung zu Hause war. Trotzdem konnte er eine gewisse Enttäuschung nicht unterdrücken, als er an der Quelle des guten Geruchs vorbeiging, weil er noch eine Etage weiter nach oben musste. Er vermisste Nanas liebevoll gekochte Mahlzeiten wirklich mehr, als er sich eingestehen wollte.

Während Danic die Wohnungstür aufschloss, schüttelte er den Kopf über sich selbst. Der Döner von vorhin zwang ihn sowieso dazu, für den Rest des Tages nur noch Salat und Proteine zu sich zu nehmen, wenn er seinen Ernährungsplan beibehalten wollte. Mit einem Fuß schob er Kilians Schuhe zur Seite, die genau hinter der Tür mitten im Flur lagen. Dann stellte er seine Sneaker in das Regal, das zumindest von Tilmann und ihm genutzt wurde. Er ging durch die Wohnküche, brachte nebenbei zwei leere Chipspackungen in den Müll und schlüpfte in sein Zimmer.

Es war winzig: gerade breit genug für sein Bett und einen kleinen Schrank. Das Fenster befand sich an der schmalen Seite des Raumes und direkt davor stand der Schreibtisch. Dazu ein einfacher Stuhl und Regalbretter auf der ganzen Länge der weißen Wand. Die waren jetzt schon belegt mit Ordnern, dicken Büchern und Kästen, in denen Danic seine Socken und ein paar besondere Sportschuhe aufbewahrte. Die Schatulle mit dem Zeitungsausschnitt zum Tod seiner Tante Cora lag zuunterst in der Sockenbox.

Wie jedes Mal, wenn er das Zimmer betrat, strich Danic unwillkürlich über die kurze Girlande aus Bommeln, Fähnchen und kleinen Glocken, die er aus dem Wohnwagen mitgebracht hatte. Das vertraute Klingeln beruhigte ihn zuverlässig. Genauso wie die Enge des Raums. Danic liebte es, wie der schmale, längliche Grundriss ihn an den des Wohnwagens erinnerte. Eigentlich hatte er sich nur aus diesem Grund für die WG entschieden. Die Wohnung gehörte Kilians Vater, was der junge Mann gern und oft betonte. Für Kilian hieß das, dass Tilmann und Danic für Ordnung und Sauberkeit zuständig waren, während er das Privileg genoss, über den Bildschirm im gemeinsamen Wohnzimmer zu bestimmen.

Danic war es egal. Aufräumen lag ihm im Blut, schließlich hatte er, wie alle anderen Zirkusleute auch, von klein auf immer für Ordnung auf dem Zirkusplatz und im Wohnwagen sorgen müssen. Es machte ihm sogar Spaß, aus chaotischen Räumen Wohlfühlorte zu machen.

Aber gerade war an Hausarbeit nicht zu denken. Rasch zog er den Ordner aus seinem Rucksack, schlug ihn auf und notierte noch ein paar Gedanken zur Vorlesung, die ihm auf dem Heimweg gekommen waren. Dann stellte er ihn auf das Regalbrett und atmete tief durch, um sich für das Kommende zu wappnen.

Maximal fünfzehn Minuten, sagte er zu sich selbst.

Mit einem kurzen Blick versicherte er sich, dass seine Sporttasche bereits gepackt neben dem Bett stand. Er musste nachher nur noch die Wasserflasche auffüllen, bevor er zum Training fuhr. Exakt eine Stunde Zeit stand ihm in der Halle zur Verfügung, mehr konnte er sich nicht leisten. Obwohl es schwierig war, seine Kondition auf einem ähnlichen Level zu halten wie in den Jahren zuvor, bereute Danic es nicht, aus dem Zirkus ausgestiegen zu sein. Er spürte, wie das Studieren ihn mit einer ganz besonderen Freude erfüllte, einer Mischung aus Neugier, Stolz und der Ahnung, in Zukunft etwas wirklich Gutes bewirken zu können.

»Warum hast du mir nie von deiner Zwillingsschwester erzählt?«, hatte Danic seine Mutter vor einigen Tagen am Telefon gefragt.

»Du hast die Schatulle also gefunden«, hatte sie festgestellt und seine Bestätigung beinahe resigniert hingenommen.

Dann hatte sie lange geschwiegen, bevor sie geseufzt und mit kratziger Stimme erklärt hatte: »Es ist zu schwer, an sie zu denken. Sie hat alles für uns geopfert, obwohl ihr Herz gar nicht mehr für den Zirkus schlug.«

»Aber warum?« Er fühlte, wie hart diese Fragen für seine Mutter waren, doch er musste es verstehen. Irgendetwas sagte ihm, dass hinter Tante Coras Unglück mehr steckte als nur ein tragischer Artistikfehler.

»Ich kann es dir nicht erklären«, behauptete seine Mutter nur. Es klang, als läge sie auf brüchigem Eis und jedes Wort wäre eine Bewegung, die weitere Risse verursachte.

»Sie … Ihr fehlte das Training. In den Monaten vor dem Unfall hatte sie nur das Nötigste gemacht, um ihre Muskeln fit zu halten. Also, weißt du … Sie war auch ausgebrochen und hatte für ungefähr ein Jahr außerhalb des Zirkus gelebt. Aber die Leute vermissten sie und ihre Nummer. Ich war nie so beliebt wie sie, obwohl wir genau gleich aussahen. Aber sie hatte es einfach besser drauf.«

Eine Pause war entstanden, in der Danic seiner Mutter beim Atmen zuhörte.

Cora war also auch eine kleine Rebellin gewesen. Wie sympathisch!

»Du bist eine fantastische Artistin, Mam«, hatte Danic nach einer Weile tröstend versichert. Und er hatte das ernst gemeint. Sie war immer ein Vorbild für ihn gewesen. Ausdauernd, diszipliniert, künstlerisch. So war sie, und das wahrscheinlich von Kind an.

»Jedenfalls drängte Pfeffer sie zurückzukommen. Sie wollte nicht, aber dann … Ach, Danic.«

Das Atmen war zu einer Art Schluchzen geworden und Danic hatte wieder warten müssen, bis sie sich gefangen hatte.

»Er hatte ihr vorgerechnet, wie die Besucherzahlen und damit die Einnahmen seit ihrem Fortgehen gesunken waren. Pfeffer war ziemlich gut darin, die Lage hochdramatisch darzustellen. Cora hatte am Ende das Gefühl, dass sie den Zirkus finanziell ruinierte, wenn sie nicht zurückkam. Also machte sie es. Und das war das Schlimmste, was ihr passieren konnte. Dieser Auftritt, der sie das Leben gekostet hat, war der erste nach dreizehn Monaten.«

Eine schwere Stille, deren Last Danic selbst durch das Telefon spüren konnte, hatte sich über seine Mutter gesenkt. Er war damit überfordert gewesen. Deshalb war es also eine solche Katastrophe für die Familie, dass Danic ausgebrochen war. Es wühlte alles auf, was sich damals ereignet hatte. Den Schock, den Schmerz. Die Schuld.

»Ich hätte ihr an diesem Abend nicht erlauben sollen aufzutreten. Ich wusste, dass sie noch nicht bereit war. Eigentlich wussten wir es alle. Aber Pfeffer sagte, sie sei ein Zirkusmensch und sie werde es schon schaffen. Es sei alles nur eine Frage der Einstellung. Kopfsache. Aber genau das war das Problem, weil … Egal. Danic, ich muss aufhören. Ich hab schon viel zu viel gesagt. Versprich mir einfach, dass du dir genau überlegst, was du tust, hörst du? Folge deinem Herzen, wenn es sein muss. Aber verrenn dich nicht. Versprichst du mir das? Du hast hier ein Zuhause, egal was passiert.«

»Ich verspreche es, Mam«, hatte Danic kleinlaut geantwortet. »Weißt du, ich hätte wahrscheinlich ganz anders mit euch gesprochen, wenn ihr mir das alles früher erzählt hättet.«

»Jetzt ist es, wie es ist.«

»Ja.«

»Warum redet ihr nie darüber?«

»Ist das nicht offensichtlich?«

»Nein.«

»Es tut zu weh. Es macht immer noch alle wütend.«

»Wo sind Pfeffer und Marie?«

»Untergetaucht.«

»Was hat Cora in der Zeit gemacht, als sie nicht im Zirkus war?«

»Gejobbt.«

»Als was?«

»Sie hat ihren Freund unterstützt.«

Aha, die Liebe hatte sie also davongetrieben. Der Klassiker.

»Und über diesen Freund redet ihr auch nicht, hab ich recht?«, hatte Danic bitter bemerkt. Dafür hätte er sich anschließend am liebsten die Zunge abgebissen, denn die Antwort seiner Mutter kam scharf und vorwurfsvoll: »Er hat den Zirkus nach dem Unfall verklagt. Und er wusste, wie man das am besten anstellt, denn er war Anwalt. Jetzt lass es gut sein, Danic.«

Sie hatte einfach aufgelegt und ihren Sohn sprachlos zurückgelassen. Was war das nur für ein dämlicher Zufall? Warum konnte er, Danic, sich nicht für Biologie oder Mathematik interessieren? Kein Wunder, dass seine Mutter so schockiert reagiert hatte, als er ihr seine Studienpläne präsentiert hatte. Wahrscheinlich hatte sie die ganze Zeit vorher gehofft, er würde sein Interesse an den Gesetzen verlieren wie seine ehemalige Leidenschaft für Sammelkarten oder Formel-1-Rennen.

Danic blinzelte, um die Erinnerung an das Telefongespräch zu vertreiben. Er wischte sich mit der Hand über die Augen und setzte sich an seinen Schreibtisch.

Fünfzehn Minuten, ab jetzt.

Entschlossen klappte er seinen Laptop auf und rief seinen You-Tube-Kanal auf.

Eine wahre Flut an Kommentaren hatte sich unter seinem letzten Video gesammelt und er hatte irgendwann aufgehört, sie alle zu lesen. Nur einer war ganz tief in sein Herz vorgedrungen. Geschrieben ausschließlich in Kleinbuchstaben, als wolle die Person sich unsichtbar machen: *deine entscheidung tut weh, aber ich verstehe sie. deine verlässliche stärke wird mir fehlen.*

Er scrollte auch jetzt bis zu dieser Zeile und las sie noch einmal. Bauten Menschen wirklich eine solche Bindung zu Künstlern auf, die sie nur in Videos sahen? Oder kam die Bemerkung von jemandem, der ihn auch live erlebt hatte?

Danic kratzte sich am Kinn und überlegte zum wahrscheinlich hundertsten Mal, ob sie von jemandem stammte, den er kannte.

Wenn er ehrlich war, sehnte sich sein Herz danach, dass Aurelie diese Worte geschrieben hatte. Aber das war vollkommen unmöglich, denn die trauerte ihm nicht nach. Wenn er bis jetzt heimlich davon geträumt hatte, sie würde sich mit ihm und seiner Entscheidung versöhnen, dann war das jetzt vorbei: Es gab ein neues Video auf seinem Kanal. Die Morgenröte hatte ihr rotes Gewand abgestreift und erstrahlte in einem mittagssonnenhellen Dress am hellblauen Vertikaltuch.

Atemlos folgte Danic der Choreografie, die von epischer Musik untermalt wurde. Kraftvoll strahlte die Mittagssonne vor einem blauen Himmel – Aurelie hatte den wahnsinnig teuren, großen Greenscreen zum Einsatz gebracht, den ihr Vater auf ihr Drängen hin für die Clips besorgt hatte. Völlig versunken in die geschmeidigen, beinahe genießerisch zelebrierten Moves seiner liebsten Ex-Freundin hing Danic vor dem Bildschirm.

Sie machte weiter, ohne ihn. Und sie war so gut. Hatte er ihr bisher vielleicht immer die Show gestohlen? Aber es war ihr Vorschlag gewesen, dass *Danics Trixx* allein seine Marke sein sollte. Bei den gemeinsamen Auftritten war es ihm immer wichtig gewesen, dass sie genauso präsent war wie er.

Kurz bevor die zeitliche Sequenz, die sie sich bei *Danics Trixx* als Grenze gesetzt hatten, zu Ende war, wurde die Musik plötzlich durch ein Geräusch unterbrochen, das wie ein scharfer Luftzug klang. Aury, die gleißende Mittagssonne, hing beinahe reglos bodennah und mittig vor der Kamera. Da schoss ein braun gekleideter Mann mit zwei exzellenten Flickflacks quer über den Bildschirm, drehte sich außerhalb des Sichtfeldes und sprang in gestreckter Turnermanier im Spagatsprung dahin zurück, wo er hergekommen war.

Die Sonne neigte sich andächtig und die wieder einsetzende Musik unterstrich ihre würdevolle Bewunderung.

Danic musste einen Würgereiz unterdrücken. Er hieb den Finger auf die Leertaste, um das Video zu stoppen, bevor er Aurelies Stimme im Abspann hören würde.

Jake!

Sie hatte allen Ernstes auf seinem, Danics, Kanal einen neuen Clip gepostet, in dem sie mit Jake spielte?

Seine Hände zitterten und sein Atem ging flach, als er den Untertitel des Videos las.

Die Morgensonne steigt in den Zenit. Besucht die neue Show, seht die Sonne erstrahlen und erlebt den majestätischen Flug des Adlers. Zirkus Wittenmeer Artistik – bald auch in eurer Stadt!

»Ich kotze gleich!« Mit einem wütenden Fauchen knallte Danic den Laptop zu.

Das war Hochverrat. So was von Hochverrat! Konnte sie sich nicht einen eigenen Kanal anlegen? Musste sie seine Follower abgreifen, nur weil sie die Adminrechte hatte? Hatte er das wirklich verdient, dass sie ihn auswechselte wie benutzte Unterwäsche? Wenigstens eine komplett eigene Nummer hätten sie ja wohl erfinden können.

Die Mittagssonne und der Adler – wer hatte sich denn diesen bescheuerten Schwachsinn überlegt?

Beinahe hätte Danic den Computer gegen die Zimmerwand geschleudert, aber Kilian bewahrte ihn davor.

»Alles okay bei dir?«, fragte der besorgt und steckte den Kopf zur Tür herein.

Danic legte den Laptop zurück auf den Schreibtisch und ließ sich aufs Bett fallen. »Ja, ja, alles gut«, wiegelte er ab. »Hab mich nur über etwas aufgeregt.«

»Okay, dann lasse ich dich mal. Aber sag Bescheid, wenn was ist.« Unschlüssig und mit gerunzelter Stirn zog sich Kilian zurück.

Die Tür fiel leise ins Schloss und Danic starrte an die weiße Zimmerdecke.

Was hatte er bloß getan?

Der Schmerz bohrte sich wie ein feindliches Schwert mitten in die linke Seite seines Brustkorbs.

Die ganze Zeit hatte er sich davor gefürchtet, Aurelies Herz brechen zu müssen. Und jetzt riss sie seines genüsslich in Stücke.

Kapitel 17

Das Ende, sie hatte es herbeigesehnt.
Doch in diesen letzten Sekunden wurde ihr klar,
dass sie die falsche Entscheidung getroffen hatte.

»Du brauchst einen Kerl, Cleo«, behauptete Nora und stopfte sich einen weiteren Cookie aus der schon halb leeren Packung in den Mund. »Das ist ja nicht auszuhalten, wie du permanent nur mit Toten und dem Pfarrer rumhängst.«

Cleo schnaubte verächtlich. Die Cookies waren wirklich gut, aber Noras Einstellung fing an zu nerven. »Das liegt doch nur daran, dass du so mit deinem neuen Leben beschäftigt bist, dass für deine beste Freundin keine Zeit mehr übrig bleibt«, murrte sie beleidigt.

Sie saßen auf Cleos Bett in dem rosa gestrichenen Zimmer der WG. Draußen regnete es wieder, was ausgezeichnet zu der trüben Stimmung passte, in der Clementine sich befand. Vor zwei Stunden hatte Mona ihr eröffnet, dass es an der Zeit war auszuziehen.

Nora lehnte sich zurück und schloss die Augen. »Was soll ich denn machen? Meine Eltern brauchen jemanden mit Studium, der die Sache wirtschaftlich durchdenken kann.«

Sie strubbelte mit der Hand durch ihr wildes braunes Haar und klopfte anschließend ein paar Kekskrümel von ihrem Shirt, die Cleo später von ihrem Bettlaken sammeln würde.

Dass du plötzlich Abi machen willst, ist nicht das Problem, dachte Cleo und schluckte. *Das andere ist viel schlimmer …*

An Noras leicht geröteten Wangen erkannte sie, dass Nora genau wusste, woran sie dachte. Es ging nicht um die Schule. Es ging um Alex.

Bei ihrem Urlaub in Griechenland hatte Nora den Typen kennengelernt, der irgendwie zur Familie gehörte, aber doch nicht eng genug, um als potenzieller Ehepartner auszuscheiden. Aus für Cleo vollkommen unverständlichen Gründen hatte Nora ihn erwählt. Sie war so hart verliebt, dass Cleo davon Bauchkrämpfe bekam. Zugegeben, der braun gebrannte, ziemlich sportlich wirkende Typ mit nachtschwarzem Haar und fast ebenso dunklen Augen war definitiv attraktiv. Aber Nora übertrieb es mal wieder. Sie hatte direkt schon Hochzeitspläne.

»Mensch Cleo, du musst das verstehen. Meine Familie tickt eben so. Wir machen alles ganz oder gar nicht. Meine Eltern führen ihr Restaurant nicht nur, sie leben es. Ich kenne das nicht anders.«

»Darum geht's nicht«, brummte Cleo. Sie knetete Rosalie in ihren Händen. Warum konnte nicht einmal eine Sache in ihrem Leben einfach bleiben? Sie hatte Nora noch nicht erzählt, dass Mona sie für eine eigene Wohnung angemeldet hatte. *Begleitetes Wohnen* hieß das. Eigentlich müsste sie glücklich sein. Sie hatte so was wie einen Job, etwas, was sie manchmal beinahe glücklich machte. Oder zumindest mit prickelnder Neugier und einer Art Stolz erfüllte. Sie fand es faszinierend, all die Lebensgeschichten der Menschen zu erfahren, die sie mit Frau Lehmann und Sebastian-dem-Vikar unter die Erde brachte. Gleichzeitig war es manchmal schwer zu ertragen, welche Dramatik hinter diesen Todesfällen steckte, selbst wenn es alte Menschen waren. Unter anderem deshalb machte Cleo die Vorstellung Angst, nach der Arbeit alleine in einer Wohnung zu sitzen. Hier in der WG gab es immer irgendwen, der im gemeinsamen Wohnzimmer hockte. Tagsüber war auch immer einer von den Sozialarbeitenden da, die sich anhörten, was Cleo bewegte. Wenn sie denn davon erzählen wollte. Neuerdings hatte Cleo festgestellt, dass es schön sein konnte, anderen Dinge zu beschreiben, die ihr auf der Arbeit passierten – alles schön anonymisiert natürlich. Was also, wenn diese Möglichkeit wegfiel? Was, wenn sie abends in ihre Wohnung kommen und einzig und allein Rosalie auf sie warten würde?

Frau Lehmann nahm Cleo bisher noch nicht mit, wenn Menschen aus anderen Gründen als diversen Alterserscheinungen verstorben waren. Es entging Cleo nicht, dass es immer dann ihre Aufgabe war, Unkraut zu jäten und Kieswege zu harken, wenn die Trauerfeier vornehmlich von jungen Menschen besucht wurde. Gestern zum Beispiel.

Es war ihr schon aufgefallen, dass Frau Lehmann sie tagelang aus allem herausgehalten hatte, was die Vorbereitungen für die anstehende Beerdigung betraf.

»Level sieben«, hatte sie kurz angebunden geantwortet, als Cleo nachfragte, warum sie nicht helfen durfte. »Geh mal zu Claas. Der könnte am hinteren Komposthaufen deine Hilfe brauchen.«

Später waren Unmengen von Menschen aufgetaucht, die sich um die Kapelle scharten. Ihre Gesichter hatten fassungslos und versteinert gewirkt. Neben den üblichen Blumen hatten viele von ihnen Teddybären in der Hand gehalten. Cleo blinzelte bei der Erinnerung daran.

Nora warf ihr einen unsicheren Blick zu. »Bist du sauer?«

Schulterzuckend wehrte Clementine ab. Nora konnte nichts dafür, dass ihr persönliches Glück Cleos Gefühlsleben ins Schleudern brachte. »Nein«, gab sie schnell zurück. »Ich finde es schön, dass du deine Familie liebst und bereit bist, so viel zu investieren, um sie zu unterstützen. Und das mit Alex, hey … Ich gönne es dir. Ehrlich. Ich finde es nur krass, dass du deswegen gleich für so lange Zeit abhauen willst.«

Nora stürzte sich auf sie und erdrückte sie fast mit einer Umarmung. »Es sind nur drei Monate!«, versuchte sie Cleo zu trösten. »Nur drei Monate Praktikum in Griechenland, dann bin ich wieder da.«

Vielleicht, dachte Cleo. *Oder du bist schwanger und bleibst gleich dort. Das wäre ja nicht das erste Mal, dass die Liebe alle Pläne der Vernunft zunichtemacht.*

Nora lehnte den Kopf an Cleos Schulter. »Erst mal helfe ich ja noch eine Weile meinen Eltern im Restaurant. Du kannst jeden

Tag vorbeikommen. Das weißt du doch. Dann bin ich im Praktikum und ab September gehe ich wieder zur Schule. Das könntest du auch machen. Überleg mal, das ist doch viel besser als unsere andere Idee! Du und ich, wir machen jetzt so ein Jahr, um die Lücke zu füllen. Du schaust, was dich begeistert, und ich schnuppere ein bisschen die Luft der weiten Welt, indem ich im Ausland arbeite. Ist doch herrlich! Und dann gehen wir ab dem nächsten Schuljahr einfach wieder in dieselbe Klasse und genießen noch ein paar Jahre stupiden Lernens, bevor wir richtig erwachsen werden müssen.«

Cleo ruckelte mit der leicht verkrampften Schulter.

Nora setzte sich auf und holte tief Luft. »Warum kannst du dich nicht einfach freuen?« Sie sah Cleo mit ihren grünen Augen vorwurfsvoll an.

Ja, warum konnte sie sich nicht einfach freuen?

Vielleicht, weil Nora ihr das Gefühl gegeben hatte, immer für sie da zu sein? Und jetzt machte sie sich einfach aus dem Staub.

Cleo wusste, dass es unfair war, Nora Vorwürfe zu machen. Sie lebte einfach ihr Leben und es war toll, dass sie die Chance auf so ein Abenteuer hatte. Warum sollte sie die Gelegenheit verstreichen lassen, ihrer Tante in der Gastro an einem beliebten Touristenort zu helfen? Nebenbei auch noch Prinz Charming besser kennenzulernen, das war doch perfekt.

Blöd nur, dass es in Cleo all die Gefühle aufwühlte, die sie so mühsam verdrängt hatte.

Nicht hilfreich, dass die Teddybären gestern auf diesem winzigen Grab gelandet waren. Nachdem ihre Arbeitszeit zu Ende gewesen war, hatte Cleo sich in den Bereich des Friedhofs begeben, in den die Trauergesellschaft geströmt war. Der frische Grabhügel war neben den Bären über und über mit Blumen bedeckt gewesen.

Wir sehen uns wieder, Engel hatte Cleo auf einer hellblauen Schleife gelesen. *In Liebe, Mama und Papa.*

Und da hatte sie angefangen, haltlos zu weinen.

Warum mussten es auch Teddybären sein, die auf diesem Grab saßen?

Sie hatte versucht, Teddy aus ihrer Erinnerung zu streichen. Und es war ihr beinahe gelungen in den vergangenen Jahren. Aber jetzt war er wieder da mit seinen klebrigen Fingern, den weichen, wuscheligen Haaren und seiner warmen Wange, die sich an ihre schmiegte, wenn er auf ihrem Arm einschlief. Es wäre fair, Nora davon zu erzählen, aber Cleo brachte es nicht fertig. Niemals konnte sie in Worte fassen, wie sehr sie Teddy vermisste. Wie grausam es gewesen war, ihn zu verlieren.

Nora würde versuchen zu verstehen, was es für Cleo bedeutete, dass alle Menschen, die sie an ihr Herz herangelassen hatte, sie früher oder später verließen und sei es nur für ein paar Monate. Vielleicht. Man konnte nie wissen, ob jemand zurückkam. Diejenigen, die Cleo wirklich geliebt hatte, taten es nicht. Aber diese Gedanken konnte sie Nora nicht zumuten. Am Ende würde sie sich so mies fühlen, dass sie ihre Pläne aufgab. Das konnte Cleo nicht zulassen.

»Ich freue mich doch für dich«, knüpfte sie mit etwas wackliger Stimme an Noras Frage an. Sie zwang sich, ihre Freundin kurz zu drücken. »Ehrlich, ich finde es super, dass du Alex gefunden hast. Und der Job klingt auch toll! Du wirst das rocken.« Sie stand auf und schüttelte die Arme aus, als wären sie steif vom langen Herumsitzen. War die Gardine eigentlich schon immer so vergilbt gewesen? Und diese fette Staubschicht auf dem Bilderrahmen da drüben. Der Sitzsack hatte auch eine deutlich sichtbare Stelle, an der der Stoff durchgescheuert war.

»Übrigens ziehe ich um«, warf Cleo in den Raum. »Schon ganz bald. Die haben mir eine Wohnung besorgt, in der ich alleine wohnen kann. Gut, oder?« Das betonte Grinsen fühlte sich ein wenig mühsam an, aber plötzlich war dieses vertraute Kribbeln in ihrer Brust zu spüren. War das Vorfreude oder Angst? Oder beides?

»Das ist ja super!«, stimmte Nora zu. Sie wirkte erleichtert, dass Cleo sich offenbar wieder im Griff hatte. »Also, dann wird die nächste Zeit doch für uns beide echt spannend. Und vielleicht findest du ja wirklich auch jemanden, wenn du ausziehst. Hier hockst du doch immer nur mit denselben Leuten zusammen. Aber dann begegnet dir vielleicht jemand, der diesem Zirkus-Guy Konkurrenz machen kann.« Nora hatte sich mittlerweile auch von Cleos Bett hochgerappelt und knuffte sie spielerisch in die Seite.

Cleo verdrehte die Augen. »Der hat sich sowieso zurückgezogen. Auf seinem Kanal gibt's neuerdings nur noch Videos von irgendeiner Artistin und einem anderen Typen.«

Wie weh ihr das tat, musste Nora ja nicht wissen. Noch so einer, der sich einfach aus dem Staub gemacht hatte. Aber wenigstens konnte sie seine alten Videos so oft ansehen, wie sie wollte. Das war mehr Beständigkeit, als sie von anderen Leuten kannte.

»Los, jetzt lass uns gehen. Ich hab keine Lust, zu spät zu kommen.« Cleo schlüpfte in ihren Hoodie und hielt Nora deren Jacke hin. »Danke, dass du mitkommst.«

Gemeinsam traten sie auf den Flur der WG, wie sie es schon unzählige Male getan hatten. Auf einmal fühlte es sich für Cleo seltsam an, als würde sie wegen Monas Mitteilung alles Gewohnte besonders intensiv wahrnehmen.

Leider kam ihnen ausgerechnet jetzt Richard auf der Treppe entgegen. Es war nicht das erste Mal, dass er Cleo absichtlich anrempelte. Aber diesmal hatte sie sich nicht so unter Kontrolle wie sonst.

»Fass mich nicht an!«, fauchte sie und schubste ihn gegen das Geländer, sodass er sich ordentlich den Ellbogen anstieß.

Nora zerrte an ihrem Ärmel. »Hör auf Cleo!«, raunte sie warnend, aber Richard hatte sich bereits umgedreht und packte Clementines schwarzen Pferdeschwanz. Nora quietschte erschrocken auf.

Richard zog Cleos Kopf nach hinten und versuchte, sie zu schlagen. Aber Cleo war wendig. Sie trat um sich und traf sein

Schienbein. Richard verlor das Gleichgewicht, wankte und musste sich an der Wand abstützen.

»Komm schon!«, rief Cleo Nora zu, die wie festgewachsen auf der Treppe stehen geblieben war. »Wir haben es eilig!«

Richards Brüllen hörten alle, die auf dem Hof und im Treppenhaus waren: »Das bereust du noch!«

Cleo ging festen Schrittes weiter, ohne nach rechts und links zu schauen. Sie verließ den Hof, Nora stolperte, leise Entschuldigungen murmelnd, hinter ihr her.

Ja, sie würde bereuen, dass sie überhaupt auf Richard reagiert hatte. Aber nie wieder würde sie bereuen, dass sie sich nicht herumschubsen ließ. Diese Zeiten waren vorbei.

»Mensch, Cleo!«, keuchte Nora, als sie außer Sichtweite der Einrichtung waren. Ihr Gesicht war feuerrot vor Anstrengung und Aufregung und ihre Haare standen wild nach allen Seiten ab. »Manchmal bist du echt krass drauf.«

»Kann sein«, gab Cleo zurück, ohne langsamer zu werden.

Die dicken großen Tropfen waren zu einem feinen Sprühregen geworden, der sich wie Nebel auf Gesicht und Haare legte. Autos brausten an den beiden Mädchen vorbei und spritzten sie nass.

»Kannst du mal warten?«

»Ich will nicht zu spät kommen.«

»Und ich hab keine Lust mehr mitzukommen!« Nora schien jetzt wirklich wütend zu sein. Sie blieb stehen und stemmte die Fäuste in die Hüften. »Weißt du, manchmal denke ich, du glaubst, dir alles erlauben zu können. Dein Leben war mies, bevor du in die WG gekommen bist? Mag sein, und das, was du mir erzählt hast, tut mir auch echt leid. Aber deshalb hast du doch nicht automatisch das Recht, Leute rumzuschubsen und allen vorzuwerfen, dass sie nicht rücksichtsvoll genug mit dir umgehen!« Ihre Augen funkelten, als sie Cleo herausfordernd ansah.

Nora im Angriffsmodus, das war auch neu. Aber Cleo sah nicht ein, warum sie so sauer war.

»Richard hat mich zuerst angerempelt«, gab sie mit gefährlich ruhiger Stimme zurück.

Ein Radfahrer zog an ihnen vorbei und warf den Mädchen einen neugierigen Blick zu.

»Ich habe mich nur gewehrt.«

»Pah!« Nora schlug mit der Hand gegen einen Laternenpfahl. »Du hörst dich an wie eine Grundschülerin. Außerdem geht's nicht nur um Richard. Es geht auch um mich. Ich merke genau, dass du mir Alex nicht gönnst, und Griechenland, und überhaupt alles, was bei mir angeblich so reibungslos läuft.«

Sie standen sich gegenüber wie zwei Stiere kurz vor dem Kampf.

Cleo wusste, dass sie jetzt einlenken sollte. Sie musste Nora beruhigen, sich entschuldigen und ihr erklären, warum sie gerade so geladen war. Nora würde das verstehen, und alles wäre gut.

Aber das konnte sie nicht.

Das wollte sie nicht.

Nora hatte wirklich ein viel besseres Leben, und sie, Clementine Hanssen, hatte ein Recht darauf, neidisch zu sein. Sie wollte sich nicht verstellen, nur damit es ihrer besten Freundin besser ging. Sie hatte einfach keine Kraft dafür, nicht nach all den Teddybären auf dem Friedhof und der Nachricht von Mona mit dem Umzug.

»Du hast ja gar keine Ahnung, wie toll dein Leben ist. Aber ist auch egal. Wenn du keinen Bock hast, mich zu begleiten, dann mach es nicht. Versteh ich. Geh einfach nach Hause und ruf deinen Alex an. Ich komme schon klar.«

Damit wandte sie sich ab und ging weiter, Regen im Gesicht und die Hände in der Bauchtasche ihres Hoodies zu Fäusten geballt.

Als sie in eine Seitenstraße abbog und einen Blick über die Schulter zurückwarf, sah sie, dass Nora noch immer neben der Laterne stand. Vermutlich hatte sie jetzt gerade ihrer langen Freundschaft den Todesstoß versetzt.

Aber wenigstens war sie diesmal die, die ging, und nicht die, die verlassen wurde.

Kapitel 18

Sie hörte ihren Namen, während sie fiel.
Ich liebe dich, war alles, was sie denken konnte.
Es tut mir so leid. Ich will nicht sterben!

Danic sortierte gerade die Mitschriften und Handouts der letzten Vorlesung auf seinem Bett, als sein Handy klingelte. Er war in Hochstimmung, weil er jemanden kennengelernt hatte, der seine Liebe zum Gesetz uneingeschränkt teilte. Lydia war zwei Semester weiter als er, fuhr ein grünes Fahrrad und hatte ihm auf dem Flur vor dem Hörsaal eine Tür ins Gesicht geschlagen. Seine linke Wange war immer noch von dem blauen Fleck gekennzeichnet, der mittlerweile allerdings verblasste und nur noch grünlich schimmerte.

Es war Lydia furchtbar peinlich gewesen, einen Ersti ausgeknockt zu haben. Immerhin kannte sie ihn nicht von seinen Videos, weshalb sie herrlich unvoreingenommen war und ihn einfach nur als Mitstudent ansah.

Nachdem sie sich etwa eine Viertelmillion Mal entschuldigt hatte, während sie ihm ihre kühle Wasserflasche an die Wange drückte, hatte sie ihn auf einen Kaffee eingeladen. Danic hätte ihr auch ohne das Getränk verziehen, aber das Angebot war ihm trotzdem willkommen. Sie hatten sich seitdem mehrmals in der Mensa getroffen und Danic freute sich mit jedem Mal mehr auf ein Wiedersehen.

Ein Blick auf das Display zeigte ihm, dass der Anruf leider nicht von ihr, sondern von seiner Mutter kam.

Unwillig nahm er an. Eigentlich hatte er keine Lust, mit irgendwem aus der Zirkuswelt zu reden.

Gleich der erste Satz war eine Anklage:»Du meldest dich so selten.«

Genervt nahm er den Vorwurf zur Kenntnis.»Jetzt hast du mich ja erreicht.«

Er ließ sich auf sein Bett fallen und hörte mit geschlossenen Augen zu, wie sie ihm von den neuesten Entwicklungen im Zirkus berichtete. Es schien sie nicht zu stören, dass Jake jetzt mit Aurelie auftrat. Im Gegenteil, sie schwärmte sogar von den großen Fortschritten, die er gemacht hatte. Es lag Danic auf der Zunge zu fragen, ob Jake jetzt vielleicht auch in seinem Bett schlief, wenn er ihn doch offenbar so mühelos ersetzen konnte.

»Eigentlich läuft also alles so weit ganz gut«, schloss sie endlich ab.»Wir haben noch drei Wochen vor uns, dann fahren wir ins Winterquartier.«

Zwischen November und März lebten die Zirkusleute alle gemeinsam in einem Dorf nicht weit von Leipzig. Danics Eltern hatten eine von drei Wohnungen in einem ehemaligen Bauernhof zur Verfügung. Die Tiere überwinterten dort in den Stallungen. Danic hatte als Kind viele Stunden damit verbracht, Freddy dabei zu helfen, die Ställe sauber zu halten und die Tiere zu füttern. Es war ganz normal für ihn gewesen, nach der Schule in Lillys Box zu schlüpfen und sozusagen mit ihr gemeinsam Vokabeln zu lernen und Hausaufgaben zu machen.

Aurelie dagegen wohnte immer mit ihrer Familie in dem Haus, das ihrer Urgroßmutter gehört hatte. Sie konzentrierte sich in den kalten Monaten ausschließlich auf ihre körperliche Fitness. Ihre Eltern hatten einen speziellen Raum für sie eingerichtet, in dem große Spiegel, Matten und eine Ballettstange perfekte Bedingungen für das Heimtraining boten. Natürlich gab es immer auch das tägliche Turnen in der ehemaligen Reithalle. Aber die war schlecht beheizt und Aurelie blieb dort nur, solange es unbedingt nötig war.

Danic hatte sich auch deshalb für Leipzig als Studienort entschieden, weil er geglaubt hatte, seiner Mutter damit einen Gefallen zu tun. Er würde zwar nicht bei ihnen wohnen, konnte aber doch vielleicht die Wochenenden im Winterquartier verbringen. Das war jedenfalls sein Plan gewesen, bevor die Sache mit Aury eskaliert war. Jetzt zog ihn rein gar nichts zum Zirkus – abgesehen von seiner Ziege, die er wirklich vermisste.

»Wie geht es Lilly?«, fragte er deshalb seine Mutter, die offenbar auf irgendeine Reaktion von ihm wartete.

Ihre Antwort war ein tiefes Seufzen. »Lilly ist frech wie immer«, beruhigte sie ihn.

Danic hörte das Zögern in ihrer Stimme. »Aber …?«

»Aber Freddy macht mir Sorgen. Ihm geht es nicht gut, glaube ich, auch wenn er es überspielt. Alles geht viel langsamer bei ihm in letzter Zeit und er vergisst so viel. Na ja, er ist auch nicht mehr der Jüngste. Aber es ist schwer zu sehen, wie er immer schwächer und gebrechlicher wird.«

Danic strich mit der Hand über die bunte Wolldecke, die auf seinem Bett lag. Zirkus Wittenmeer ohne Freddy, das konnte er sich absolut nicht vorstellen. Es machte ihn tieftraurig, wie sich langsam, aber sicher alles veränderte. Als würde der Glanz seiner Kindheit unwiederbringlich verblassen und der Glitzer des Zirkuslebens zu Staub verfallen.

Hatte er diese Entwicklung selbst verursacht, indem er sich für das Studium entschied? Oder wäre es auch sonst passiert?

»Jedenfalls wollte ich dich fragen, ob du zu meinem Geburtstag kommst«, unterbrach die Stimme seiner Mutter diese Gedanken. »An dem Tag selbst werden wir in Dresden gastieren, aber es ist sowieso ein Samstag. Da feiern wir nicht, sondern geben natürlich die Vorstellung. Aber der Plan ist, am Montag die Party nachzuholen. Papa will es unbedingt – er meint, man wird ja nur einmal vierzig. Von mir aus wäre es nicht nötig. Er hat irgendwas gebucht, das soll wohl eine Überraschung sein. Aber er meint, ich soll dich fragen, ob wir mit dir rechnen können.«

Danic runzelte die Stirn. Überraschungen waren so gar nicht sein Ding. Außerdem stand ihm nicht der Sinn nach einer fröhlichen Feier mit den Menschen, die ihn für einen Verräter hielten. Und überhaupt …

»Mam, ich bin Student. Montags hab ich Veranstaltungen! Sogar relativ lange, die letzte geht bis fünfzehn Uhr. Wann soll es denn losgehen, und wohin müsste ich kommen?«

Ein bisschen Mitleid hatte er schon mit seiner Mutter. Sie bekam wirklich nicht oft die Aufmerksamkeit, die sie eigentlich verdiente. Danic gönnte ihr eine richtig gute Feier. Aber es war schwierig für ihn … Im Wohnzimmer gab es ein dumpfes Geräusch, das wie ein umfallender Sessel klang, und gleich darauf klirrte Glas. Danic richtete sich erschrocken auf. »Ich muss auflegen, Mam, hier ist gerade irgendwas zu Bruch gegangen. Ich melde mich später bei dir, okay?« Er warf das Handy aufs Bett und rannte zur Tür.

Im Nebenzimmer erwartete ihn tatsächlich ein umgefallener Sessel. Dahinter lagen kichernd zwei Personen: Kilian und ein weibliches Wesen, das Danic noch nie gesehen hatte. Beide hatten von dem Alkohol, dessen Reste aus den zersprungenen Flaschen langsam in den Teppich sickerten, offenbar schon einiges genossen.

»Oh, Dani-Boy ist zu Hause«, stellte der junge Mann scheinbar überrascht fest.

Seine Freundin kicherte noch mehr und versuchte, ihr feuchtes Shirt ein wenig besser über dem Oberkörper zu verteilen.

Mit einem Augenrollen wandte Danic sich ab. »Wenn ihr nicht gestört werden wollt, versucht, die Einrichtung ganz zu lassen«, bemerkte er sarkastisch und schloss die Tür wieder hinter sich.

Na super. Jetzt hing er in seinem Zimmer fest, wenn er eine zweite Begegnung mit den betrunkenen Turteltauben vermeiden wollte. Dabei war es gerade mal siebzehn Uhr an einem sonnigen Freitagabend. Zum Lernen hatte er keine Lust, zum Turnen zu wenig Platz im Raum. Also womit die Zeit totschlagen? Er könnte Serien gucken, aber ohne einen Snack oder wenigstens ein kühles Getränk war das nicht besonders verlockend.

Aus dem Wohnzimmer drangen jetzt eindeutige Geräusche, die Danic nicht gerade ermutigten, sich noch schnell etwas zu essen aus der Küche zu holen.

Unschlüssig lümmelte er sich auf seinen Schreibtischstuhl und blickte ins Leere. Dieses Leben in der WG war eigentlich nicht viel anders als das im Zirkus. Ständig musste man auf irgendwen Rücksicht nehmen. Nicht dass ihn das bisher sonderlich gestört hätte. Trotzdem war es manchmal nervig und Danic sehnte sich plötzlich nach einem Ort, der ihm ganz allein gehörte. Nach Freiheit und Unabhängigkeit. Einem Kleinbus vielleicht, mit dem er eine Weltreise machen würde. Wäre das nicht überhaupt die perfekte Lösung für all seine Probleme? Er könnte einfach wegfahren und erst mal alle Brücken hinter sich abbrechen.

Das Studium konnte er pausieren und einfach im nächsten Jahr wieder einsteigen. Während er Länder kennenlernte, die er nur aus Filmen und der Schule kannte, würde er Erfahrungen sammeln, die in seinem Job mehr als hilfreich wären. Obwohl er mit dem Zirkus viel herumgekommen war, beschränkte sich seine Sicht doch nur auf die Art, wie das Leben in Deutschland funktionierte. Und selbst das fast nur im östlichen Teil, denn sie waren selten in den alten Bundesländern aufgetreten.

Wenn er wieder in die Videos investierte, Aurelie bat, von seinem Kanal zu verschwinden, und sich für ein paar Monate auf Werbepartnerschaften einließ – vielleicht konnte er auf dem Weg genug Geld verdienen, um so etwas zu unternehmen?

Danic fühlte sich plötzlich wie elektrisiert.

Wenigstens einmal kurz recherchieren, was so was kosten würde! Es war höchste Zeit, endlich etwas zu machen, was wirklich er war. Etwas, was ihm niemand diktierte. Das mit dem Studium war super, und er würde es auf jeden Fall durchziehen. Aber es sagte ja keiner, dass der Weg super geradlinig verlaufen musste, oder?

Er stand auf und schnappte sich das Handy, das immer noch auf dem Bett lag. Dann ließ er sich auf den Flickenteppich sinken, der die kleine Lücke zwischen Schrank und Bett bedeckte. Mal sehen, was sich im Netz über spontane Weltreisen finden ließ. Das kleine rote Symbol auf dem Messenger-Icon seines Smartphones ließ ihn innehalten. Okay, er konnte ja kurz checken, wer ihm geschrieben hatte.

Es war Lydia. Eine Sprachnachricht, die ihre helle Stimme mit dem niedlichen Lispeln direkt in sein Schlafzimmer brachte. Danic biss sich schmunzelnd auf die Unterlippe bei dem Gedanken. Dabei fühlte es sich doch ein klitzekleines bisschen falsch an, sich in Lydia zu verlieben.

»Hey, mein liebes Totschlag-Opfer, was machst du heute Abend?«, hörte er Lydia sagen. Im Hintergrund waren noch andere Leute und laute Musik zu hören. »Wir sind hier an der Moritzbastei, aber es ist natürlich noch nichts los. Deshalb werden wir gleich um die Häuser ziehen und nachher vielleicht noch irgendwas Dummes machen. Hast du Lust, dabei zu sein? Die anderen haben nichts dagegen, dass ich jemanden aus dem ersten Semester mitschleppe. Was sagst du? Melde dich mal.«

Hm, das klang spannend. Dafür konnte er seine Recherche vielleicht verschieben. Allerdings gab es da immer noch das Problem mit dem besetzten Wohnzimmer. Es fielen zwar keine Sessel mehr um, aber es klang auch nicht, als hätten die beiden sich in Kilians Zimmer zurückgezogen.

Danics Blick fiel auf das Fenster. Ziemlich ungünstig, dass die Wohnung im dritten Stock lag. Allerdings gab es eine Feuerleiter am Nachbarhaus, die mit ein wenig Geschick über die Fassade zu erklettern sein könnte.

Er rappelte sich hoch und besah sich die Lage aus der Nähe. Es war ein bisschen riskant, aber machbar. Oder sollte er lieber doch durchs Wohnzimmer gehen? Es konnte ihm doch ganz egal sein, was die beiden darüber dachten. Er wohnte schließlich hier.

Nach kurzem Zögern wählte er Lydias Nummer.

»Ich wär dabei«, sagte er. Es klang etwas atemlos, weil sein

Herz aus unerfindlichen Gründen plötzlich so schnell klopfte wie bei einem harten Training.

Er genoss Lydias fröhliches Lachen.

»Super! Wir machen uns aber gleich schon mal auf den Weg. Ich schicke dir meinen Standort, dann kannst du uns finden, okay?«

»Klar. Okay.«

Sie legte auf, bevor er noch etwas sagen konnte. Anscheinend machten die anderen schon Druck aufzubrechen. Aber die Standortanzeige tauchte gleich darauf auf seinem Handy auf und Danic steckte das Gerät schulterzuckend in die Hosentasche.

Ein Abend mit Lydia und einer Menge höherer Semester – das war doch mal ein echter Fortschritt. Dieses Erlebnis wollte er nicht durch Fassadenkletterei riskieren, egal, welcher Anblick ihn im Wohnzimmer erwarten würde.

Schnell packte er seinen Geldbeutel in die Jacke, warf diese über und prüfte kurz sein Aussehen im Spiegel. Gar nicht schlecht. Wie fast immer trug er Jeans und ein weißes T-Shirt, dazu die dunkelrote College-Jacke. Um den Hals hing ein Lederband mit der einzigen Erinnerung, die er vom Zirkus behalten wollte: dem Kronkorken mit der Aufschrift *Rakete* von dem Armband, das Aurelie ihm geschenkt hatte. Er legte die Hand auf das Schmuckstück und fühlte erneut einen Hauch von schlechtem Gewissen. Aber was sollte das? Aurelie hatte ihn höchstwahrscheinlich betrogen. Es war sein Plan gewesen, die Beziehung zu beenden. Warum sollte er sich also schlecht fühlen?

Mit einer energischen Bewegung strich er sich das Haar zurecht, warf seinem Spiegelbild einen zufriedenen Blick zu und öffnete entschlossen die Tür zum Wohnzimmer.

Kapitel 19

»Nein, oh Gott, nein!«, schrie sie.

Vielleicht hätte sie die Gruppe ganz nett gefunden, wenn sie sich nicht zuvor mit Nora gestritten hätte. Und ohne die Teddy-Tragödie und die Aussicht auf eine eigene Wohnung.

Aber so hockte Cleo missmutig auf dem blauen Sofa, eingequetscht zwischen zwei überfreundlichen Teenagern, deren Namen sie sofort wieder vergessen hatte. Alle tranken Früchtetee mit Zucker und vertilgten eine billige Keksmischung, als wäre diese Süßigkeit das Highlight ihrer Woche. Die Gespräche drehten sich um Schule, irgendwelche Serien, die Cleo nicht kannte, und den neusten Tratsch über Leute, die Cleo ebenfalls unbekannt waren.

Das Licht war schummrig. Die Lampen, und überhaupt die ganze Einrichtung, sahen aus, als wären sie in den Achtzigern ausgesucht worden. Der Geruch von zwanzig Teenagern vermischte sich mit dem des Tees und durch all das drang die markante Note alter Möbel an Cleos Nase. Sie überlegte seit zehn Minuten krampfhaft, mit welcher Ausrede sie sich verkrümeln könnte. Warum hatte sie sich überreden lassen, die Jugendgruppe von Sebastian-dem-Vikar zu besuchen? Er hatte sie jeden Freitag eingeladen. Wahrscheinlich wäre es ihr gelungen, das konsequent zu ignorieren, wenn da bei ihrem Ablehnen nicht immer dieser enttäuschte Blick gewesen wäre.

Jetzt musste sie es durchziehen, nur dieses eine Mal. Dann konnte sie sagen, dass solche Gruppen einfach nichts für sie waren.

In Wirklichkeit mochte sie es, mit Menschen zusammen zu sein, die freundlich zueinander waren. Aber das hier war ein bisschen zu viel. Sie kannte niemanden, aber alle behandelten sie wie einen Ehrengast. Während sie sich keinen einzigen Namen merkte, sprach jeder sie mit ihrem an. Das Mädchen, das neben ihr saß, versuchte immer wieder, sie ins Gespräch einzubeziehen. Sie konnte ja nicht wissen, dass Cleo ausgerechnet heute wirklich schlecht drauf war und sich nach der Sache mit Nora am liebsten irgendwo verkrochen hätte. Aber sie hatte die Flucht nach vorn angetreten und nun saß sie hier und wusste nicht, was sie tun sollte.

Da fiel ihr Blick auf die Tasche des Mädchens. Sie stand auf dem Boden neben dem Sofa und der Reißverschluss war offen. Eine Papiertüte mit dem Aufdruck eines Modeschmuckladens lag darin. Cleo müsste nur zugreifen und sie sich nehmen. Eine heiße Welle lief durch ihren Körper und die Finger begannen zu kribbeln. Seit dem Beginn ihrer Arbeit bei Frau Lehmann hatte sie nichts mehr gestohlen. Das Bedürfnis war einfach nicht mehr da gewesen. Aber jetzt hatte es sie wieder fest im Griff. Sie musste diese Tüte haben. Sie musste sich selbst beweisen, dass sie es noch konnte.

Cleo wartete, bis das Mädchen ihren Tee nachfüllte. Mit einem kurzen Blick versicherte sie sich, dass auch ihr anderer Sitznachbar abgelenkt war. Dann beugte sie sich vor, schnappte die Tüte blitzschnell und tat so, als binde sie die Schnürsenkel ihrer Chucks neu. Die Tüte schob sie dabei in ihr eng anliegendes Hosenbein. Der Inhalt des Beutelchens war flach und klein, vermutlich Ohrringe. Es fiel nicht auf, dass die Hose sich an der Wade ein kleines bisschen mehr wölbte als auf der anderen Seite.

Als es vollbracht war, lehnte Cleo sich entspannt zurück. Es war so einfach. Niemand reagierte auch nur das kleinste bisschen misstrauisch. Im Gegenteil, die Aufmerksamkeit der Jugendlichen richtete sich jetzt auf den jungen Mann, der zur Tür hereinkam. Es war Sebastian-der-Vikar in beinahe hippen Klamotten, eine Gitarre um die Schulter gehängt.

Er grüßte die Gruppe gut gelaunt. Als sein Blick auf Cleo fiel, leuchteten seine blauen Augen begeistert auf. »Schön, dass du gekommen bist«, meinte er und drängte sich an dem Sofa vorbei zu einem freien Stuhl.

Die Gruppe wurde langsam ruhiger. Anscheinend war das der richtige Beginn des Treffens, denn Sebastian-der-Vikar sagte noch ein paar Worte zur Einleitung und schob dann einen Stapel Bücher in die Mitte des Tisches.

»Wir singen immer am Anfang«, erklärte das Mädchen, dem die Tüte gehörte, Cleo. Die nahm mit einem irgendwie flauen Gefühl im Magen eins der Liederbücher entgegen, das ihr hingehalten wurde.

»Dreiundzwanzig!«

»Siebenundvierzig!«

Verwirrt versuchte Cleo, einen Sinn in dem plötzlich ausbrechenden Stimmengewirr zu erkennen.

Sebastian-der-Vikar lächelte zu ihr herüber. »Wir singen erst mal die Nummer neunundvierzig«, legte er mit ruhiger Stimme fest.

Ach so, die anderen versuchten ihre Wunschlieder zu bekommen.

Weil sie ein wenig zu lange reglos dasaß, nahm das Opfermädchen Cleo das Buch aus der Hand und schlug die Liednummer auf. Sebastian-der-Vikar spielte währenddessen bereits die ersten Akkorde, und gleich darauf begannen die Jugendlichen wie selbstverständlich zu singen. Cleo versuchte, innerlich auf Abstand zu bleiben. Sie sang nicht – nie. Das hatte sie sich längst abgewöhnt. Es lag nicht daran, dass sie nicht singen konnte. Sie wollte es einfach nie wieder tun, nicht mit dem Herzen. Denn die letzte Person, die ihr Singen geliebt hatte, war fort.

Cleo schloss die Augen und versuchte, sich von der Musik abzuschotten. Der Junge neben ihr brummte völlig unpassende Töne, das war gut. Sebastian-der-Vikar war auch nicht gerade ein begnadeter Sänger. Seine Stimme kiekste ein bisschen und der Rhythmus, den er spielte, klang holprig. Die beiden Mädchen, die in Cleos Nähe saßen, sangen schon besser. Es ließ sich nicht verhindern, die Melodie zu mögen. Sie war wie ein Fluss, in den Cleo nicht eintauchen wollte. Doch je länger die Jugendlichen sangen, desto verlockender wurde das Lied.

Nur die Zehenspitzen in das frische Wasser tauchen, dachte Cleo. *Nur ein bisschen die Strömung fühlen …* Da drang der Text glasklar in ihren Verstand und Cleo ballte die Hände zu Fäusten, dass sich die Fingernägel in ihre Handflächen bohrten.

I'm no longer a slave to fear, I am a child of God.

Sie würde sich nicht auf dieses christliche Gesäusel einlassen. Sie würde diesem Fluss widerstehen.

From my mother's womb you have chosen me, love has called my name.

Was für ein Blödsinn. Niemand hatte sie gewählt. Selbst ihre Mutter nicht. Vielleicht hatte es irgendeinen Zeitpunkt gegeben, an dem ihre Mutter sich gefreut hatte, schwanger zu sein. Vielleicht war Cleo sogar eine kurze Zeit lang ein Trost für sie gewesen. Aber dann hatte die Depression nur noch stärker zugepackt. Nur traurig kannte Cleo ihre Mutter. Sie, Clementine, war immer eine Überforderung für sie gewesen. Sie hatte es nie geschafft, Mama aufzuheitern. Immer war da dieser Schatten gewesen und das Gefühl, es ginge ihr besser, wenn sie nur ihre Ruhe hatte.

I've been born again, into a family, your blood flows through my veins.

Schmerz schnürte Cleo die Luft ab. Sie ertrug es nicht, diese Worte zu hören.

I'm no longer a slave to fear, I am a child of God.

Und Gott. Er hatte wahrscheinlich keine Ahnung, dass sie überhaupt existierte. Gut, der Jesus-Hirte in der Kapelle mit seinem freundlichen Blick war in den letzten Monaten ein guter Gesprächspartner geworden. Aber das war ja wohl etwas anderes. Wer solche Lieder schrieb, glaubte vermutlich tatsächlich an einen Gott, der Menschen lieben konnte. Das war nichts für sie. Abgesehen davon würde ein solcher Gott sie, Cleo, sowieso sofort von der Wolke vor dem Himmelstor schubsen. Sie war schließlich eine Diebin – und das sogar in seinen heiligen Hallen. Falls dieser Raum im Gemeindehaus zu den heiligen Hallen zählte. Aber soweit es ihr bekannt war, gehörte Stehlen zu den sieben Todsünden. Oder waren es zehn?

Irritiert öffnete Cleo die Augen und sah sich um. Es war ruhig geworden. Das Lied war offenbar zu Ende und alle neigten plötzlich andächtig die Köpfe. Oh, jetzt war also der richtige Zeitpunkt, die Augen zu schließen.

Cleo behielt ihre offen.

Während Sebastian-der-Vikar eins seiner unkonventionellen Gebete sprach, fiel Cleo auf, dass sie nicht die einzige Rebellin im Raum war. Ihr schräg gegenüber hockte ein kurzhaariges Mädchen im Schneidersitz auf einem Stuhl, dessen Augen ebenfalls offen waren. Es grinste kurz, als sich ihre Blicke trafen.

Cleo musterte sie neugierig. Die strubbeligen Haare trugen Spuren verschiedenster Färbeversuche, die sich zwischen Grün und Pink bewegten. An ihrem Handgelenk drängten sich mindestens zehn ausgeblichene Bändchen von Konzert- und Festivalbesuchen aneinander. Ihr Shirt sah ein wenig schmuddelig aus. Irgendwann war es wahrscheinlich dunkelgrün gewesen, jetzt erinnerte die Farbe an überlagerten Spinat. Die Hosenbeine waren aufgeschlitzt. An den Knien sah Cleo Netzstrumpfhosen durchblitzen.

Nicht mein Stil, dachte sie. *Aber sehr individuell. Sympathisch.*

Ohne große Überleitung katapultierte Sebastian-der-Vikar die Gruppe in ein Rhythmusspiel, an dem auch Cleo wohl oder übel teilnehmen musste. Alle legten die Hände auf den Tisch und gaben nach einem bestimmten Prinzip Klopfzeichen weiter. Es erforderte Konzentration und hätte Spaß gemacht, wären da nicht die beiden Gewissensbisse gewesen: die geklaute Tüte und der Streit mit Nora. Was die jetzt wohl machte? Bestimmt war sie nach Hause gefahren und reagierte sich im Restaurant ihrer Eltern ab. Cleo wusste, dass sie oft in die Küche ging und irgendwelche Dinge schrubbte, wenn sie wütend war. Vermutlich glänzten mittlerweile alle verfügbaren Arbeitsflächen.

Sie würde schon drüber wegkommen. Vielleicht konnten sie sich sogar demnächst wieder vertragen, wenn Nora aufhörte, so empfindlich zu sein.

»Hey, Cleo! Du bist dran!«

Konzentrier dich, Cleo! Du musst diese Stunde durchstehen, damit Sebastian-der-Vikar zufrieden ist. Reiß dich einfach zusammen. Du kannst das.

Ein paar Spiele später forderte Sebastian-der-Vikar ein Mädchen auf, etwas zu erzählen. Es wirkte nervös und anfangs konnte Cleo seine leise Stimme kaum verstehen. Aber dann wurde es besser. Trotzdem bekam sie kaum mit, um was es ging. Ihre Gedanken drehten sich um den Streit mit Nora. Alle paar Sekunden sah sie auf ihr Handy, um zu sehen, ob eine Nachricht ankam. Aber Nora schwieg. Und Cleo merkte, wie sich der Panzer um ihr Herz mehr und mehr schloss.

Irgendwann hielt sie es nicht mehr aus, still zu sitzen und den Worten von Sebastian-dem-Vikar zu folgen, der mittlerweile wieder redete. Es war ein bisschen wie in der Schule, nur in einem gemütlicheren Setting, und Cleo hatte genug.

Ganz gehen wollte sie so kurz vor Ende der Veranstaltung zwar nicht, aber sie brauchte eine kurze Auszeit.

»Wo ist denn hier die Toilette?«, flüsterte sie ihrer Sitznachbarin zu.

Die zuckte ein wenig zusammen, weil sie so vertieft gewesen war. »Den Gang runter und dann rechts«, wisperte sie zurück.

Cleo stand auf, zupfte ihr Shirt zurecht und drängelte sich an den anderen vorbei zur Tür. Das bunthaarige Mädchen bedachte sie mit einem neugierigen Blick.

Es war eine Erleichterung, auf dem ruhigen Flur zu stehen. Kühle Luft strömte von der Eingangshalle her zu Cleo herüber. Der Geruch nach Regen lag darin. Obwohl sie nur Abstand gewollt hatte, beschloss Cleo, bei der Gelegenheit trotzdem zur

Toilette zu gehen, nur um noch etwas mehr Zeit herauszuschlagen.

Sie hatte gerade den kleinen, weiß gekachelten Waschbereich betreten, als sie jemanden kommen hörte. Rasch schlüpfte sie in eine der Kabinen. Die Person nutzte das zweite WC und Cleo hörte das Rascheln ihrer Kleidung. Sie saß reglos da, unsichtbar, und hoffte, gleich wieder allein zu sein.

Die Spülung wurde betätigt, kurz darauf hörte Cleo das Rauschen von Wasser ins Waschbecken.

Jetzt geh schon!, dachte sie ungeduldig. Aber es blieb ruhig. Keine Schritte, die sich entfernten. Nur leises Atmen. Dann ein freches Kichern und die Frage: »Bist du tot?«

Cleo fauchte. Small Talk auf dem Klo, das war ja wohl das Letzte.

»Noch nicht«, erwiderte sie schnippisch. »Was willst du?«

»Reden.«

Widerwillig erkannte Cleo, dass die Neugier stärker war als der Ärger über die Störung ihrer Auszeit. Sie brachte ihre Klamotten in Ordnung, stellte sicher, dass ihr das Haar ordentlich ins Gesicht fiel, und betätigte die Spülung. Nur um den Schein zu wahren, denn sie hatte die Toilette nicht einmal benutzt. Dann atmete sie trotz des unschönen Zitronen-Ammoniak-Geruchs tief durch und trat aus der Kabine.

Auf dem Sims im Waschbereich saß das bunthaarige Mädchen und grinste sie an.

»Stalkst du immer Leute auf dem Klo?«, warf Cleo ihr bissig zu. Sie wusch sich demonstrativ die Hände.

Ungerührt sah die andere ihr dabei zu. Sie lächelte noch immer. Cleo konnte das amüsierte Funkeln ihrer Augen im Spiegel sehen.

»Normalerweise nicht, nein«, erwiderte die Stalkerin gelassen. »Aber du bist interessant. Ich wollte nicht, dass du gehst, ohne dich zu verabschieden.«

»Ich war nur auf der Toilette.«

»Konnte ich ja nicht wissen.«

Seufzend drehte Cleo sich um. »Falls du vorhast, mich zu bekehren oder zum Gottesdienst einzuladen: Danke, ich bin nicht interessiert. Ich bin nur hierhergekommen, damit Sebastian-der-Vikar aufhört, mich einzuladen.«

Das Mädchen runzelte, immer noch grinsend, die Stirn. Ein silbernes Augenbrauenpiercing blitzte dabei auf. »Sebastian-der-Vikar? Hab noch nie gehört, dass jemand Sebo so nennt.«

Jetzt verzog Cleo das Gesicht: »Sebo? Heißt er bei euch so?«

»Nur bei mir, schätze ich«, meinte das Mädchen mit einem Schulterzucken. »Er heißt einfach Sebastian und fertig. Aber er ist mein Onkel. Also Sebo.«

Der Onkel also, aha. Cleo konnte sich schwer vorstellen, dass Sebastian-der-Vikar Geschwister hatte, die eine so bunte Nichte für ihn produziert hatten. Er war doch selbst nicht allzu viel älter als dieses Wesen.

»Jedenfalls hab ich mir gedacht, dass du nicht aus religiösem Interesse hier bist«, fuhr das Mädchen ungerührt fort.

Sollte das eine Beleidigung sein?

Cleos Stimme klang patzig, als sie erwiderte: »Wie kommst du denn darauf?«

»Punkt eins: Du kennst unsere Art nicht. Du warst zum Beispiel total verwirrt, als alle sich Liednummern gewünscht haben.«

Okay, das war wahr.

»Punkt zwei: Du hast die Augen zum falschen Zeitpunkt auf- und zugemacht.«

»Du auch!«, verteidigte Cleo sich, musste aber unwillkürlich lachen.

Dann holte das Mädchen zum letzten Schlag aus und der traf Cleo direkt in die Magengrube:

»Punkt drei: Du hast Elena bestohlen, und das ist keine typisch fromme Handlung. Übrigens solltest du deine Beute woanders verstecken. Dein Hosenbein beult sich ziemlich aus.«

Cleo schlug mit der flachen Hand gegen die Fliesen. »Wie konntest du das sehen? Du hast in eine ganz andere Richtung geschaut!«

»Glaub nicht, dass du die Einzige bist, die weiß, wie man so was macht.«

Überrascht hielt Cleo die Luft an. »Willst du damit sagen ...?«

»Dass Elena es von mir ganz sicher nicht erfährt? Dass ich Sebo nicht informieren werde? Dass du echt professionell wirkst, wenn du klaust? Ja, das alles wollte ich sagen.« Sie sprang von dem Sims und hielt Cleo die Hand hin.

»Ich bin Sue. Susanne, eigentlich, aber der Name ist zu alt für mich.«

Cleo schlug ein. »Cleo.«

»Ich weiß.«

Verwundert und ein wenig überfordert von der Wendung der Dinge fuhr sich Cleo mit den Fingern durch die schwarze Mähne. Was wollte diese Sue von ihr? Und konnte man ihr vertrauen? Cleo hatte noch nie einen Mitwisser gehabt und die Sache fühlte sich einfach komplett falsch an. Der Diebstahl wirkte plötzlich viel schlimmer als jeder zuvor. Sie wollte doch nur unsichtbar sein. Jetzt sah es auf einmal so aus, als würde sie stehlen, weil sie es nötig hatte.

»Ich würde gern wieder reingehen«, gestand Cleo. Sie musste ihre Gefühle kurz sortieren und die Toilette taugte jetzt nicht mehr zu diesem Zweck.

»Kein Problem, aber hau nicht gleich ab, wenn Sebo fertig ist. Ich will dir noch was sagen.«

Mit einem halbherzigen Nicken trat Clementine die Flucht nach vorne an. Mit Sue dicht auf den Fersen kehrte sie in den Gruppenraum zurück.

Sebastian-der-Vikar stimmte gerade das Schlusslied an.

»Alles okay bei dir?«, wisperte das Opfermädchen – Elena –, als Cleo wieder neben ihr auf das Sofa schlüpfte.

»Ja, alles gut.« Cleo gab sich Mühe, gelassen zu wirken. Sie bückte sich und zog geschickt das Tütchen aus ihrem Hosenbein. »Übrigens, das hier lag neben deiner Tasche. Gehört es dir?«

Elena schenkte ihr ein strahlendes Lächeln. »Ja, vielen Dank! Ist ein Geschenk für meine Schwester. Sie hat morgen Geburtstag.«

Ihre Dankbarkeit verursachte Cleo ein Ziehen im Herzen und einen bitteren Geschmack auf der Zunge, aber sie war erleichtert. Wie gemein, dass sie Elena beinahe die Geburtstagsfreude geklaut hätte! Sie musste sich dringend einen legalen Ersatz für die Klauerei suchen.

»Das war's für heute, Freunde!«, schloss Sebastian-der-Vikar den Treff ab, nachdem er noch einmal gebetet hatte.

Cleo sprang auf, um so schnell wie möglich zu gehen, aber Elena hielt ihre Hand fest. »Bleib doch noch ein bisschen«, bat sie. »Die letzte halbe Stunde ist immer am schönsten.«

Aus dem Augenwinkel sah Cleo, wie Sue sich die Jacke überzog.

Sie schüttelte bedauernd den Kopf. »Tut mir leid, aber ich möchte los«, sagte sie entschuldigend.

Elena nickte verständnisvoll und ließ ihre Hand los. »Na dann, hab ein schönes Wochenende! Ich hoffe, wir sehen uns nächste Woche wieder. Oder am Sonntag. Ich bin beim Gottesdienst.«

»Mal sehen.« Cleo schlüpfte ebenfalls in ihre Jacke und folgte Sue mit dem Blick, die bereits zur Tür ging. »Mach's gut!«

Rasch drängte sie sich an den noch Sitzenden vorbei, hob die Hand zum Gruß in Richtung Sebastian-dem-Vikar und folgte Sue nach draußen.

Nasse, kalte Luft empfing sie, als die beiden Mädchen beinahe gleichzeitig den Haupteingang erreichten und auf die Straße traten.

»Wenn du noch Zeit hast, zeige ich dir jetzt mal, wie man einen Freitagabend so richtig gut verbringt«, schlug Sue Cleo vor, als sie ein paar Schritte gegangen waren. Das Grinsen saß jetzt tief in ihren grün gesprenkelten Augen und Cleo ahnte, dass die nächsten Stunden nicht ganz so fromm verlaufen würden wie die zuvor.

Kapitel 20

Sie hielt die Augen geöffnet, während der Tod auf sie zuraste.
Sie hatte die Retterin ihrer Familie sein wollen,
doch nun würde sie alles zerstören.

Danic trat ungeduldig von einem Fuß auf den anderen, während er auf den Zug wartete. Die Verspätung war bereits zwei Mal verlängert worden und er war drauf und dran umzudrehen. Anscheinend wollte das Schicksal nicht, dass er seiner Familie begegnete. Er hatte ewig überlegt, ob er die Vorlesungen sausen lassen sollte, um seiner Mutter diesen Gefallen zu tun. Letztlich hatte er sich wegen Lydia dazu entschlossen.

»An Gleis drei erhält Einfahrt, der verspätete Interregio in Richtung Dresden. Bitte Vorsicht bei Einfahrt des Zuges.«

Na, endlich. Ungeduldig rückte er den Rucksack auf seinen Schultern zurecht und drückte die Mütze fester über seine Locken.

Der Zug hielt quietschend vor ihm und entließ eine Menge Menschen auf den Bahnsteig. Danic drängte sich in den Waggon und ließ sich auf einen freien Fensterplatz fallen. Immerhin, das Wetter meinte es gut mit der Party für seine Mutter. Die Oktobersonne strahlte und die Temperaturen waren im erträglichen Bereich. Die Feier sollte in einer Scheune stattfinden, die man als Partylocation mieten konnte. Danic würde hinterher bei seinen Eltern im Wohnwagen übernachten – zum ersten Mal, seit er weggegangen war.

Mit einem Ruck setzte sich der Zug in Bewegung und Danic schloss die Augen. Ob er wirklich bereit war, in ein paar Stunden Aury wiederzusehen?

Die Sache mit Lydia hatte ein genauso schnelles und spektakuläres Ende gefunden, wie sie begonnen hatte.

Nach dem Abend mit ihren Freunden war Danic mit ihr in ihrem Zimmer gelandet. Es war aufregend gewesen zu knutschen und sich nichts zu verbieten. Diese ganze Gefühlssache mit Aury, all die Verantwortung und die Hochzeitsträume. Es war so viel einfacher ohne das. Aber dann, als Lydia begann, ihm die Klamotten vom Leib zu reißen, war es plötzlich passiert. Es war, als hätte jemand einen Schalter umgelegt. Sein Kopf war auf einmal ganz klar gewesen, obwohl sie in den Stunden zuvor nicht gerade wenig getrunken hatten. Alles in ihm war kalt geworden und er hatte einen großen Schritt zurück gemacht. Gegen das Bücherregal. Das Allgemeine Strafgesetzbuch war ihm auf den Kopf gefallen, aber diesmal ließ er sich nicht verarzten. Er hatte eine hastige Entschuldigung gemurmelt, irgendwas von »Tut mir leid, ich kann das nicht« und die Flucht ergriffen.

Später, in der Bahn, hatte er Lydia getextet. Er sei noch nicht über seine vorherige Beziehung hinweg und sie solle es nicht persönlich nehmen. So was in der Art.

Lydia war sauer und hatte eine ganze Woche lang nicht geantwortet. Sie ging ihm aus dem Weg und sorgte dafür, dass er nicht mit ihr reden konnte. Schließlich hatte sie ihm eine Sprachnachricht geschickt, in der sie ihm erklärte, dass sie keinen Kontakt mehr wollte.

Die Tatsache, dass ihm das kein bisschen wehtat, hatte Danic klargemacht, dass er Aury noch liebte. Und jetzt würde er ihr bald gegenüberstehen. Ihr und Jake.

Als er die Augen wieder öffnete, sah Danic Bäume und Häuser vor dem Fenster vorbeifliegen. Die warmen Farben des Herbstes stimmten ihn noch melancholischer, als er es, neben seiner Aufregung, ohnehin war.

Er würde diesen Tag nutzen, um sich über einiges klar zu werden.

Die fixe Idee von der Weltreise hatte sich in ihm festgesetzt und er würde sie prüfen.

Es hing für ihn vor allem davon ab, wie Aurelie und Jake zueinanderstanden. Hatte Aury ihn wirklich abgeschrieben und sich für Jake entschieden? Denn auch wenn er nicht mehr mit ihr zusammen sein konnte, würde er das nicht aushalten. Oder war Jake nur ein Lückenbüßer, weil Danic Aurys Ehre verletzt hatte? Wenn er am Ende des Treffens das Gefühl hatte, wirklich die Koffer packen zu müssen, dann würde er es tun. Die Chancen standen nicht schlecht, dass die Sache sich in diese Richtung entwickeln würde.

Seufzend schloss Danic die Augen wieder und dämmerte weg, während der Zug ihn immer näher zu seinem Bestimmungsort brachte.

༄

»Ich kann nicht glauben, dass es schon vierzig Jahre her ist, dass du das Licht der Welt erblickt hast, mein Schatz.« Didi Wittenmeer tupfte sich eine fiktive Träne der Rührung aus dem Augenwinkel. Er stand an der Kopfseite der Festtafel hinter seinem Stuhl und blickte in die Gesichter der Feiergesellschaft. In der Hand hielt er ein silbern glänzendes Mikrofon, aus dem Knopfloch der Brusttasche seines Jackets lugte eine rote Rose.

Ganz der Entertainer, dachte Danic. *Wie immer. Zirkusdirektor und Showmaster mit Leib und Seele.*

Die Hauptperson dagegen wirkte irgendwie klein und zerbrechlich neben der imposanten Erscheinung ihres Ehemannes. Sie saß auf einem großen Polsterstuhl und schien hinter dem festlich dekorierten Tisch Deckung zu suchen.

»Mit meinen zwölf Jahren habe ich dir anfangs wenig Beachtung geschenkt. Noch ein Baby im Zirkus Wittenmeer, wen interessiert das schon in diesen wilden Zeiten der Kindheit!«

Die Zirkusleute quittierten die Aussage mit höflichem Gelächter.

»Aber schon bald hast du es geschafft, meine Aufmerksamkeit auf dich zu ziehen.«

Ein Wunder, dachte Danic bitter. *Das schafft niemand so leicht. Selbst mir, als deinem Sohn, ist es kaum gelungen, so beschäftigt, wie du immer mit dir selbst und deinen Leistungen bist.*

Seine Mutter warf ihm einen gequälten Blick zu, als könne sie seine Gedanken lesen.

Danic biss sich auf die Lippe. *Denk positiv!,* befahl er sich selbst. *Wir wollen gute Stimmung verbreiten.*

Gute Stimmung!

Eins musste er seinem Vater lassen: Die Location war perfekt gewählt und wundervoll vorbereitet. Der große Innenraum der Scheune wirkte heimelig und rustikal mit den dunklen Holzbalken, die in schönem Kontrast zu den weiß getünchten Wänden standen. Blumenarrangements sorgten für eine fröhliche Note und die vielen Hängelichter gaben dem Raum eine romantische Färbung. Es musste Mam gefallen. Trotzdem wirkte sie angespannt und bedrückt. Danic ahnte, weshalb. Er hatte diese Stimmung oft an ihr wahrgenommen, wenn Jubiläen gefeiert wurden. Früher war es ihm unerklärlich gewesen, aber jetzt wusste er mehr. Noch immer sprach niemand offiziell über Cora, aber er kannte das Geheimnis jetzt.

Didi redete unbeirrt weiter: »Wir alle können uns den Zirkus Wittenmeer ohne dich nicht vorstellen. Du bist die gute Seele, die jeden von uns im Blick hat. Ganz nebenbei bewundere ich nach wie vor deine Artistik, auch wenn sie nicht mehr viele zu sehen bekommen.« Ein süffisantes Lächeln umspielte seine Lippen unter dem grau melierten Schnurrbart.

Danic rollte mit den Augen. Mutter schien den Scherz ebenso daneben zu finden wie er selbst.

»Also, liebe Zirkusfamilie, erheben wir unsere Gläser auf die unglaubliche Carina Wittenmeer! Möge sie noch viele Jahrzehnte erfüllten Lebens vor sich haben.«

Stimmengemurmel erhob sich, Gläser klirrten, ein paar der Gäste applaudierten. Danics Mutter war aufgestanden und stieß mit ihrem Mann an.

Sie fehlt, dachte Danic. *Immer noch. Jetzt, wo ich es weiß, kann ich die Lücke beinahe sehen.*

Und so nahm er sein Glas und prostete dem unsichtbaren Geburtstagskind zu.

»Auf dein Leben, Cora«, sagte er leise in das fröhlich anschwellende Gemurmel der Festgesellschaft hinein. Dann wandte er sich seiner Mutter zu und stieß mit ihr an. »Auf ein glückliches neues Lebensjahr, Mam.«

Sie lächelte sanft. »Ich danke dir, Danic. Vor allem dafür, dass du hier bist.«

Dann setzte die Kapelle ein und Didi fasste das Geburtstagskind bei der Hand. »Komm, jetzt wird getanzt!«

Danic nippte an seinem Glas und hielt Ausschau nach Aury. Sie hatte ziemlich weit entfernt von ihm am Ende der Tafel gesessen und ihn nur ganz kurz angesehen, als er gekommen war. Jetzt fand er sie neben dem offenen Scheunentor. Sie lehnte an dem Holzrahmen, das Sektglas in der Hand, und unterhielt sich mit ihrer Großmutter. Die Art, wie sie sich leicht nach vorn neigte, ihrem Gegenüber ganz und gar zugewandt – Danic liebte diese Haltung an ihr.

Ach, Aury. Du hast mir immer zugehört und mich verstanden. Was ist nur passiert, seit wir so schrecklich erwachsen geworden sind?

Er machte ein paar Schritte auf die beiden Frauen zu. Gleich würde er Aurelie ansprechen, aber er wollte sie noch einen Augenblick lang bewundern, bevor sie merkte, dass er sie beobachtete. Das helle Kleid umfloss ihren Körper, weich, als wäre es sich der Ehre bewusst, die berühmte Artistin Aurelie Belfort in Szene setzen zu dürfen. Um die Hüfte trug sie ein Satinband von der gleichen Art wie jenes, das ihr Haar bändigte. Im Gegenlicht schien ihre rote Lockenpracht wie ein Kaminfeuer zu glühen.

Aury war wie sein Vater: Immer war da eine Show, wo sie auftauchte. Nur machte sie das, im Gegensatz zu Didi, nicht absichtlich. Sie hatte diese Wirkung einfach auf ganz natürliche Weise.

Danic wollte gerade die letzten Meter zwischen ihnen überwinden, als sich jemand zwischen ihn und sein Mädchen schob.

Jake.

»Hey Danic, du lebst ja noch!«

Danic ballte in der Hosentasche die Hand zur Faust. Er musste sich zurückhalten, um dem Jungen nicht mitten in sein dümmliches Grinsen zu schlagen. »Tut mir leid«, zischte er zwischen zusammengebissenen Zähnen hervor.

Jake kratzte sich am Hinterkopf und fuhr im Plauderton fort: »Und, was macht das Studium? Bist du froh, diese Entscheidung getroffen zu haben? Ich finde es ja immer noch schwierig, mich festzulegen. Aber erst mal ist es ganz nett, hier deinen Platz einzunehmen.«

In Danics Ohren rauschte das Blut. Echt jetzt, er glaubte, ihn zu ersetzen?

»Aha, du nimmst also meinen Platz ein.« Er sagte es gefährlich ruhig, aber das schien Jake nicht zu alarmieren. Er mochte superintelligent sein, aber sein EQ war offensichtlich nicht besonders ausgeprägt. »Wie lange willst du denn bleiben?«

Jake zuckte lässig mit den Schultern. Er trug ein beiges Baumwollhemd mit irgendwie zu kurz wirkenden Ärmeln. Wahrscheinlich lag es daran, dass der Stoff über seinen muskulösen Oberarmen spannte. »Keine Ahnung. Solange es Spaß macht, schätze ich. Didi zahlt ganz gut, aber manchmal bekomme ich bessere Angebote. Die Option, dann mal kurzfristig abzuspringen, halte ich mir offen. Aber jetzt ist ja sowieso die Saison zu Ende. Im Winter werde ich mal wieder ein bisschen studieren, schätze ich. Oder auch nicht.« Er lachte. »Festlegen ist nicht so mein Ding, das weißt du ja.«

Gilt das auch für Frauen? Danic schluckte die Bemerkung herunter, weil Aurelie ihr Gespräch beendet hatte und zu ihnen herüberkam.

»Oh, Danic.« Sie trat neben Jake und blieb an seiner Seite stehen. *Nah* an seiner Seite.

Danic schluckte erneut. »Hi Aury.«

Was sollte diese blöde Zurückhaltung? Er würde sich von Jake nicht einschüchtern lassen. Wie auch immer die Beziehung zwischen den beiden aussah, Aury war immer noch seine beste Freundin. Wenigstens das konnte er ihm nicht nehmen. Entschlossen machte Danic einen Schritt nach vorn und nahm Aurelie in den Arm.

Ihr vertrauter Geruch, und wie sie sich an ihn schmiegte! Danic atmete tief ein und genoss alles an dieser Umarmung. Aury presste sich kurz ganz fest an ihn, dann trat sie rasch einen Schritt zurück. Ihre Wangen waren gerötet und sie wirkte genauso kurzatmig, wie Danic sich fühlte, seit sie ihn losgelassen hatte.

»Gut, dich zu sehen«, sagte sie leise. »Alle vermissen dich. Besonders Freddy und deine Mutter.«

Und du?, wollte Danic fragen. *Vermisst du mich auch?*

Aber in diesem Moment legte Jake einen Arm um Aurys Schultern und nickte Danic zu. »Wir holen uns mal was zu trinken«, entschied er selbstbewusst.

Aury warf Danic einen entschuldigenden Blick zu, protestierte aber nicht. Sie ließ sich einfach so von Jake wegführen, als wäre sie nicht Aury, sondern ein willenloses Püppchen. Was machte dieser Typ mit ihr?

Obwohl er am liebsten hinter den beiden hergestürmt wäre, blieb Danic wie angewurzelt stehen. Er hatte das Gefühl, nicht wirklich hier zu sein, sondern in einem schlechten Film zu sitzen. Wie konnte es sein, dass Jake so selbstverständlich über Aury verfügte? Von ihm, Danic, hätte sie sich nie so herumschubsen lassen. Sie war diejenige, die meistens den Ton angab. Aber vielleicht hatte Jake ja auch nur gemerkt, dass sie wegwollte. Wollte sie das?

In der Scheune herrschte jetzt ausgelassene Feierstimmung. Einige tanzten, andere standen in Grüppchen zusammen und unterhielten sich. Eine Catering-Firma belud Tische mit Kuchen. Didi Wittenmeer dirigierte die Leute mit den Tortenplatten, als wären diese nicht allein in der Lage, ein ansprechendes Büfett zu gestalten.

Seufzend sah Danic sich um. Jeder schien einen Gesprächspartner zu haben oder irgendwie beschäftigt zu sein, außer ihm. Er fühlte sich wie ein Außenseiter in seiner eigenen Familie. Von wegen, »alle vermissen dich«.

Freddy konnte Danic allerdings nirgends entdecken. War er nicht mitgekommen? Danic konnte sich nicht erinnern, ihn begrüßt zu haben, als er vorhin einigen der Zirkusleute Hallo gesagt hatte.

Unschlüssig begann er, ein wenig herumzulaufen. Er entdeckte Fee, die neben dem Scheunentor mit einem Kätzchen spielte. War sie größer geworden oder wirkte es nur so auf ihn? Hinter dem Mädchen kringelte sich ein Rauchwölkchen in Richtung Abendhimmel. Dort war Freddy also! Danic lächelte erleichtert. Der alte Mann saß auf einer Bank an der Außenwand der Scheune und paffte seine Pfeife.

Wie gut, dass manche Dinge sich niemals ändern, dachte Danic und ging zu ihm hin.

Wortlos setzte er sich neben seinen Freund. Die Begrüßung war ein einfaches Nicken, so wie sie es auch früher immer gehalten hatten.

Kopf und Rücken gegen das warme Holz der Scheunenwand gelehnt, wartete Danic schweigend darauf, dass Freddy das Wort ergriff. Dieser nahm sich Zeit, rauchte in langen Zügen und blies bedächtig Rauch aus. Es beruhigte Danic, einfach dazusitzen und diesem Ritual beizuwohnen.

Drinnen kündigte Didi die Eröffnung des Kuchenbüfetts an. Fee sprang auf und rannte in die Scheune.

Ihm selbst war überhaupt nicht nach Torte zumute, und auch Freddy rührte sich nicht.

Nach einer Weile legte Freddy die Pfeife beiseite und sah Danic an. »Du bist der Einzige, der es schafft zu warten, Daniel«, war das Erste, was er sagte. »Das mag ich an dir.«

Verlegen sah Danic auf seine Hände. Ihm fielen mehrere Situationen ein, in denen er Freddy beim Rauchen gestört hatte. Aber ja, es hatte auch viele Abende gegeben, an denen er wortlos neben ihm gesessen hatte, so wie heute.

Es waren die Abende mit den besten Gesprächen geworden.

»Es tut gut«, gab er leise zurück.

Freddy nickte ruhig. »Mir scheint, du bist übervoll mit Fragen.« Seine Stimme klang rau und Danic bemerkte, wie schwer ihm das Sprechen zu fallen schien.

Er stieß Luft durch die Nase aus, eine Art missglücktes Lachen. Wie recht Freddy hatte! Und er wusste nicht einmal, welche dieser Fragen er zuerst stellen sollte.

»Lilly hat Sehnsucht nach dir«, behauptete Freddy. »Sie frisst weniger und abends steht sie immer am Zaun und hält Ausschau. Ich glaube, sie wird glücklich sein, wenn du heute noch bei ihr vorbeischaust.«

War das ein Vorwurf? Oder nur Freddys Art, ihm zu sagen, dass er ihm fehlte?

Danic lächelte Freddy an. »Ich werde mich bei ihr entschuldigen.«

Sie schauten noch einmal eine Weile gemeinsam schweigend über die Wiese, die vor ihnen lag. Dann wusste Danic, was seine erste Frage sein würde. Er holte tief Luft und sah Freddy ins Gesicht. »Was brauchen wir, um wieder glücklich zu sein? Wir alle, meine ich. Der Zirkus Wittenmeer.«

Die Lachfältchen um Freddys Augen vertieften sich, als er Danics Blick erwiderte. »Jetzt im Moment?«, fragte er nach.

Danic nickte.

»Kuchen.«

Verwirrt riss Danic die Augen auf.

Freddy winkte aufmunternd mit seiner Hand. »Bring mir ein Stück mit«, bat er. »Am liebsten eins mit sehr viel Sahne.«

Es war ihm offenbar ernst. Kuchen. Eine typische Freddy-Antwort. Vielleicht war sie ja wirklich wahr.

167

Kopfschüttelnd stand Danic auf, um nach drinnen zu gehen und nach Sahnetorte zu suchen.

»Nicht weglaufen«, bat er den alten Mann, der gekrümmt auf seiner Bank hockte. »Ich bin gleich zurück.«

Vielleicht brauchen wir alle wirklich dieses Fest ganz dringend, dachte Danic, während er in die Scheune trat. *Einfach mal Fokus auf das Süße im Leben statt auf all die Herausforderungen und Fragen. Genießen statt bedauern und zerdenken. Ach, Freddy, du kleiner Philosoph.*

Mit einem Grinsen im Gesicht strebte Danic auf das Kuchenbüfett zu. Das dahinten, das sah doch nach der perfekten Freddy-Torte aus. Er griff nach einem Teller und wollte gerade ein Stück von dem Kuchen nehmen, als seine Mutter neben ihm auftauchte. Sie war schneeweiß im Gesicht und ihr Pupillen glänzten erschreckend groß und schwarz. »Danic«, sagte sie und zog ihn am Arm beiseite.

Er stellte den Teller ab und führte sie zu einem freien Stuhl, auf den sie sich fallen ließ.

Rasch ging Danic in die Hocke und nahm ihre Hände in seine. »Was ist passiert?«, fragte er beunruhigt.

Die anderen waren auf die Szene aufmerksam geworden und begannen, einen Kreis um sie zu bilden.

»Eva hat mich angerufen«, flüsterte Carina Wittenmeer.

Die Umstehenden sogen hörbar die Luft ein. Eva, die Schwester seines Vaters. Sie war die Einzige aus der Familie, die nie im Zirkus gearbeitet hatte. Sie meldete sich selten, eigentlich nie, seit Pfeffer und Marie sich getrennt und zurückgezogen hatten.

Auf jeden Fall hatte sie kein Interesse an Geburtstagen der Familie. Wieso sollte sie sich melden?

»Sie hat mich angerufen, weil sie dachte, ich könne es Didi besser beibringen«, fuhr Carina fort.

Didi, der gerade herangekommen war, wurde bei diesen Worten blass. Er eilte auf seine Frau zu und legte ihr die Hand auf die Schulter.

In der Scheune war es jetzt mucksmäuschenstill und alle warteten auf das, was Carina nun sagen würde.
»Marie ist tot. Eva fragt, ob wir sie noch einmal sehen wollen.«

Kapitel 21

Dann schlug das Mädchen auf dem Wasser auf.
Ein scharfer Schmerz zerschnitt seinen Körper,
und alles war vorbei.

»Sie heißt Clementine. Wie die Frucht.«

Cleo hörte, dass Sue ihren Namen sagte, konnte aber nicht einordnen, warum.

»Mit C!«, brummelte Cleo sicherheitshalber, hatte aber ihre Zunge nicht unter Kontrolle. Es klang eher wie »Missee«.

»Den Nachname brauche ich noch«, forderte eine Männerstimme.

Cleo versuchte, Sue zu entdecken, aber sie befand sich außerhalb ihres Sichtfeldes. Wieder hörte Cleo nur ihre Stimme.

»Den weiß ich nicht. Wir kennen uns noch nicht so lange.«

»Offenbar lange genug, um euch ins Koma zu saufen.«

Die Antwort des unbekannten Mannes drang nur noch halb in Cleos Bewusstsein. Ihr Kopf fühlte sich an wie ein riesiger Heißluftballon. Außerdem konnte sie nicht richtig sehen. Alles war verschwommen und in der Dunkelheit blinkte blaues Licht. *Schöne Farbe,* dachte Cleo. *Blink. Blink. Blink.*

Warum war das Sofa eigentlich so hart? Vorhin war es noch so gemütlich gewesen. Sie tastete mit den Händen um sich. Lag sie auf Stein? Und was war das für eine blöde, knisternde Decke um sie herum? Außerdem war ihr übel. Und warum bewegten sich ihre Freunde so komisch? Was wollte dieser Typ in der roten Jacke von ihr, der irgendwas mit ihrem Arm machte?

Panisch schlug sie nach ihm, um seine Hand loszuwerden. »Lass mich!«, lallte sie und trat mit dem Fuß aus.

Das Ergebnis war, dass sie nun von zwei Leuten festgehalten wurde. Ein stechender Schmerz fuhr durch ihre Hand und dann verlor sie das Bewusstsein.

Als Cleo das nächste Mal die Augen aufschlug, lag sie in einem Bett. Sie sah eine weiße Wand, einen schräg unter die Zimmerdecke montierten Fernsehapparat und ein Fenster mit beigefarbenen Jalousien. Ihre Hand ruhte, bandagiert und an eine Art weiche Schiene gebunden, neben ihrem Körper auf der Matratze. Ein kleiner Schlauch führte von dort aus nach oben, wo er in einer Flasche mündete, aus der es stetig in ihn hineintropfte.

Warum war sie im Krankenhaus? Wieso hing sie an einer Infusion?

Sie konnte sich nicht erinnern, was passiert war.

Hatte sie es etwa wieder getan?

Sie hatte sich doch vorgenommen, nie wieder etwas Derartiges zu machen.

Es fühlte sich schrecklich an, nicht zu wissen, wie sie hier gelandet war.

Das Letzte, woran sie sich erinnerte, war, dass sie mit Sue und den anderen im Bahnhof gesprayt hatte.

Seit der Jugendstunde in der Gemeinde von Sebastian-dem-Vikar ging sie fast täglich zu diesem Treffpunkt. Sues Kumpels hatten sie bereitwillig akzeptiert. Jemand, der aus Spaß und mit Geschick klaute, war für sie bewundernswert. Es war so viel leichter, sich in dieser Gruppe wohlzufühlen, als sich mit Nora zu versöhnen. Sue hatte den gleichen trockenen Humor wie Cleo, und das machte alles einfacher. Außerdem war sie herrlich rebellisch. Sie behauptete, ihre Familie sei so »perfekt«, dass sie es einfach nicht ertragen konnte. Also brach sie aus und machte alles, was ihren Eltern die Schamröte ins Gesicht trieb und Sorgenfalten bereitete.

Die anderen verstanden einfach, dass das Leben nicht rosarot war. Sie kamen aus Familien, in denen es rau zuging.

Das Sprayen setzte dem Ganzen noch die Krone auf. Cleo hatte nicht gewusst, dass es ihr im Blut lag. Frederic hatte ihr am ersten Abend eine Dose in die Hand gedrückt und gesagt: »Mach mal!« Und sie hatte gemacht. Es war ganz leicht. Erst waren es nur Buchstaben, dann fing sie an, Formen zu sprühen. Fred zeigte ihr ein paar Tricks und aus den Formen wurden Figuren. Es war wie ein Rausch. Sie sprühte, was ihr in den Sinn kam: Menschen, Tiere, Waffen, Augen, Hände, Worte.

Im Baumarkt klaute sie neue Farben, in der WG Geld, um ein paar Dosen kaufen zu können. Frau Lehmann, Claas und Sebastian-der-Vikar bemerkten eine Veränderung an ihr und sprachen sie darauf an, kamen aber nicht dahinter, was es war. Sie waren nachlässig geworden und vertrauten ihr, sodass es ein Leichtes war, auch ihnen Geld abzunehmen.

Cleo schloss die Augen.

Es hatte sich gut angefühlt.

Manchmal.

Dann, wenn sie die Sprühdose in der Hand hielt und ganz in ihrer Kunst versank. Aber alles darum herum war doch nur eine Illusion.

Frederic, Sue und die anderen schienen Freunde zu sein und zu ihr zu passen. Doch in Wirklichkeit waren diese Freundschaften wie eine flache, schmutzige Pfütze gegen das blaue Meer, das sie mit Nora verbunden hatte.

Eine Träne rollte aus Cleos Auge und versickerte in dem dicken weißen Kopfkissen.

Was war bloß passiert?

Wo war Cleo geblieben, die sanfte, fröhliche Clementine Hanssen, die mit ihrem Bruder spielte, im Schulchor sang und zu Kindergeburtstagen eingeladen wurde? Die davon träumte, Tierärztin zu werden oder Politikerin.

Jetzt war sie eine Verbrecherin. Eine Diebin, die ihre Freunde betrog, ohne mit der Wimper zu zucken. Jemand, der in einem verlassenen Bahnhof schlief und zu viel Alkohol trank.

Richtig, der Alkohol. Und diese Droge, von der Marlon behauptete, sie sei vollkommen harmlos und jeder würde sie nehmen. Hatte sie das Zeug probiert? Cleo versuchte, irgendeine dementsprechende Erinnerung an den Abend im Bahnhof hervorzuholen, aber da war nichts. Das Letzte, was ihr einfiel, war eine Diskussion mit Sue. Sie hatten neben der Feuertonne gesessen und über irgendetwas gesprochen, das Cleo innerlich extrem wütend machte. Was es gewesen war – sie wusste es nicht mehr. Cleo seufzte und sah sich noch einmal um. In dem Zimmer standen zwei weitere Betten, aber beide waren leer. Der Beleuchtung nach zu urteilen musste es Tag sein. Durch die geschlossenen Jalousien drang ein leichter Schimmer herein. Außerdem waren vom Flur her Geräusche zu hören, die nach einem geschäftigen Betrieb klangen. Klappern und das Rollen von Rädern. Schritte und Stimmen.

Lauter und hektischer als auf einer Intensivstation, dachte Cleo. Die Erinnerung daran war so klar wie eh und je.

Auf dem Gang lachte jemand, dann schlug eine Tür zu.

Cleo hatte das Bedürfnis, auf die Toilette zu gehen. Sollte sie um Erlaubnis bitten? Die Infusionsflasche hing an einem Ständer mit Rädern. Sie konnte ihn einfach mitnehmen. Aber diese Schiene, an der ihr Arm fixiert war, schien ein wenig unpraktisch für unterwegs.

Seufzend drückte Cleo auf den roten Klingelknopf.

Immerhin würde sie jetzt gleich erfahren, warum sie hier lag.

»Aha, die kleine Eule ist wach«, kommentierte die Krankenschwester, die nach erstaunlich kurzer Zeit das Zimmer betrat. Sie war kräftig, trug die Haare kurz geschnitten und wirkte äußerst resolut. Cleo beschloss, sich so brav wie möglich zu geben. Mit Schwestern wie ihr legte man sich besser nicht an.

»Entschuldigung«, sagte sie deshalb leise. Sie räusperte sich, weil sie heiser war. »Ich muss zur Toilette.«

Die Krankenschwester warf einen prüfenden Blick auf die Infusionsflasche, dann sah sie Cleo fest ins Gesicht. »Das werden wir gleich sehen, ob du dazu in der Lage bist«, gab sie scharf zurück. »Setz dich mal auf, aber langsam.«

Während Cleo sich aufrichtete, löste die Frau ihr die Hand von der Schiene. »Du hast so mit dem Arm gefuchtelt, dass wir sichergehen mussten«, erklärte sie vorwurfsvoll. »Was denkt ihr Jugendlichen euch eigentlich dabei, wenn ihr euch derart abschießt? Was habt ihr davon, euch selbst mit diesem Quatsch zu vergiften?«

Das Zimmer drehte sich um Cleo, als sie das erste Bein über die Bettkante gleiten ließ. Sie atmete tief durch. Zum Glück legte sich das leise Rauschen in ihren Ohren schnell und ihr Blickfeld wurde wieder scharf.

»Ich weiß nicht, was ich getrunken oder genommen habe«, murmelte sie entschuldigend.

Die Schwester schüttelte verächtlich den Kopf. »Das macht es nicht gerade besser. Also, wird es gehen? Ist dir schwindlig? Nicht auf den Boden schauen!« Sie hob Cleos Kinn mit der Hand an. »Schau geradeaus, dann geht es besser.«

Gehorsam blickte Cleo zum Fenster. »Mir geht's gut«, behauptete sie. Sie musste wirklich dringend.

Die Krankenschwester bot ihr einen Arm zur Unterstützung, aber Cleo nahm ihn nicht. Barfuß ging sie dorthin, wo sie das Badezimmer vermutete. Die Schwester folgte ihr dicht auf den Fersen, vermutlich um sie aufzufangen, falls sie umfiel.

»Ich warte hier«, sagte die Frau, als Cleo die Tür erreicht hatte. »Lass bitte einen Spalt offen. Ich traue dem Frieden noch nicht.«

Später lag Cleo wieder im Bett und starrte an die Decke.

Sie hatte Frühstück bekommen und fühlte sich halbwegs lebendig. Vermutlich würde man sie am Mittag schon entlassen, hatte die Schwester versprochen. Aber es hing auch davon ab, wann jemand sie abholen konnte.

Cleo konnte sich lebhaft vorstellen, wie Mike und Mona auf diese neue Eskapade ihres Noch-Schützlings reagieren würden. Ob sie es sich mit dem selbstständigen Wohnen noch einmal überlegten? Eigentlich war der Umzug für nächste Woche geplant. Und eigentlich freute Cleo sich mittlerweile beinahe darauf. Vielleicht war es wirklich Zeit, wieder Verantwortung für ihr eigenes Leben zu übernehmen. Tja, war nicht so gut gelaufen in den vergangenen Tagen.

Die Visite kam und ging. Der Arzt schaute sie kaum an, belehrte sie in genervtem Tonfall über die Folgen von Alkohol- und Drogenmissbrauch und malte ihr eine düstere Zukunft vor Augen.

Als die Tür hinter der weiß gekleideten Schar Mediziner ins Schloss fiel, fühlte Cleo sich wie erschlagen.

Das hier war nicht gut.

Trotzdem wusste sie, dass sie wieder zum Bahnhof gehen würde, wenn sie fit genug war.

Den ganzen Vormittag lag Cleo beinahe reglos in den Kissen. In ihrem Kopf klebten Gedanken wie ein fester grauer Klumpen zusammen. Undurchdringlich, drückend und bedrohlich. Sie kam nicht heran und nicht heraus.

Cleo hasste ihr Leben.

Irgendwann dämmerte sie weg.

Ein Klopfen an der Tür riss sie wieder aus dem erlösenden Schlaf.

Sie brummte unwillig und zwang sich, die Augen zu öffnen. Bestimmt war es Mike, der sie abholen wollte. Viel lieber hätte sie für immer weitergeschlafen.

Die Tür öffnete sich und ein Mann trat, unsicher um sich blickend, ein. »Ich war mir nicht sicher, ob du ›Herein‹ gesagt hast«, sagte Sebastian-der-Vikar.

Was machte er denn hier?

Sebastian-der-Vikar strich sich mit einer nervösen Handbewegung das Haar aus der Stirn. Er kam zu ihr und begrüßte sie mit einem schiefen Lächeln. »Sue hat mir erzählt, dass du im Krankenhaus liegst«, erklärte er und legte eine Tasche auf die Bettdecke. »Sie meinte, du hättest wahrscheinlich nichts dagegen, wenn ich mal vorbeischaue. Sie selbst war sich nicht sicher, ob du sie sehen möchtest. Außerdem hat sie aktuell leider gerade Hausarrest.«

Cleo biss sich auf die Unterlippe. Sie wusste, dass sie schlimm aussah. Vorhin hatte sie im Spiegel ihr strubbeliges, fettiges Haar gesehen. Dazu die Reste von Schminke an ihren Augen. Sie hatte sie nur notdürftig abwaschen können. Rasch sorgte sie dafür, dass möglichst viel von ihrem Gesicht hinter den schwarzen Haaren verschwand.

Zum Glück redete Sebastian-der-Vikar einfach weiter: »In der Tasche sind Wechselsachen. Ich habe mit deiner WG telefoniert, bevor ich gekommen bin. Mike meinte, dass du wahrscheinlich froh bist, wenn ich dir schon mal was zum Umziehen bringe, bevor er dich abholt. Also bin ich kurz bei ihm vorbeigefahren.«

Cleo nickte dankbar. Sie hatte keine Ahnung, wo sich die Klamotten befanden, die sie gestern getragen hatte. Vermutlich waren die auch nicht gerade in einem sauberen Zustand.

Sebastian-der-Vikar sah sie an und zwinkerte schelmisch. »Und ich hab Kuchen dabei.«

Wider Willen musste Cleo grinsen. Dieser Mann und seine Liebe zu Kuchen! Man musste ihn einfach mögen.

Sie sah dem Pfarrer in Ausbildung dabei zu, wie er zwei große Stücke Streuselkuchen mit Puddingfüllung aus dem Bäckerpapier wickelte und den Pappteller auf Cleos Nachttisch platzierte. Stolz präsentierte er die passenden Einweggabeln.

»Kuchen hilft immer«, behauptete er, zog sich den Besucherstuhl heran und spießte seine Gabel in eins der beiden Stücke. »Lass es dir schmecken!«

»Und was ist mit Beten?«, fragte Cleo provokant. So viel wusste sie immerhin über das Christentum. Vor dem Essen beten war heilige Pflicht.

Sebastian-der-Vikar schmunzelte. »Ich habe den ganzen Weg über gebetet, dass der Kuchen dich segnet und dir Gottes Liebe schmackhaft macht. Und natürlich habe ich dem Herrn auch gedankt, dass ich etwas davon abbekomme. Aber für dich bete ich gerne auch noch einmal laut«, erklärte er fröhlich.

Okay, das war interessant. Sie hatte das bisher nur als Ritual gesehen, nicht als echtes kleines Gespräch mit Gott.

»Musst du nicht«, gab Cleo achselzuckend zurück. »Ich kann's auch machen. Claas sagt immer, Gott sieht und hört sowieso alles. Also, Gott: Ich finde es nett von deinem Angestellten, dass er mich besucht und Kuchen mitbringt. Damit meine ich dich, Sebastian. In diesem Sinne danke an die höchste Stelle.«

»Amen«, ergänzte Sebastian-der-Vikar und steckte sich genüsslich den ersten Bissen Kuchen in den Mund.

Für eine Weile herrschte einträchtiges Schweigen.

Cleo mochte den Kuchen, fragte sich aber, wohin diese seltsame Situation führen sollte. Hoffentlich kam Mike bald, um sie abzuholen.

Als Sebastian-der-Vikar seinen Anteil verdrückt hatte, lehnte er sich auf dem Stuhl zurück und sah Cleo erneut direkt in das, was von ihrem Gesicht zu sehen war. »Erzählst du mir, was passiert ist?«

Das Stück Kuchen, das Cleo gerade im Mund hatte, schien plötzlich anzuschwellen. »Ich weiß es nicht«, nuschelte sie. Es kostete ziemlich viel Mühe, den Brocken hinunterzuschlucken. Sie legte die Gabel neben den kleinen Rest, der noch auf dem Pappteller lag, und schob den Nachttisch zur Seite. »Keine Ahnung, ich schätze, wir haben getrunken und ich hab's übertrieben. Sue kann dir da bestimmt mehr berichten.« Sie schloss die Augen, um ihrem Besucher zu signalisieren, dass sie nicht mehr reden wollte.

Leider ignorierte dieser die Zeichen einfach.

»Das meine ich eigentlich nicht«, sagte er sanft. »Sondern alles vorher. Was hat dich in die WG gebracht? Warum bist du so allein? Wo ist deine Familie?«

Mit einem Ruck richtete Cleo sich im Bett auf und funkelte den Mann wütend an. »Warum sollte ich ausgerechnet dir das erzählen?«, fauchte sie böse.

»Weil ich dir Kuchen gebracht habe«, erwiderte Sebastian-der-Vikar ungerührt. »Und weil es dich zerfrisst. Manchmal tut es weniger weh, wenn man alles mal rauslässt, weißt du? Und da ich ein Pfarrer bin, darf ich nichts weitererzählen. Das kann praktisch sein.«

Sein Blick in ihr freies Auge war ruhig und beinahe so gelassen und einladend wie der von Schäfchen-Jesus in der Kapelle. Cleo vermisste ihn plötzlich. Sie hatte ihm nie von den Diebstählen erzählt.

Sie atmete tief durch und lehnte sich zurück.

Was hatte sie schon zu verlieren? Na ja, genau genommen …

»Simone und du, ihr werdet mich entlassen, wenn ich dir meine Geschichte erzähle«, sagte sie leise.

Sebastian-der-Vikar nickte. Dann lächelte er ermutigend. »Wir wissen doch, wie du den Weg auf den Friedhof gefunden hast. Wir haben auch gemerkt, dass du uns alle ziemlich gleichmäßig bestohlen hast.«

Erschrocken zuckte Cleo zusammen. Hatte sie wirklich geglaubt, es würde ihnen nicht auffallen?

»Also trau dich. Du weißt doch, wie gern wir dich alle haben.«

Auf einmal brach die ganze Fassade zusammen, die Cleo so mühevoll aufgebaut hatte. Die ganze stolze Haltung, das schlagfertige Reden, die ungerührte Maske, die sie trug. Als hätte der letzte Satz von Sebastian-dem-Vikar die Schleuse geöffnet, hinter der sie all die Gefühle angestaut hatte. Erst flossen nur Tränen aus ihren Augen, dann wurde sie von einem unkontrollierbaren Schluchzen gepackt, dass ihren ganzen Körper schüttelte.

Sebastian-der-Vikar saß ganz ruhig da und hielt ihre Hand. Ab und zu reichte er ihr ein neues Taschentuch.

Cleo gab es auf, sich zu schämen. Sie weinte und klapperte mit den Zähnen. Atmete schnell und fuhr sich mit der Hand durch das klebrige Haar. Schnäuzte sich in die Taschentücher.

Irgendwann war die Flut zu Ende, und Cleo fühlte sich schwach und leer.

Sie lehnte sich im Kissen zurück. Mit vollem Bewusstsein

strich sie sich die Haare aus der Stirn und klemmte sie hinter ihre Ohren.

Sebastian-der-Vikar sollte die Narbe ruhig sehen.

Gleich würde sie ihm auch die Narben auf ihrer Seele präsentieren.

Oh, in dem Zirkus ist es schön,
Was sind für Wunder da zu sehn!
Der eine auf dem Kopfe steht,
Auf einem Seil der andre geht,
Der Dritte auf dem Pferde springt,
Sich durch die Luft der Vierte schwingt;
Und einer einen Stuhl gar hält,
Auf seinen Zähnen aufgestellt,
Und auf dem Stuhle turnen noch
Zwei Jungen – denkt euch dieses doch.
Wärst du wohl gern ein Zirkusmann,
der solche Dinge machen kann,
Auf Pferden springt, auf Seilen tanzt?
Nein! Werd was andres, wenn du kannst!

Verfasser unbekannt, vor 1860

(Quelle: https://berufe-dieser-welt.de/die-zirkuskünstler/)

Alpha

Wer nun mit Jesus Christus verbunden ist,
wird von Gott nicht mehr verurteilt.
Denn für ihn gilt nicht länger das Gesetz der Sünde
und des Todes. Es ist durch ein neues Gesetz aufgehoben,
nämlich durch das Gesetz des Geistes Gottes,
der durch Jesus Christus das Leben bringt.

Römer 8,1-2

Diesmal war Cleo nervös.

Sie trug die Haare in einem frechen Pferdeschwanz, die Stirn komplett frei. Das Gefühl, ohne den Vorhang aus schwarzen Strähnen in die Welt zu schauen, war ungewohnt.

Sie hatte sich am Morgen sorgfältig geschminkt. Lidschatten und Mascara betonten ihre dunklen Augen. Ihr herzförmiges Gesicht war zum ersten Mal seit Langem für alle zu sehen. Cleo hatte es selbst nie so intensiv betrachtet wie seit dem Morgen im Krankenhaus, als sie Sebastian alles erzählt hatte.

Sie lächelte bei der Erinnerung.

Niemals hätte sie es für möglich gehalten, dass jemand sie dazu bringen würde, all das noch einmal ans Licht zu holen. Genau das hatte er aber getan.

Er hatte es irgendwie geschafft, dass es sich richtig anfühlte, die Wunden bloßzulegen, die sie sonst vor allen Berührungen sorgfältig schützte. Teddys Name war ihr so leicht über die Lippen gekommen. Sie hatte Sebastian erzählt, wie weh es getan hatte, ihn von einem Tag auf den anderen zu verlieren. Diese unfassbare Verzweiflung, die sie überfallen hatte, als Mutter und er fort waren – Sebastian konnte sie irgendwie fassen. Aufmerksam hatte er zugehört, als sie sprach. Geduldig gewartet, wenn sie zögerte.

Als Cleo ihm beschrieben hatte, wie dramatisch ihr Vater nach dem Verlust seiner Frau in die Alkoholabhängigkeit und aggressives Verhalten abgestürzt war, hatte er nicht versucht, sie zu beschwichtigen. In seinem Blick lag Schmerz, als sie von der Angst sprach, die er ihr gemacht hatte, wenn er betrunken war. Selbst ihre schlimmste Entscheidung von damals hatte Sebastian nicht gerügt, obwohl er, als frommer Gottesmann, bestimmt anders gehandelt hätte.

Am Ende ihres Berichtes, als sie sich schwach und auf eine gute Art und Weise leer fühlte, war er ganz still gewesen, und das hatte ihr ein Gefühl von Frieden über all das Vergangene gegeben.

Zwei Tage später war sie seiner Einladung gefolgt und hatte sich mit ihm in der Friedhofskapelle getroffen. Dort hatte der Schäfchen-Jesus auf sie gewartet.

Nachdenklich strich Cleo mit dem Finger über die gezackte Narbe an ihrer Schläfe.

Sie erinnerte sich an die kühlen Steinplatten, auf denen sie gesessen hatte, um noch einmal intensiv mit Jesus zu reden. Sebastian hatte sich im Hintergrund gehalten. Er hatte nichts von dem Gespräch mitgehört, weil es nur in ihrem Kopf stattfand.

Aber am Ende war er zu ihr gekommen, hatte ihr die Hand auf die Schulter gelegt und gesagt: »Wenn du magst, sag einfach Ja zu ihm.«

Und sie hatte Ja gesagt. Es war so einfach. Wie eine warme Umarmung für ihr Herz war es, diese Freundschaft mit Jesus einzugehen. Sie hatte keine Ahnung, was es für sie bedeuten würde, aber es fühlte sich einfach richtig an.

Seit diesem Tag wusste Cleo, dass sie nie allein gewesen war.

Sie würde ihre Narbe nicht mehr verstecken, denn sie kannte jetzt den, der noch tiefere Narben an seinen Händen trug.

»Nächster Halt, Ulmenstraße.«

Sie drückte auf den Halteknopf des Busses und stand auf.

Tief durchatmen.

Simone würde sie nicht anstarren, auch wenn sie ganz neu aussah.

Der Bus hielt, zischend öffnete sich die Tür. Cleo trat auf den Gehweg und sah sich um. Feiner Sprühregen legte sich auf ihr Gesicht. Es war ein nasser Herbst.

Die Adresse des Trauerhauses musste irgendwo ganz hier in der Nähe sein.

Sie checkte den Weg auf ihrem Handy und setzte sich in Bewegung.

Was würde sie heute erwarten?

Es war ihr erster Arbeitstag seit dem Zwischenfall. Sebastian hatte ihr versichert, dass Simone und Claas ihr nicht böse waren. Am liebsten hätte Cleo ihr Konto leer geräumt und den dreien all ihr Geld gegeben, um sie für den Diebstahl zu entschädigen. Aber Sebastian war der Meinung, es genüge, dass sie es nicht wieder tun würde.

Die Häuser in diesem Teil der Stadt waren so schön – stolze Stadthäuser, lückenlos aneinandergereiht, verziert mit Schnörkeln und Erkern und Wandmalereien. Die Balkonbrüstungen trugen Pflanzen, obwohl es längst kälter wurde. Ein paar Zierkürbisse lagen auf den Simsen und Cleo entdeckte auch einige Laternen.

Ihre eigene Wohnung hatte keinen Balkon und war bisher eher spärlich eingerichtet. Vielleicht würde sie heute Nachmittag losziehen und sehen, ob sie ein paar preiswerte Herbstblumen für ihr Fensterbrett finden konnte.

Sie bog in eine Seitenstraße ein und entdeckte Simones Wagen. Das Herz klopfte ihr bis zum Hals, als sie die letzten Schritte darauf zumachte. Wie Simone wohl reagieren würde?

Cleo spürte, wie ihre Hände kalt und die Knie weich wurden. Sie war noch nie so nervös gewesen vor einer Begegnung mit der Bestatterin. Trotzdem fühlte sich diese neue verletzbare Weichheit besser an als die gewohnte schützende Härte, die Cleo sonst um ihr Herz getragen hatte.

Sie trat neben das Autofenster an der Fahrerseite und klopfte zaghaft mit dem Fingerknöchel dagegen.

Simone, die auf ihr Handy geschaut hatte, sah auf. Erst schien sie verwirrt, dann weiteten sich ihre Augen. Sie schnallte sich ab und öffnete so stürmisch die Tür, dass Cleo einen kleinen Hüpfer zur Seite machen musste.

»Clementine Hanssen!«, rief Simone. »Wie schön, dich zu sehen. Ich meine: wirklich zu sehen!« Sie schloss Cleo in die Arme. Überrascht stellte diese fest, dass es sie nicht störte. Im Gegenteil, sie war beinahe ein bisschen enttäuscht, als die Frau sie wieder losließ.

»Entschuldige bitte«, sagte Simone und zupfte Cleos Jackenkragen zurecht, der bei der Umarmung verrutscht war. »Ich bin einfach begeistert, wie anders du aussiehst. Ich werde mich bemühen, den Rest des Tages weniger stürmisch zu sein.«

»Schon in Ordnung«, entgegnete Cleo mit einem kleinen Lachen. »Ich muss mich auch selbst erst daran gewöhnen.«

Sie tauschten einen tiefen Blick aus, in dem all das lag, was sich zwischen ihnen ereignet hatte.

Dann streckte Cleo Simone die Hand hin. »Ich möchte mich entschuldigen. Für alles, was ich an Mist gebaut habe. Vor allem für das Klauen. Ich weiß es wirklich, wirklich zu schätzen, dass du mir noch vertraust.«

»Es ist längst verziehen«, sagte Simone ruhig und nahm Cleos Hand in ihre. »Ich freue mich, dass du meine Begleiterin bist. Hoffentlich hast du auch heute deine Neugier und das Einfühlungsvermögen dabei, das ich an dir so schätze.«

Cleo nickte bestätigend.

»Dann lass uns nach oben gehen. Du hast mir gefehlt letzte Woche.«

Während sie die alte Holztreppe in dem Haus hinaufstiegen überlegte Cleo, was Simone an diesen beiden Eigenschaften so besonders fand. Sie konnte sich nicht erinnern, es jemals als hilfreich empfunden zu haben, neugierig und mitfühlend zu sein.

Im Gegenteil. Dieses Einfühlungsvermögen bewirkte, dass Dinge ihr zu Herzen gingen, über die andere gelassen hinwegsehen konnten. Und für ihre Neugier hatte ihr Vater sie früher immer getadelt.

Sie schaute auf Simones Füße in den braunen Absatzschuhen, die vor ihr her auf Stufe um Stufe gesetzt wurden.

Was würde heute auf sie warten?

Level vier definitiv, hatte die Bestatterin angekündigt. Eine ältere Dame, aber eigentlich noch gar nicht so alt. Simone hatte die blaue Tragetasche schon aus dem Kofferraum geholt.

Die Familie war wohl mit ihr zerstritten gewesen, deshalb wusste Simone nicht, wie die Atmosphäre sein würde.

Vor der Tür blieb die Bestatterin stehen. »Du kannst dich erst mal im Hintergrund halten«, sagte sie mit gedämpfter Stimme. »Ich verlasse mich auf dein Gespür für den richtigen Zeitpunkt, dich einzuschalten. Du weißt ja, es ist auch vollkommen in Ordnung, wenn du einmal nur die stille Assistentin bist. Aber lassen wir es auf uns zukommen.« Sie drückte auf den Klingelknopf und Cleo straffte die Schultern. Das vertraute Herzklopfen machte sich in ihrer Brust breit, aber nicht nur vor Nervosität. Es kam auch von der Vorfreude auf eine neue Lebensgeschichte.

Schritte näherten sich, Stimmengemurmel war zu hören, dann ging die Tür auf.

Ein stämmiger Mann im Sakko stand vor ihnen. Er hatte einen grau melierten, gezwirbelten Schnurrbart und wirkte aufgrund seiner Statur ziemlich imposant. Oder lag es an seiner Haltung?

»Guten Morgen«, begrüßte der Mann sie. Für Cleo klang es wie »Hereinspaziert!«, und sie hatte beinahe das Gefühl, zu einer Show willkommen geheißen zu werden. Sie lächelte verlegen und folgte Simone in die Wohnung.

»Mein Name ist Simone Lehmann, ich bin die Bestatterin«, stellte diese sich vor und hielt dem Mann, den Cleo insgeheim als »Bär« bezeichnete, die Hand hin.

Der Bär erwiderte den Händedruck. »Dietrich Wittenmeer.«

Das ist so zwanzigneunzehn, dachte Cleo. *Die Zeit ohne Hände-schütteln fand ich besser.* Aber sie machte weiterhin ein seriös optimistisches Gesicht und wartete darauf, dass sie an der Reihe war.

»Und das ist meine Praktikantin, Clementine Hanssen. Sie hatten bei unserem Telefonat ja zugestimmt, dass ich sie mitbringen darf.«

»Natürlich«, gab der Bär ernst zurück und schüttelte auch ihre Hand. Er musterte Cleo intensiv, als wäre sie ein besonderes Exemplar von Mensch. »Dass eine so junge Frau sich freiwillig mit dem Tod auseinandersetzt …«, murmelte er ungeachtet der Tatsache, dass sowohl Cleo als auch Simone ihn hören konnten. »Na ja. Bitte folgen Sie mir. Die Leiche befindet sich im Schlafzimmer.«

Clementine schluckte. Die Leiche? Normalerweise redeten die Angehörigen der Verstorbenen nicht so. Sie sprachen immer, als wären die Toten noch am Leben. »Meine Mutter liegt im Schlafzimmer«, wäre ein normaler Satz gewesen.

Die beiden Frauen gingen hinter dem Bären her durch einen schmalen Flur, der nur von einer schwachen Lampe beleuchtet war. An den Wänden hingen Landschaftsfotos; eine schmale Kommode war mit Trockenblumen dekoriert. Die kleine Garderobenleiste schien Mühe zu haben, all die Jacken zu halten. Sie war für deutlich weniger Besucher ausgelegt.

Der Flur führte in ein überraschend großes Wohnzimmer. Cleo kniff im ersten Moment die Augen zusammen, weil das Tageslicht, das durch drei hohe Fenster in den Raum fiel, deutlich heller war als die Flurbeleuchtung.

Dann realisierte sie die Menschen auf der Couch und ihr stockte der Atem.

Wittenmeer. Natürlich hatte sie gleich an den Zirkus gedacht, als Simone sie gestern informiert hatte, wie die Trauerfamilie hieß. Sie hatte es für Zufall gehalten, dass die Verstorbene Verwandte hatte, die denselben Namen trugen wie der Zirkus von *Danics Trixx.*

Jetzt saß der Artist hier vor ihr auf dem Sofa, kerzengerade aufgerichtet, die Haare wild und trotzdem irgendwie perfekt gestylt. Alles an ihm strahlte Kraft und Konzentration aus. Nur sein Blick passte nicht zu der restlichen Erscheinung. Irgendwie innerlich abwesend sah Danic an ihr vorbei, auf die offene Tür in der gegenüberliegenden Wand.

Cleo versuchte, sich den Schreck nicht anmerken zu lassen. Dass ihre Fangirl-Gefühle kickten, konnte sie jetzt nicht gebrauchen. Außerdem war es keine gute Idee, sich in einem Trauerhaus von anwesenden attraktiven Jungs aus der Fassung bringen zu lassen.

Jesus fiel ihr plötzlich ein. Ob er auch für solche Gefühle Verständnis hatte? Sie stellte sich vor, wie er jetzt bei ihr war und sie beruhigte. *Danke, dass du da bist,* flüsterte sie ihm in ihrem Kopf zu. Augenblicklich breitete sich diese Art von Ruhe in ihr aus, die sie aus der Kapelle kannte.

»Hier entlang«, wies der Bär die beiden Frauen an und lotste sie durch die Tür, auf die Danic starrte, als wären die anderen Personen gar nicht da.

Simone grüßte die Familie auf dem Sofa.

Cleo brachte nur ein Kopfnicken zustande. Sie stolperte über eine kleine Schwelle in das Schlafzimmer. Simone fing ihre Bewegung mit einem schnellen Griff nach ihrem Arm ab, sodass nichts passierte. Trotzdem lief Cleo hochrot an. Wie peinlich. Die Familie hatte es definitiv gesehen.

Danic hatte es gesehen.

Die tollpatschige Praktikantin wäre beinahe auf das Totenbett gestolpert.

Mittlerweile hatte der Bär sich an dessen Kopfende positioniert. »Packen Sie sie gleich ein?«, fragte er sachlich.

Mit Schleifchen oder ohne?, lag es Cleo auf der Zunge und sie biss sich rasch auf die Lippe. Wie gefühllos konnte man bitte sein?

»Schön, dass sie es geschafft haben, noch zu kommen«, entgegnete Simone mit ruhiger Stimme. »Ihre Schwester hatte mir gesagt, dass es nicht sicher sei, ob Sie es schaffen.«

Der Bär hob die Augenbrauen. »Das erste Wiedersehen mit meiner Mutter nach zwanzig Jahren hatte ich mir tatsächlich etwas anders vorgestellt. Aber das Leben ist eine seltsame Sache, nicht wahr?«

Der Tod auch, dachte Cleo.

Ob der Mann Danics Vater war?

Sie hatte es nie geschafft, in den Zirkus zu gehen, obwohl der erst vor Kurzem in der Stadt gastiert hatte. War das nicht genau zu der Zeit gewesen, zu der Danic sich von seinem Kanal verabschiedet hatte?

Inzwischen hatten sich die übrigen Familienmitglieder ebenfalls in das Schlafzimmer begeben. Zumindest ein Teil davon: die Frau, die genauso wilde braune Locken hatte wie Danic – bestimmt war das seine Mutter – und außerdem eine weitere Frau, die aber deutlich jünger wirkte. Ihr Haar war glatt und hell. Danic selbst saß nach wie vor auf dem Sofa und starrte vor sich hin.

Cleo wandte den Blick wieder von der offenen Tür ab und dem Bett zu.

Wie auch bei all den anderen Toten, die sie bisher gesehen hatte, wirkte das Gesicht der Frau wächsern. Die frische rosa Hautfarbe, die lebendigen Menschen zu eigen war, wich nach dem Tod einer gelblich weißen Färbung.

Ansonsten wirkte die ältere Dame wie eine Schlafende. Nur die Wangen waren eingefallen, wie es durch das Erschlaffen der Muskulatur bei den meisten Menschen passierte. Die fehlende Atembewegung irritierte Cleo noch immer, obwohl sie mittlerweile daran gewöhnt sein sollte.

Simone hatte ihr viel über die Vorgänge im Körper während des Sterbens und direkt danach beigebracht. Jedes Mal, wenn sie in ein Trauerhaus gingen, wo sie die verstorbene Person abholten, sprach die Bestatterin auch mit den Angehörigen noch einmal über diese Veränderungen. Natürlich hatte das immer schon ein Arzt vor ihr getan, denn nur der durfte den Tod eines Menschen bestätigen. Trotzdem liebte Cleo Simones sanfte Art, den Angehörigen den Abschied erträglicher zu machen, indem sie jeden ihrer Handgriffe durch Erklärungen begleitete.

Auch jetzt sprach sie gerade davon, was sie gleich tun würde. Cleo machte sich bereit, mit anzufassen, wenn die Frau in die Tragetasche gelegt werden sollte.

Der Bär stand wie ein Wächter an seinem Platz am Kopfende des Bettes und beobachtete alles mit Argusaugen.

»Möchten Sie sich noch ein letztes Mal verabschieden?«, bot Simone jetzt an. »Wir können den Raum gern noch einmal verlassen, wenn Sie ein wenig Privatsphäre brauchen.«

»Nein«, wehrte der Bär ab. »Wir sind fertig.«

Die hellhaarige Frau warf ihm einen bösen Blick zu. »Das entscheidest du nicht allein«, stellte sie scharf fest. »Ich brauche noch eine Minute mit meiner Mutter.« Zu Cleo und Simone gewandt sagte sie milder: »Sie können ruhig bleiben. Du auch, Carina.«

Mit einem Lächeln gesellte Danics Mutter sich zu ihrer Schwägerin. Der Bär verließ demonstrativ den Raum.

Es rührte Cleo, wie liebevoll die Frauen sich nun über die Verstorbene beugten. Sie strichen ihr sanft die leuchtend weißen Locken aus der Stirn und murmelten Worte, die Cleo nicht verstand.

Das ist die Frau vom Friedhof!, schoss es Cleo plötzlich in den Sinn.

Natürlich!

Spooky.

Der Grabstein.

Corona Langscheidt.

Das Zirkussymbol.

Plötzlich ergab das Ganze einen Sinn.

Wie hatte sie das vergessen können? Die ganze Zeit hatte sie doch gewusst, dass es irgendeine Verbindung zwischen diesem Grab und *Danics Trixx* geben musste. Die Ereignisse in ihrem eigenen Leben hatten nur dafür gesorgt, dass sie nicht weiter darüber nachgedacht hatte.

Beide Frauen nahmen nun jeweils eine Hand der Verstorbenen in die ihren. Ihre Blicke trafen sich über die Bettdecke hinweg.

»Mama wäre glücklich, uns so hier bei sich zu haben«, flüsterte die jüngere. »Warum tun wir das erst heute?« Eine Träne rollte ihre Wange hinunter und Cleo schluckte gegen den Kloß in ihrer eigenen Kehle an.

»Ich hätte sie zu meinem Geburtstag einladen sollen«, wisperte Danics Mutter zurück. »Vielleicht wäre dann alles anders gekommen.«

Eine raue Männerstimme ließ Cleo zusammenzucken. »Die Vergangenheit lässt sich nicht ändern.«

Sie hatte nicht bemerkt, wie Danic in den Türrahmen getreten war.

Dort stand er jetzt mit trotzigem Blick, die Hände in die Hosentaschen gesteckt.

»Vielleicht wäre es vor neunzehn Jahren wichtig gewesen zu reden. Aber das scheint in unserer Familie ja erst im Katastrophenfall zu funktionieren.«

Die hellhaarige Frau sah ihn mit aufgerissenen Augen an. Danics Mutter sank schluchzend mit nach vorn gebeugtem Oberkörper auf die Bettdecke. Die Hand ihrer Schwiegermutter drückte sie dabei gegen ihre Stirn.

Cleo biss ein weiteres Mal auf ihre Unterlippe und hoffte, dass Simone die Situation retten würde.

Beta

Ist der Geist Gottes in euch, so wird Gott,
der Jesus Christus von den Toten auferweckt hat,
auch euren vergänglichen Körper lebendig machen;
sein Geist wohnt ja in euch.

Römer 8,11

»Vielleicht können wir das Gespräch gleich nebenan weiterführen«, schlug Simone diplomatisch vor. »Wäre es möglich, dass jemand einen Tee aufsetzt? Das ist immer eine schöne Art, sich auf den nächsten Teil vorzubereiten.«

»Ich mache das«, sagte die hellhaarige Frau schnell, die den Vorschlag offenbar als Gelegenheit zur Flucht erkannt hatte.

Zu Cleos Überraschung waren die Wangen des so aggressiv wirkenden Artistenjungen plötzlich nass. Er gab seine abwehrende Haltung auf und trat neben seine Mutter.

»Es tut mir leid, Mam«, flüsterte er und ging in die Hocke. Er legte den Arm um die noch immer schluchzende Frau. »Bitte hör auf, dir Vorwürfe zu machen. Nichts davon ist deine Schuld, okay?«

Ein schwaches Kopfschütteln seiner Mutter war die Folge. Dann richtete sie sich auf und atmete tief durch. Danic holte ein Päckchen Papiertaschentücher hervor und hielt es ihr hin. Sie griff zu, nahm ein Tuch und schnäuzte sich die Nase. »Wenn ich nur wüsste, wem ich die Schuld geben kann. Das würde alles leichter machen.«

Simone und Cleo wechselten einen Blick, dann machte die Bestatterin einen Schritt auf die beiden Trauernden zu. »Möchten Sie mir helfen, sie für die letzte Reise vorzubereiten?«

Bewundernd beobachtete Clementine, wie Simone die beiden einfühlsam darin einbezog, die Frau in die blaue Tasche zu betten. Danic war es, der schließlich den Reißverschluss zuzog, nachdem er seiner Großmutter einen Kuss auf die Wange gehaucht hatte. »Ich möchte sie auch mit zum Wagen tragen«, kündigte er an.

Simone nickte. »Gern. Aber zuvor unterhalten wir uns über die Beerdigung.«

Etwas später saßen alle Familienangehörigen gemeinsam im Wohnzimmer.

Die hellhaarige Frau, sie stellte sich als Eva vor, schenkte Tee in Tassen. Carina hatte im Küchenschrank Kekse gefunden. Der Bär hockte auf der Sofalehne, die Schüssel in der Hand, und stopfte sich Keks um Keks in den Mund.

Jetzt würde die übliche Fragerunde beginnen. Simone hatte eine Liste an Dingen im Kopf, die sie von den Angehörigen in Erfahrung brachte. Es ging dabei um den Ablauf der Beerdigung, um Grabbeigaben und oft einfach um das Leben der Verstorbenen. Wenn Sebastian die Trauerrede halten sollte, erfuhr Cleo später in einem weiteren Gespräch noch mehr von der Geschichte des Menschen. Dann gingen die Fragen tiefer und die Geschichten wurden lebendiger.

Diesmal schien noch nicht geklärt zu sein, wer die Verabschiedung übernehmen sollte.

»Mutter hat immer gesagt, dass sie eingeäschert werden möchte«, erklärte Eva, nachdem sie auf dem Sessel Platz genommen hatte, der dem Fenster am nächsten stand. »Ich habe keine Ahnung, ob sie ein Testament hinterlassen hat. Eigentlich kann ich es mir nicht vorstellen.« Sie seufzte und sah aufmerksam in die Runde. »Mutter hat nie großartig vorgesorgt. Sie wollte immer im Moment leben.«

Die anderen nickten bis auf Danic.

»Aber sie hat mir immer wieder gesagt, dass sie zu Corona ins Grab möchte, wenn sie stirbt. Ich glaube, sie war beinahe jeden Tag bei ihr auf dem Friedhof.«

»Ja, das war sie«, bestätigte Clementine.

Alle Augen richteten sich auf sie.

Danic musterte sie, als hätte er gerade erst bemerkt, dass sie überhaupt anwesend war.

Oder existierte.

»Woher weißt du das denn?«, fragte er mit gerunzelter Stirn.

Cleo zwang sich, seinen Blick offen zu erwidern. »Meine Arbeit umfasst auch die Pflanzenpflege auf dem Friedhof. Ich habe deine Großmutter oft an dem Grab stehen sehen. Immer im Wechsel mit einem älteren Mann. Aber sie waren nie gleichzeitig da.«

Es war ihr nicht bewusst gewesen, welche Wirkung diese Worte haben würden.

»Pfeffer?«, rief Carina überrascht und: »Pfeffer!«, stieß der Bär hervor.

»Ich hatte keine Ahnung, dass Vater sie auch besucht«, ergänzte Eva bedrückt.

Verwundert sah Cleo von einem zum anderen. »Ist das ... Ich hatte keine Ahnung, dass es offenbar so was wie ein Geheimnis ist.«

Simone lächelte ihr beruhigend zu.

»Geheimnis ist unser zweiter Nachname«, knurrte Danic.

Carina sprang auf. »Jetzt ist es genug!«, stellte sie fest. Ihre Wangen glühten und ihre Augen leuchteten blau wie der Himmel nach einem klärenden Regenguss.

»Ich habe genug von all dem Verdrängen und Beschönigen. Wir hätten es nie vertuschen dürfen und ich mache da nicht mehr mit.«

»Carina!«, rief der Bär entsetzt aus. Er wollte ebenfalls aufspringen, aber Danic hielt ihn zurück.

»Lass sie reden«, befahl er energisch.

Cleo war überrascht, dass der Mann gehorchte. Er sank in sich selbst zusammen. Auf einmal wirkte er wie ein kleiner Junge, der eine Schelte seiner Eltern fürchtet.

Mit angehaltenem Atem verfolgte Clementine das Geschehen.

Danic spürte, wie sein Puls zu rasen begann.

Sollte das hier die Stunde der Wahrheit werden? Was erwartete ihn?

Dass seine Mutter so aufbrauste, war ungewöhnlich – dass sein Vater auf ihn hörte beinahe erschreckend.

Sie stellte sich vor ihn, nahm seine Hände in die ihren und sah ihm fest ins Gesicht. »Du wirst mich dafür hassen, was ich jetzt erzähle«, begann sie mit wackeliger Stimme. »Aber ich muss es tun. Und ich hoffe so sehr, dass du verstehst – oder mir zumindest verzeihst.«

Die Erwachsenen waren alle still. Niemand bewegte sich. Danic fühlte, wie alle Augen auf ihn und Mutter gerichtet waren. Trotz der Anspannung breitete sich eine beinahe andächtige Atmosphäre in dem hellen Wohnzimmer aus. Ob Großmutter auf irgendeine übernatürliche Weise Anteil an diesem Augenblick hatte?

»Am siebzehnten Juni 2004 haben wir hier in dieser Stadt eine Vorstellung gegeben«, fuhr Mutter fort. »Der Zirkus Wittenmeer gastierte für zwei Wochen auf dem Hofmannplatz. Du warst drei Monate alt. Corona war damals erst seit knapp sechs Wochen zurück im Zirkus. Ich hatte dir ja erzählt, dass sie einige Zeit als Rechtsanwaltsgehilfin gearbeitet hat. Pfeffer hat sie gedrängt zurückzukommen. Ehrlich gesagt haben wir das alle getan. Ich besonders. Ich habe sie geradezu angebettelt. Ohne sie fand ich den Zirkus unerträglich.« Sie wischte sich die Tränen aus dem Gesicht, die unaufhörlich flossen. Danic empfand ein unbeschreibliches, weiches Gefühl für sie in seinem Herzen. Was immer sie noch erzählen würde, er war in diesem Moment so stolz auf seine mutige Mutter. Diese schniefte und sprach weiter: »Sie hatte gerade erst wieder angefangen zu trainieren. Am Abend des sechzehnten Juni bekam ich Fieber. Es war nur irgendein kleiner Infekt, aber ich wusste, dass ich am nächsten Tag nicht auftreten konnte. Also überredete Pfeffer Corona, meinen Part zu übernehmen.«

Jetzt musste Danic selbst gegen die aufsteigenden Tränen an-kämpfen. Er wusste, worauf diese Geschichte hinauslaufen würde. Die Stimme seiner Mutter wurde inzwischen immer sicherer, je länger sie sprach.

»Corona kannte die Nummer. Wir hatten sie in den Jahren zuvor oft geturnt. Aber sie war außer Übung. Das ist nicht gut, wenn es um eine Show geht, bei der die Artistin frei zu ihrem Fänger springt, vier Meter über dem Boden.« Mutter machte eine Pause und schnäuzte sich ins Taschentuch.

Danic nickte. Er war selbst Artist. Natürlich wusste er, wie wichtig gründliches Training war. Den Blick auf Danics Hände gerichtet sagte Mutter: »Ich dachte, dass sie mit Sicherung springt wie im Training. Vielleicht hätte ich sonst protestiert. Ich weiß es nicht.«

Sein Vater stöhnte plötzlich, als hätte er körperliche Schmerzen.

Tante Eva knetete ihre Hände.

»Sie ist verunglückt«, ergänzte Danic ruhig. »Das weiß ich doch, Mam. Und trotzdem ist es nicht deine Schuld!«

Seine Mutter schüttelte den Kopf. »Darum geht es nicht«, flüsterte sie so leise, dass Danic es kaum hören konnte.

Ungeduldig fragte er: »Worum geht es dann?«

Noch einmal atmete sie tief durch, dann stellte sie die große Wahrheit in den Raum wie eine teure Vase aus chinesischem Porzellan: »An diesem Tag ist Corona gestorben, und du wurdest eine Halbwaise. Ich bin nicht deine Mutter, Danic. Du bist Coronas Sohn.«

Vielleicht hörte sein Herz bei diesem Satz auf zu schlagen. Danic hatte das Gefühl, als stünde überhaupt alles still: sein Herz, sein Atem, die Zeit. Die Stille breitete sich aus wie die Druckwelle einer Explosion, in Zeitlupe.

Dann hob Mutter den Kopf und ihr Blick verknüpfte sich fest mit dem seinen.

Danic spürte das Stolpern, mit dem sein Herz in den normalen Rhythmus zurückkehrte.

Ohne den Blick von ihren Augen zu lösen, drückte er die kalten Hände seiner Mutter. Carinas Hände, die ihn, seit er denken konnte, gehalten, umsorgt und zärtlich berührt hatten.

In diesem Augenblick lag die Kraft aufrichtiger Liebe, die keine Angst vor der Wahrheit hat.

Ihre Worte hatten Danic erschüttert. Er wusste nicht, wie das Wissen um diese unfassbare Wirklichkeit sein Leben verändern würde. Und doch war in diesem Moment nichts anderes in ihm als Frieden und tiefe Dankbarkeit.

»Du bist meine Mutter«, sagte er in die tiefe Stille hinein.

»Immer.«

Er löste seine Hände aus ihren und nahm sie fest in den Arm.

Sie ließ sich von ihm halten.

Heiße Tränen kitzelten seinen Hals.

»Für immer«, flüsterte er heiser.

ભ

Cleo hielt sich an der Lehne eines Stuhles fest, während sie versuchte, ihre eigenen Gefühle unter Kontrolle zu halten.

Sie sah Carinas Rücken zucken und Danics Hand beruhigend darüberstreicheln.

Es brach ihr das Herz.

Sie wollte aus dem Zimmer laufen und hielt sich krampfhaft an der Sitzfläche ihres Stuhles fest, um das nicht zu tun.

Du bist meine Mutter. Immer.

Du bist meine Mutter. Immer.

Du bist meine Mutter ...

Während die Worte sich in ihrem Kopf wie zu einer wilden Karussellfahrt immer schneller zu drehen begannen, bemerkte Cleo eine Veränderung im Raum. Durch die großen Fenster schien plötzlich die Sonne, obwohl der Himmel den ganzen Morgen über trüb und wolkenverhangen gewesen war. Sie schickte einen

Streifen hellen Lichts direkt auf den Wohnzimmertisch. Staub tanzte in diesem Strahl. War es ein Zufall?

Cleo schien die Einzige zu sein, die das Spiel des Lichts bemerkte. Vielleicht galt diese Botschaft des Himmels nur ihr.

Du bist meine Mutter. Immer.

Das Gefühl der Verlorenheit, das sie zu überwältigen gedroht hatte, wich einem Staunen über die Bedeutsamkeit dieses Anblicks.

Danke, dass du dein Schäfchen kennst, formulierte sie ein stummes Gebet.

Dann wandte sie sich wieder der Familie zu, die noch immer in Schweigen verharrte. Danic hatte sich von seiner Mutter – oder eigentlich Stiefmutter – gelöst und sah zu dem Bären hinüber. Ein unangenehmes Prickeln machte sich in Cleos Brust bemerkbar. War der Sturm schon vorüber oder stand das Schlimmste noch bevor?

Danic wandte sich Didi Wittenmeer zu, der bis vor ein paar Minuten sein Vater gewesen war.

In seinem Blick lagen schwere Vorwürfe und alle schienen darauf zu warten, dass er sie endlich aussprach.

Didi, der Bär, wappnete sich, indem er seinen Oberkörper straffte und die Hände vor der Brust verschränkte.

Da zerriss ein schriller Klingelton die bedrohliche Szene.

Verwirrt blickten die Menschen im Zimmer einander an.

Es klingelte noch einmal.

»Wer zum Kuckuck …?« Der Bär ließ die Schultern sinken und runzelte die Stirn. »Das ist die Türklingel, oder?«

Eva nickte verunsichert.

»Ich gehe schon«, bot Simone geistesgegenwärtig an und stand auf.

Cleo folgte ihr in den Flur, froh, dieser emotionalen Familientragödie für einen Augenblick entkommen zu können.

Das dachte sie zumindest.

Sobald die Bestatterin die Tür öffnete, war Cleo klar, dass das noch nicht der Höhepunkt des Tages gewesen war.

Im Hausflur standen zwei Polizisten mit gezückter Dienstmarke. »Sind Sie Marie Wittenmeer?«, fragte einer der beiden.

»Wohl kaum«, gab Simone trocken zurück. »Ich bin ihre Bestatterin.«

Der erste Polizist warf dem zweiten einen fragenden Blick zu. »Was wollen Sie damit sagen?«, hakte er nach.

Simone sah ihm ins Gesicht. »Damit will ich sagen, dass Frau Wittenmeer vorgestern Nacht verstorben ist. Ich bin hier, um sie abzuholen. Doktor Hertel hat ihren Tod vor zwölf Stunden offiziell bestätigt. Die Papiere liegen im Wohnzimmer. Möchten Sie hereinkommen?«

Wieder tauschten die Beamten einen unschlüssigen Blick.

»Das ist aber ungünstig«, erklärte der zweite. »Wir sind eigentlich gekommen, um sie in einer Angelegenheit zu befragen.«

»Wird schwierig«, rutschte es Cleo heraus. Rasch trat sie einen Schritt zurück.

»Kommen Sie trotzdem rein«, bat Simone nachdrücklich. »Bevor noch die ganze Nachbarschaft auf Sie aufmerksam wird.«

Während die beiden Polizisten sich in den engen Wohnungsflur drängten, lugte Cleo ins Treppenhaus. Richtig, die Tür gegenüber hatte sich einen kleinen Spaltbreit geöffnet.

Kein Wunder, dass die Nachbarn neugierig wurden. Es standen sicherlich nicht jeden Tag ein Leichenwagen und ein Polizeiauto vor der Tür.

»Ist mit Marie alles in Ordnung?«, fragte eine dünne Frauenstimme und eine runzlige Dame steckte den Kopf aus der Tür.

Cleo war versucht, sich rasch zu verdrücken, aber das wäre unprofessionell gewesen.

»Das ist leider eine etwas längere Geschichte«, erklärte sie ausweichend. »Ich verspreche Ihnen, noch einmal kurz zu klingeln, wenn sich die Wogen hier ein wenig geglättet haben, ja?«

Die Frau nickte verstehend. »Ich hoffe, es geht ihr bald besser. Wo sie sich doch endlich mit ihrem Mann versöhnt hat nach all den Jahren.«

Die Tür schon halb zugezogen hielt Clementine verdutzt inne. Das war eine spannende Aussage! Sie machte noch einmal einen Schritt nach draußen auf den Flur. »Sie haben sich versöhnt, sagen Sie? Wann? Und woher wissen Sie das?«

Die alte Frau lächelte schelmisch. »Ach, die Marie ist oft auf eine Tasse Tee bei mir. Wir haben immerzu geredet. Schlimme Sache, die sie da erlebt hat mit ihrem Mädchen. Aber so spielt das Leben.«

Ungeduldig wippte Cleo mit der Fußspitze.

»Und wie lange sie sich aus dem Weg gegangen sind nach der Trennung! Fast neunzehn Jahre. Tja, aber vorgestern hat sie ihn eingeladen. Sie wollten auf den vierzigsten Geburtstag ihrer Schwiegertochter anstoßen. Ich habe durch den Spion geschaut, als er gekommen ist. Wirklich, ein schmucker Mann. Hat immer noch die Haltung des Zirkusdirektors.« Sie kicherte verlegen.

Cleo versuchte, die Information zu fassen. Wenn das stimmte, dann war der plötzliche Todesfall ja doppelt tragisch! »Ist er lange geblieben?«, fragte sie, instinktiv neugierig.

»Oh, das kann man wohl sagen. Ich wollte warten, bis er geht, aber ich bin vorher eingeschlafen. Gestern hatte ich gleich drei Arzttermine, deshalb habe ich es nicht geschafft, Marie zu besuchen. Ich will schließlich wissen, wie es war! Heute hat sie ja so viel Verwandtschaft da, da will ich nicht stören. Richten Sie ihr doch bitte Grüße aus. Ich komme morgen dann vorbei.«

Cleo nickte wortlos. Sie brachte es nicht fertig, jetzt schon die Freude der sympathischen Nachbarin zu zerschlagen. Auch wenn die sich bestimmt fragen würde, warum sie es ihr nicht gleich gesagt hatte. »Ich melde mich später«, sagte sie rasch und huschte zurück in die Wohnung.

Nachdem sie die Tür geschlossen hatte, lehnte sie sich mit dem Rücken dagegen und versuchte, sich zu sammeln.

Diese Nachricht war bestimmt wichtig für die Familie.

Aber was wollten die Polizisten hier?

Gamma

**Alle, die sich von Gottes Geist regieren lassen,
sind Kinder Gottes.**

Römer 8,14

Im Wohnzimmer war die Stimmung spürbar aufgeheizt.

Cleo wollte am liebsten mit den Neuigkeiten herausplatzen, aber Simone fing sie direkt an der Tür ab.

»Für heute sind wir hier fertig«, erklärte sie knapp und schob Cleo zurück in den Flur.

»Aber die Nachbarin …«

»Wir treffen uns morgen mit den Angehörigen, um alles Weitere zu besprechen. Kein Protest, Clementine. Wir müssen unsere Grenzen kennen. Das hier ist eine interne Familienangelegenheit, und es geht uns nichts an. Professionelle Distanz nennt man so was.« Sie reichte Cleo die Jacke und wartete ungeduldig, dass sie ihr folgte.

»Ich habe der Nachbarin versprochen …«

Simone legte die Hände auf Cleos Schultern und sah ihr tief in die Augen. »Hör zu, Cleo. Das hier ist eine wichtige Sache. Die Familien erlauben uns, an einem der sensibelsten Abschnitte ihres Lebens teilzuhaben. Aber wir dürfen niemals weiter gehen, als die Menschen es vorgeben. Eigentlich haben wir schon viel zu viel gehört. Ich verstehe deine Neugier, und sie ist sehr gut. Trotzdem musst du wissen, wann es Zeit ist zu gehen. Und das ist jetzt.«

»Was ist mit der Leiche?«, forschte Cleo trotzig nach.

Simone nickte. »Die Frage ist berechtigt. Die Polizisten haben mich gebeten, sie noch eine kurze Zeit hierzulassen. Ich hole sie heute Nachmittag ab.«

Seufzend akzeptierte Cleo die Entscheidung. Es tat ihr leid, dass die Nachbarin vergeblich auf sie warten würde. Aber zumindest musste sie dann nicht diejenige sein, die die Hiobsbotschaft überbrachte.

Sie folgte Simone schweigend die Treppe nach unten. Draußen empfing sie frische Herbstluft, die nach nassem Laub roch. Inzwischen war es richtig sonnig und angenehm warm.

Cleo öffnete den Reißverschluss ihrer Jacke und sah auf ihr Handy. »Es ist erst kurz vor zwölf«, stellte sie fest. »Was machen wir jetzt?«

Simone öffnete die Beifahrertür ihres Wagens.

»Mittagspause«, schlug sie mit einer einladenden Kopfbewegung vor. »Und danach fahre ich dich zum Friedhof. Claas hat bestimmt etwas für dich zu tun.«

Weil sie wenig Sinn darin sah zu protestieren, stieg Cleo ins Auto.

Simone nahm ihren Platz hinter dem Lenkrad ein und startete den Motor. »Weißt du was? Ich lade dich zum Essen ein. Ich glaube, eine ordentliche Mahlzeit tut uns jetzt beiden gut. Magst du asiatisches Essen?«

»Klar«, erwiderte Cleo schulterzuckend. Eigentlich mochte sie es nicht besonders, aber alle gingen aufgrund ihres Aussehens immer davon aus.

»Klar, klingt nach ›Wenn's sein muss‹«, stellte Simone schmunzelnd fest und setzte den Blinker. »Also, worauf hättest du denn Lust?«

War ja klar, dass einer Menschenkennerin wie ihr nichts entging. Clementine war ein bisschen stolz auf ihre Mentorin.

»Dann Burger«, gab sie ehrlich zurück.

Simone reihte sich in die Rechtsabbiegerschlange an der Ampel ein. »Alles klar, fahren wir zum ›Diner‹. Die haben leckere Burger.«

Wenig später saßen sie in dem Burger-Restaurant und warteten auf ihre Bestellung. Simone checkte einige Nachrichten auf ihrem Handy und Cleo starrte nachdenklich vor sich hin.

Die Grenzen zu kennen war schwer, überall in ihrem Leben.

Vielleicht war dieses Praktikum bei Simone doch zu schwierig für sie? Bisher waren die Menschen, zu denen sie kamen, immer Fremde gewesen. Das heute kam ihr auf einmal so nah, obwohl es gleichzeitig völlig surreal wirkte. Danic war für sie immer nur ein beeindruckender Typ gewesen, aber doch keiner, dem sie je begegnen würde. Nun war sie irgendwie Zeugin des wahrscheinlich erschütterndsten Moments seines Lebens gewesen.

Wie ging man damit um, mit dem Schicksal fremder Menschen in Berührung zu kommen, und schaffte es, dann einfach mit dem eigenen Leben weiterzumachen?

»Wie machst du das mit der Abgrenzung, Simone?«, fragte Cleo, als die ihr Handy zur Seite legte.

Simone nahm einen tiefen Schluck aus ihrem Cola-Glas und wiegte nachdenklich den Kopf. »Ich schätze, man gewöhnt es sich an zu trennen. Ich weiß, was meine Aufgaben sind. Es ist mein Job, alles zu regeln, was um die Beerdigung herum notwendig ist. Dazu muss ich mich natürlich ein Stück weit auf die Gefühle der Trauernden einlassen, aber eben nur ein kleines Stück. Die Seelsorge bleibt anderen überlassen – wenn die Menschen sie denn überhaupt suchen. Ehrlich gesagt bekomme ich wenig davon mit, was nachher passiert. Nur wenn es Leute betrifft, die Claas oder Sebastian kennen. Deshalb versuche ich gar nicht erst, ein allzu offenes Ohr zu symbolisieren. Das würde meine Kompetenzen überschreiten, verstehst du?«

Nicht ganz sicher, ob sie es wirklich verstand, rührte Cleo mit dem Trinkhalm in ihrem Eistee. Es fühlte sich irgendwie nicht richtig an, die Menschen mit ihrem Schmerz allein zurückzulassen.

Die Kellnerin brachte Teller mit Burgern und Pommes. Es roch fantastisch und Cleo bemerkte erst jetzt, wie hungrig sie war.

»Lass es dir schmecken«, forderte Simone sie auf. Ohne Sebastian gab es offenbar kein Tischgebet.

In Cleos Zögern hinein sagte Simone plötzlich: »Da fällt mir etwas ein.« Sie drehte ihren Teller so, dass die Pommes vorn bei ihr lagen, während Cleo freie Sicht auf den Burger hatte. »Stell dir vor, dieser Burger ist das Leben eines Menschen.«

»Lecker«, bemerkte Cleo trocken.

Simone grinste. »Es besteht aus jeder Menge Schichten. Lass das untere Brötchen die Geburt sein, und die obere den Tod. Die Aufgabe anderer Berufe besteht darin, alle diese Schichten dazwischen schmackhaft zu machen. Aber wir Bestatter, wir stecken nur den Spieß in die Mitte, der die Sache abschließend zusammenhält. Weißt du, was ich meine? Wir sorgen dafür, dass das Leben einen würdigen Abschluss erhält. Wie die Angehörigen dann weiter damit umgehen, liegt bei ihnen.« Ungerührt nahm sie ihren Burger in die Hand und biss hinein. »Köstlich«, nuschelte sie mit vollem Mund. »Probier mal!«

Cleo seufzte und dippte eine Fritte in die Mayonnaise.

Toll, jetzt würde sie nie mehr einen Burger essen können, ohne an die Endlichkeit des Lebens zu denken. Andererseits, Simone schien es damit sehr gut zu gehen. Sie liebte ihren Beruf ganz offensichtlich. Es schien sie glücklich zu machen, diesen Beitrag zum reibungslosen Ablauf des Lebens und Sterbens zu leisten.

Aber Cleo wusste nicht so recht, ob es ihr selbst jemals gelingen würde, diese Leichtigkeit angesichts des Todes und all dem, was er nach sich zog, zu bekommen.

Wie angekündigt brachte Simone sie nach dem Essen auf den Friedhof.

Weil das Wetter mittlerweile so angenehm war, freute Clementine sich darauf, den Rest des Tages mit Claas bei den Gräbern zu verbringen. Sie schlüpfte in ihre Arbeitsschuhe und holte sich die Werkzeuge, die sie brauchen würde, aus der Kapelle.

Sie sollte das Unkraut von den Wegbegrenzungen entfernen. Eine Arbeit, bei der man wunderbar seinen Gedanken freien Lauf lassen konnte.

Es dauerte nicht lange, da gesellte sich Spooky zu ihr. Cleo liebte die Katze, die immer irgendwann auftauchte und den schlanken Körper an ihren Beinen rieb.

»Hey, meine Süße«, begrüßte Cleo sie. »Schön, dich zu sehen.«
Sie ging in die Hocke und streichelte das Tier, das mit begeistertem Schnurren reagierte. »Ich wünschte, mein Leben wäre so einfach wie deins.« Sie kraulte Spooky den Nacken. »Einfach immer nur herumstrolchen, bis einer Lust hat, mir ein paar Streicheleinheiten zu schenken.«

Sie lachte leise. Selbst als Katze würde sie Berührungen von Fremden wahrscheinlich meiden, aber die Vorstellung war nett.

Spooky ließ sich auf den Kiesweg fallen und streckte sich genüsslich. Ein Zeichen, dass sie genug vom Streicheln hatte und Cleo jetzt einfach nur Gesellschaft leisten wollte.

Die konzentrierte sich auf die unerwünschten Löwenzahnpflänzchen zwischen den Steinen und begann, routiniert zu arbeiten.

Stück für Stück kam sie voran. Während sie auf den Wegen Unkraut jätete, sah sie kaum auf. Immer einen Schritt nach dem anderen ging sie die Zeilen zwischen den Gräbern ab, bückte sich, um eine Pflanze zu entfernen, und ging weiter.

Ihr Abfalleimer war beinahe voll, als jemand sie ansprach.

»Du bist doch die, die heute Vormittag bei meiner Oma war, oder nicht?«

Cleo richtete sich erschrocken auf und sah in das Gesicht, das sie heute schon einmal erschreckt hatte. »Ähm – ja. Das war ich.« Ihr Herz klopfte heftig und sie fühlte sich wie eine kleine, unscheinbare Hilfsarbeiterin mit dreckigen Fingernägeln und braunen Flecken an den Knien.

Danic musterte sie von unten bis oben. »Scheint ein vielseitiger Job zu sein«, bemerkte er. Es klang beinahe bewundernd, aber das war ja wohl unmöglich. Dann blickte er zur Seite und ein Lächeln hellte sein Gesicht auf. »Ist das deine Katze?«

Spooky war ihr zu Hilfe gekommen! Wie lieb von ihr.

Cleo beugte sich nach unten, stellte den Eimer ab und nahm Spooky auf den Arm. »Eigentlich nicht «, erklärte sie schüchtern und ließ es zu, dass Danic sanft über den Rücken des Tieres strich. »Sie wohnt irgendwo hier in der Nähe, schätze ich, aber sie kommt oft vorbei und leistet mir bei der Arbeit Gesellschaft.«

»Ein schönes Tier«, sagte Danic anerkennend.

Spooky strampelte und Cleo ließ sie laufen. Erst jetzt wurde ihr bewusst, dass sie direkt vor Coronas Grab standen.

Danic verschränkte die Arme vor der Brust und schaute auf den Grabstein. »Ist es nicht seltsam, dass sie meine Mutter gewesen sein soll?«, fragte er, als wäre Cleo Teil seiner Familie. Empfand er es so, weil das Schicksal sie in diesem kurzen Moment zusammengeführt hatte?

Unsicher blickte sie ihn an. Seine Locken leuchteten in der Herbstsonne und unter seinen Augen lagen dunkle Schatten. Was sollte sie nur sagen?

Simone hatte ihr geraten, sich nicht weiter auf die Geschichte einzulassen. Aber hier stand er nun, dieser Junge, den sie so bewunderte, und er wollte mit ihr reden.

»Ich habe immer geglaubt, ich wäre ein Wunder«, fuhr er fort, ohne sich von ihrem Schweigen irritieren zu lassen. »Meine Mutter – also Carina – hat mich so genannt. Sie meinte, ich sei ihr Wunder, weil sie keine weiteren Kinder bekommen konnte. Ich hätte nie geahnt, wie kompliziert unsere Geschichte wirklich ist.«

»Jede Geschichte ist kompliziert«, behauptete Cleo leise.

Überrascht sah Danic sie an. »Meinst du?«

Sie nickte und eine Weile standen sie einfach nebeneinander da und betrachteten den geschwungenen Grabstein mit den hellen Buchstaben.

»So viele Geheimnisse, und so viel Schmerz«, murmelte Danic.

Cleo berührte kurz mit ihrem Handrücken seinen Unterarm. »Bestimmt wäre sie stolz auf dich.«

Danic warf ihr einen dankbaren Blick zu. »Es ist so unfassbar viel passiert in den letzten Stunden«, seufzte er. »Keine Ahnung, wie ich das sortieren soll. Es gibt immer noch so viele Fragezeichen.«

»Ich kenne jemanden, mit dem man in solchen Situationen

super reden kann«, schlug Cleo vor. »Wenn du willst, bringe ich dich zu ihm. Mir hat er echt schon oft geholfen.«

Danic zögerte. »Okay«, willigte er jedoch im nächsten Moment schulterzuckend ein.

»Dann komm.« Cleo nahm ihren Eimer und ging mit schnellen Schritten voraus. Vor der Tür der Kapelle stellte sie den Eimer ab, klopfte den Schmutz von ihren Hosenbeinen und holte einen Schlüssel aus der Tasche. »Er ist ein guter Zuhörer«, erklärte sie und schloss die Tür auf.

Gemeinsam betraten sie den Hauptraum der Kapelle. Danic sah sich ein wenig unsicher um.

»Vielleicht hältst du mich jetzt für naiv, aber ich meine ihn.« Sie wies mit der Hand auf den Schäfchen-Jesus, der auch Danic verständnisvoll anblickte. »Wenn du magst, lasse ich euch einen Moment allein.« Sie rechnete damit, ausgelacht zu werden, aber Danic ließ sich keine Verwunderung anmerken.

»Gern«, gab er ernst zurück. »Aber schließ mich bitte nicht hier ein.«

Cleo lachte leise und ging nach hinten. »Keine Sorge«, versicherte sie ihm. »Ich passe schon auf, dass du wieder herauskommst.«

Sachte schloss sie die Tür hinter sich und nahm ihren Eimer wieder auf.

Vielleicht würde Danic sich ebenso gut mit Jesus unterhalten, wie sie es in der Stille der Kapelle konnte.

Während sie das Unkraut auf dem Kompost entsorgte, schickte sie selbst ein Gebet in Richtung Himmel. Vielleicht war das die Lösung zum Thema *Abgrenzung*. Vielleicht konnte sie Gott diese ganzen Dinge überlassen, für die sie selbst nicht sorgen konnte. Er kannte sich am besten aus mit den Verwirrungen des Schicksals. Sebastian hatte behauptet, Gott würde die Fäden in jedem Leben weben wie einen Teppich. Aus der Perspektive des Lebens würde man nur die Rückseite sehen, aber er kannte das Muster, und irgendwann würde jeder Mensch staunend sehen, welches

Kunstwerk Gott geschaffen hatte. Man musste es nur hinkriegen, seine liebevolle Arbeit zuzulassen.

Ein Blick auf die Uhr sagte Cleo, dass sie in fünfzehn Minuten Feierabend hatte. Sie hielt Ausschau nach Claas, um ihm Bescheid zu geben, dass jemand in der Kapelle war.

Claas harkte in der Nähe der Wasserhähne Laub zusammen. Mit dem leeren Eimer schlenderte Cleo zu ihm hinüber.

»Schon fertig?«, fragte Claas erstaunt.

Cleo grinste. »Nicht wirklich und ich mache auch gern noch weiter. Ich wollte dir nur sagen, dass jemand in der Kapelle ist. Ich hab ihn reingelassen.«

Der Friedhofsgärtner kratzte sich im Nacken. »Kenne ich ihn?«

»Nein«, gab Cleo achselzuckend zurück. »Er ist nur kurz in der Stadt. Hab ihn heute Morgen beim Hausbesuch kennengelernt, und jetzt braucht er ein bisschen Zeit für sich.«

»In Ordnung.« Claas nickte. »Dann mach ruhig noch ein Stück, aber vergiss nicht, nach Hause zu gehen. Du weißt ja, es wird jetzt zeitiger dunkel. Ich schließe den Friedhof um achtzehn Uhr ab.«

»Keine Sorge«, lachte Cleo und schlug den Weg zurück zu der Grabreihe ein, in der sie Danic getroffen hatte. Sie würde rechtzeitig gehen, das war klar. Auch wenn das Jäten eine wirklich beruhigende Wirkung auf sie hatte.

Danic trat um kurz nach fünf aus der Kapelle ins goldene Licht der Abendsonne.

Cleo saß auf der Bank, die außen neben der Tür stand. An den Füßen trug sie ihre roten Chucks, und die Latzhose, die sie bei der Arbeit auf dem Friedhof trug, hatte sie gegen ihre hellblauen Jeans getauscht. Sie stand auf, als Danic kam, und nahm den Schlüssel in die Hand.

»Er ist echt ein guter Zuhörer«, war das Erste, was Danic sagte.

Cleo lächelte glücklich. Sie schloss die Tür ab. Er wartete neben ihr, als könnte er sich nicht entschließen zu gehen. »Hast du jetzt Feierabend?«, fragte er mit einem aufmerksamen Blick auf ihre Schuhe.

»Gut beobachtet«, gab Cleo zurück. »Ich muss nur noch den Schlüssel wegbringen und meinen Rucksack holen.«

Danic biss auf seine Unterlippe, was Cleo äußerst sympathisch fand. Sein Zögern ließ sie ebenfalls abwarten.

»Ähm«, räusperte er sich schließlich. »Das soll jetzt nicht komisch rüberkommen oder so. Aber hast du vielleicht Lust, noch ein Stück mit mir herumzulaufen oder so? Ich hab das Gefühl, dass man mit dir fast so gut reden kann wie mit dem da drin.«

Wärme strömte bei seinen Worten durch Cleos Körper und sie fühlte, wie ihre Wangen brannten. »Gern«, erwiderte sie scheu. Sie huschte davon, um den Schlüssel in den hinteren Teil der Kapelle zu bringen.

Wohin würde das jetzt führen? War sie wirklich kurz davor, mit dem Typen, den sie monatelang angehimmelt und für seine Kraft bewundert hatte, einen Spaziergang zu machen? Und warum fühlte es sich alles andere als romantisch an?

Vielleicht, weil er gerade am Tiefpunkt seines Lebens ist, du Blitzmerkerin, schalt sie sich selbst.

Simones Warnung fiel ihr wieder ein und sie überlegte kurz, ob sie Danic mit einer Ausrede absvervieren sollte. Aber das würde bedeuten, dass sie nie erfahren würde, was heute noch alles passiert war. Was es mit den Polizisten auf sich hatte und ob die Familie von der Versöhnung zwischen Marie und diesem … Pfeffer wusste.

Sie musste sein Angebot einfach annehmen.

Das mit den Grenzen konnte sie wahrscheinlich auch an einem anderen Trauerfall üben.

Delta

Denn der Geist Gottes, den ihr empfangen habt,
führt euch nicht in eine neue Sklaverei,
in der ihr wieder Angst haben müsstet.
Er hat euch vielmehr zu Gottes Söhnen und
Töchtern gemacht. Jetzt können wir zu Gott kommen
und zu ihm sagen:»Abba, lieber Vater!«

Römer 8,15

Die Sonne stand schon tief und lange Schatten streckten sich vor den Bäumen am Waldrand. Weil sie bei dem Spaziergang so gut ins Gespräch gekommen waren, hatte Cleo für sie beide Fahrräder von ihrer ehemaligen WG organisiert. Sie wollte Danic etwas zeigen, was ihr sehr wichtig war.

Sie radelten schnell. An den Stellen, die die Strahlen der Sonne nicht mehr erreichten, war es ziemlich kühl, aber durch das anstrengende Treten der Pedale schwitzte Cleo trotzdem.

»Der nächste Abzweig ist es«, keuchte sie und wedelte mit der rechten Hand. »Wir sind gleich da.«

Der Weg, in den sie kurz darauf einbogen, war schmal und holprig. An seinen Rändern wuchs Brombeergestrüpp. Je weiter sie fuhren, desto schmaler wurde er, bis er schließlich in eine Wiese mündete. Cleo sprang von ihrem Rad und schob es auf das Gras.

»Bist du dir sicher, dass wir hier richtig sind?«, fragte Danic zweifelnd.

Cleo drehte sich nicht um. »Und ob«, erwiderte sie mit fester Stimme.

Nichts war sicherer als das. Sie würde diesen Weg niemals vergessen.

Nach ein paar Metern, die sie die Räder quer über die Wiese geschoben hatten, erreichten sie den Waldrand. Cleo lehnte ihr Fahrrad an einen Baum und Danic stützte das seine darauf. Mit einem billigen Kettenschloss sicherte Cleo beide.

»Hat dein Handy eine Taschenlampen-App?«, fragte sie nach. »Sonst wird der Rückweg lustig.«

Danic leuchtete ihr ins Gesicht. »Klar«, gab er grinsend zurück.

Cleo nickte zufrieden und begann, den steilen Hügel hinaufzusteigen.

Der Wald war an dieser Stelle licht und es gab ziemlich viel kratziges Unterholz. Die beiden kamen trotzdem zügig voran und schließlich standen sie an einem Abhang. Linker Hand befand sich die Ruine einer alten Eisenbahnbrücke.

Cleo rang nach Luft. Sie war es nicht mehr gewohnt, so sportlich unterwegs zu sein. Vielleicht lag es auch an dem Ort, dass es ihr den Atem verschlug. Und an der Erinnerung an das, was hier geschehen war.

»Komm«, sagte sie zu Danic, der neben ihr stehen geblieben und nicht mal ein bisschen kurzatmig war. Doch er zögerte.

»Bist du dir sicher?«, hakte er noch einmal nach. »Das sieht nicht gerade vertrauenerweckend aus.«

»Keine Bange, das Ding ist stabiler, als es scheint.«

Sie ging voran. Der Abhang war nicht besonders steil, sondern lief eher rund zum Fluss hin aus. Sie ging ein paar Meter nach links und setzte dann den ersten Fuß auf die alte Brücke.

Tonnenschwere Waggons hatte sie einst getragen.

Diese Brücke konnte die Last der Welt aushalten. Die Last ihrer beider Welten zumindest.

Danic folgte ihr, während sie immer weiter auf die alte Brücke ging. Es war ein fester Weg aus Ziegeln, Holzbohlen und Stahl.

In der Mitte blieb sie stehen. Sie wandte den Blick in Richtung Sonnenuntergang und schlüpfte unter dem Geländer hindurch.

Dann setzte sie sich auf den kühlen Stahlträger und schaute in die Ferne.

Zu ihren Füßen schimmerte der Fluss. Beständig fließend. Ruhig. Tröstlich.

Danic ließ sich neben ihr nieder und sah sie von der Seite an. »Ein ziemlich ungewöhnlicher Ort, um zur Ruhe zu kommen«, meinte er bewundernd. »Sehr beeindruckend.«

Cleo antwortete nicht. Alles in ihrem Inneren weitete sich beim Anblick dieser majestätischen Schönheit. Es war für sie der Inbegriff des Lebens, hoch über den Dingen zu sein im Glanz der untergehenden Sonne.

Ob der junge Artist es auch fühlen konnte?

Wortlos saßen sie da, eingehüllt in das stille Glänzen der Abendsonne. Ein paar Vögel zogen am Himmel ihre Kreise und aus den Wiesen am Horizont stieg Nebel auf.

»Ich frage mich, ob sie es geahnt hat«, sagte Danic in das Schweigen hinein. »Ob sie an diesem Abend wusste, dass sie mich zum letzten Mal in den Arm nimmt.«

Cleo erwiderte nichts. Was auch? Sie würden nie erfahren, was in Danics Mutter vorgegangen war, als sie an diesem Tag die Manege betrat.

Danic strich mit der Hand über den rauen, rostigen Stahl, auf dem er saß. »Und was hat sie gefühlt, als sie merkte, dass der Sprung zu kurz war? Oh Cleo, ich kann mir nicht vorstellen, wie es sich anfühlt, in den Tod zu fallen.«

Cleo löste ihren Blick vom Horizont und sah Danic an. »Aber ich weiß es.«

Er schüttelte den Kopf. »Das kann niemand wissen«, wehrte er verärgert ab. Er wollte aufstehen, aber Cleo legte ihre Hand auf seine.

»Vor ungefähr drei Jahren bin ich von dieser Brücke gesprungen«, erzählte sie mit ruhiger Stimme. »Ich weiß, wie es ist zu fallen. Ich wollte sterben, weißt du? Ich hatte es so geplant. Ich dachte, dass mein Leben wertlos wäre und dass alles nur noch schlimmer werden könnte.«

Er sah sie ungläubig an.

»Aber während ich fiel, wollte ich nur noch eins: leben! Ich habe mir in diesen wenigen Sekunden nichts anderes gewünscht, als nie gesprungen zu sein.«

Danic weinte jetzt.

Seine Mutter hatte sich nicht vorgenommen zu sterben.

Alles, was sie wollte, war, für ihre Familie da zu sein. Für den Zirkus. Für ihr Baby. Und doch war sie gestorben.

Und Cleo lebte.

»Ich bin mir sicher, sie hat an dich gedacht, als sie fiel, Daniel«, murmelte Cleo sanft und drückte seine Hand. »Und sie wusste, dass ihre Schwester dich auffangen würde.«

Tränen glitzerten auf Danics Wangen, aber er lächelte. »Ich danke dir«, sagte er. »Und ich danke dem Universum, dass du deinen Fall offenbar überlebt hast.«

»Das Wasser da unten ist ziemlich tief«, entgegnete Cleo. »Ein paar Spaziergänger haben meinen Sturz gesehen, mich aus dem Fluss gefischt und den Rettungsdienst alarmiert. Natürlich weiß ich davon nur vom Hörensagen, denn ich bin erst im Krankenhaus wieder aufgewacht. Sie sagen, es war ein Wunder. Mir sind nur ein paar Narben geblieben.« Ehrfürchtig legte sie zwei Finger an ihre Schläfe. »Seitdem ist nicht alles gut geworden, aber ich weiß, dass ich leben will. Weißt du das auch?«

»Ja!«, versicherte Danic enthusiastisch. Dann atmete er tief aus. »Die Frage ist nur ständig, wie.«

»Glaub mir, diese Frage kenne ich nur zu gut.« Damit richtete Cleo sich auf, schlüpfte zurück hinter das Brückengeländer und wartete darauf, dass Danic ihr folgte.

Gemeinsam gingen sie den Weg zurück. Als sie bei ihren Rädern ankamen, war es beinahe dunkel.

Cleo schloss die Räder ab und suchte Danics Blick. »Wartet deine Familie auf dich oder willst du noch etwas anderes sehen?«

Er lachte. »Du hast noch mehr aufregende Orte im Angebot?«, neckte er sie. »Natürlich will ich die sehen.«

»Erwarte nicht zu viel. Der wahre Grund ist, dass ich deine Geschichte noch weiter hören will.«

Sie beeilten sich, über die Wiese zu kommen, dann fuhren sie in gemächlichem Tempo nebeneinanderher zurück in Richtung Stadt.

Danic hatte ihr schon am Nachmittag erzählt, dass die Polizei aus einem sehr seltsamen Grund gekommen war: Ein Kumpel hatte Pfeffer tot in seiner Wohnung aufgefunden. Keiner konnte sich erklären, was geschehen war, aber der Mann wusste von der Verabredung Pfeffers mit seiner Ex-Frau am Abend zuvor. Beide, sowohl Marie als auch Pfeffer, waren wie schlafend in ihren Betten gefunden worden. Nicht wirklich ein Fall für die Kriminalpolizei, aber der Arzt hatte in Pfeffers Fall Bedenken. Im Badezimmer des Mannes hatte er Spuren von Erbrochenem gefunden und der Zustand des Bettes wirkte, als hätte er vor seinem Tod Krämpfe gehabt.

Es sah nach einer Vergiftung aus.

Keiner in der Familie konnte glauben, dass Marie ihrem Mann so etwas angetan hatte. Und schließlich war sie selbst auch tot.

»Danke, dass du mich vorhin Daniel genannt hast«, sagte Danic, nachdem sie eine Weile geradelt waren. »Das macht fast keiner mehr. Aber damals, als meine Mutter starb, gab es meinen Spitznamen noch nicht.«

»Es ist eine Zusammenfassung deiner beiden Vornamen, oder?«, gab Cleo zurück. »Wurdest du nicht als Kind schon so genannt?«

»Nein, erst als wir mit den Videos anfingen. Unser Techniker, Polnik, hat es als Erster gesagt, wahrscheinlich fand er es witzig, weil er selbst ein ›Nik‹ ist. Aber Aury war sofort komplett begeistert. ›Da nix Tricks‹ – sie fand, es ist ein krasser Werbeslogan. Na ja, jedenfalls tut es gut, meinen richtigen Namen mal wieder zu hören. Eigentlich bin ich mehr von dem als von diesem Artisten, glaube ich.«

Cleo bog mit Schwung in eine Seitenstraße ein. »Vielleicht sind wir alle mal mehr von dem, mal mehr von dem anderen«, meinte sie. »Ich, zum Beispiel, habe eine brave und eine rebellische Seite. Ja, lach ruhig. Du wirst es gleich sehen. Aber erst kannst du mir erklären, wer Aury ist.« Sie sprang vom Rad und schob es. »Nein, warte, ich weiß es. Sie ist diese unfassbar attraktive Artistin, die in dem einzigen Video aufgetaucht ist, das nach deinem Abschied auf deinem Kanal veröffentlicht wurde. Richtig?«

»Ja, richtig.«

Danic ging langsam neben ihr her. Die Straßenbeleuchtung war ziemlich spärlich in dieser Ecke der Stadt. So langsam fragte er sich sicher, wohin Cleo ihn jetzt wieder brachte. Das hier wirkte wie ein Lost Place. Wieder Eisenbahnschienen, aber keine Brücke. Stattdessen tauchte ein Bahnhofsgebäude vor ihnen auf.

»Aury ist also deine Kollegin«, bohrte Cleo nach.

Danic lächelte schief. »Tja, vielleicht auch das. Aber eigentlich ist sie auch meine Schwester. Und meine Ex-Freundin.«

»Gut, das klingt jetzt ziemlich unorthodox«, bemerkte Cleo sarkastisch. »Ist das dein Ernst?«

»Nicht meine biologische Schwester, natürlich«, seufzte Danic. »Obwohl mich bei meiner Familiengeschichte selbst das jetzt nicht mehr großartig überraschen würde.«

Cleo knuffte ihn aufmunternd mit der Hand gegen den Oberarm. »Es heißt ja nicht, dass alles eine Lüge ist«, versuchte sie, ihn zu trösten.

Sie waren inzwischen am Bahnhof angekommen. Von drinnen waren Stimmen zu hören.

»Wir treffen jetzt gleich meine Freunde. Bis vor Kurzem hab ich ziemlich viel Zeit hier verbracht, aber jetzt komme ich nur noch manchmal vorbei. Ich liebe das Sprayen und kann es einfach nicht ganz lassen. Ich dachte, dass es dir vielleicht auch guttut. Kunst kann heilsam sein, hat mal irgendwer zu mir gesagt.«

Diesmal ließen sie die Räder einfach an einen Zementblock gelehnt liegen und kletterten über zerbrochene Stufen in das Innere des Gebäudes.

Eine große, leere Halle mit bunt besprühten Wänden erwartete sie. In einer Ecke, direkt neben einem riesigen Loch in der Außenwand, standen eine brennende Feuertonne und ein abgewracktes Sofa. Drei Jugendliche lungerten um das Feuer herum und musterten die Ankömmlinge neugierig.

»Cleo ist zurück!«, rief ein Mädchen erfreut. Ihr buntes Haar passte perfekt zu den Graffiti-Wänden.

Cleo ging auf die Gruppe zu und begrüßte alle mit Handschlag. »Das ist Danic«, präsentierte sie ihren Begleiter, der sich ungewohnt schüchtern im Hintergrund hielt.

»Sein Leben ist genauso kompliziert wie unseres, also lasst uns ihm einen schönen Abend machen. Komm schon, Dan. Setz dich zu uns.«

Epsilon

Ich bin ganz sicher, dass alles, was wir in dieser Welt
erleiden, nichts ist verglichen mit der Herrlichkeit,
die Gott uns einmal schenken wird.

Römer 8,18

Der Geruch nach Feuer, alten Steinen und Farbe ließ Danic ein
wenig schwindlig werden. Gleichzeitig fand er, dass es herrlich
nach Rebellion und Freiheit roch. Er fühlte sich, als wäre er in
eine Parallelwelt eingetaucht.

Gestern hatte er noch gedacht, sein Spagat zwischen streber-
haftem Jurastudenten und flexiblem Zirkuskind sei groß. Das
hier war aber mindestens genauso verrückt. Er hätte es dem zerbrechlich wirkenden Mädchen, das er erst heute Morgen kennengelernt hatte, niemals zugetraut, zu einer Gruppe Sprayer zu
gehören.

Cleo stand bei den beiden Jungen, die mit Stöcken in der Feuertonne herumstocherten.

Sie trug enge Jeans, einen Hoodie, der nur knapp bis zur Hüfte
reichte, und rote Chucks.

Ihr schwarzer Pferdeschwanz glänzte im Feuerschein. Danic
betrachtete mit so etwas wie Ehrfurcht die dunkle Narbe an ihrer
Schläfe.

Er wollte unbedingt wissen, was sie dazu gebracht hatte zu
springen. Wieso sollte ein vierzehnjähriges Mädchen einen
Grund haben, sein Leben beenden zu wollen? Er schüttelte sich
ein wenig bei diesem Gedanken. Wie abfällig er heute Vormittag
über sie gedacht hatte! Eine kleine Praktikantin bei der Bestatterin. Hat wohl keinen Plan für ihr Leben. Er fühlte, wie seine

Wangen bei der Erinnerung daran heiß wurden. Eigentlich hatte er sich immer für jemanden gehalten, der nicht so schnell war mit Vorurteilen.

Das bunthaarige Mädchen sah zu ihm herüber. Ein wenig unsicher erwiderte er ihren Blick und knetete seine kalten Finger.

Zum Glück kam Cleo jetzt zu ihm zurück. »Willst du was trinken?«, fragte sie, während sie sich neben ihm auf das Sofa fallen ließ. »Ich hab Cola im Rucksack.«

Schulterzuckend erwiderte er: »Gern.«

Sie saßen eine Weile schweigend nebeneinander. Danic überlegte, ob seine Familie ihn wohl schon suchte. Er hatte seiner Mutter – oder sollte er sie jetzt vielleicht Carina nennen? – eine Nachricht geschrieben, dass er mit einer Freundin unterwegs sei. Das war vor ungefähr vier Stunden gewesen und er hatte keine Lust, sein Handy zu checken und ihre Antwort zu sehen.

Cleo unterbrach seine Gedanken mit einer wirklich miesen Frage: »Willst du mir von Aury erzählen?«

Er zuckte innerlich zusammen.

Aury passte nicht in diese Welt voller Rauch und Graffiti. Sie hätte an diesem Ort die Nase gerümpft, das Sofa definitiv gemieden und alles mit so viel Abstand wie möglich betrachtet. Oder schätzte er etwa auch sie falsch ein? Irgendwie schien er sich plötzlich in nichts mehr sicher zu sein. Sein Urteilsvermögen war bisher immer das gewesen, was er als seine größte Stärke bezeichnet hatte. Aber mit dem, was er heute erfahren hatte, schien eine Welt zusammenzubrechen. Wie konnte er ein guter Anwalt werden, wenn er nicht einmal bemerkt hatte, dass sein ganzes Leben eine Lüge war?

»Puh, Aury ... Was willst du denn über sie wissen?«

»Was du an ihr liebst«, entgegnete Cleo mit einem wissenden Lächeln. Sie rekelte sich auf der muffigen Couch und ihr blasser Bauch blitzte unter dem Oberteil hervor.

Danic versuchte, seine komplett verwirrten Gefühle unter Kontrolle zu bekommen. Vielleicht lag es ja an den benebelnden Gasen in dieser Abbruchbude, die seinen Verstand trübten, aber er hatte viel mehr Lust, dieses geheimnisvolle Wesen auf der Couch an sich zu ziehen, als ihm von Aurelie zu erzählen. Die ganze Umgebung schrie danach, dass er etwas Unvernünftiges tun sollte. Etwas, was ihn einfach nur jetzt glücklich machte. Irgendeine dumme Sache, an die er sich später nur kopfschüttelnd, aber ohne Bedauern erinnern würde.

Er könnte Cleo einfach um die Hüfte fassen, auf seinen Schoß ziehen und sie küssen.

Was war schon dabei?

Aber er setzte sich nur auf dem Sofa auf, presste die Hände auf das Polster und biss sich auf die Zunge.

Ich bin ein disziplinierter Artist, sagte er sich selbst. *Und angehender Jurist. Ich habe mich im Griff. Leider.*

ぐ

Cleo wusste, dass sie einen wunden Punkt berührte. Obwohl sie nur einen Bruchteil seiner Geschichte kannte, ahnte sie, dass diese Aury eine enorme Rolle dabei spielte, wie Danic die Sache mit seinen beiden Müttern verkraften würde.

Vermutlich war es absolut dumm von ihr, den Typen, auf den sie seit Ewigkeiten heimlich stand, nach seiner Ex-Freundin zu fragen. Sie sollte ihn lieber küssen, solange sie die Gelegenheit dazu hatte. Aber seltsamerweise hatte sie zwar das Bedürfnis, ihn zu umarmen und zu trösten, aber eher auf eine freundschaftliche Weise.

Sie fand ihn noch genauso unfassbar attraktiv wie in seinen Videos. Trotzdem fühlte sie sich mehr als seine Schicksalsgefährtin. Eros hatte sich in irgendeine Ecke verkrümelt und schmollte. Vermutlich, weil Danic definitiv eine andere liebte.

»Also, Aury und ich, wir sind zusammen aufgewachsen«, begann Danic auf einmal. Seine Stimme war angenehm tief und nur ein kleines bisschen rau. »Ich weiß noch, dass ich sie immer als meine kleine Schwester bezeichnet hab – wie du vorhin gemerkt hast, hat sich daran nichts geändert. Im Zirkus lebt man eben zusammen wie in einer großen Familie.« Er machte eine Pause und starrte zum Feuer hinüber.

Die anderen Jugendlichen ließen Cleo und Danic in Ruhe und zockten ein Spiel.

»Wir haben jeden Tag zusammen gespielt, bei der Arbeit im Zirkus geholfen und trainiert. Unsere Eltern haben uns schon ziemlich früh auch gemeinsam auftreten lassen. Na ja, und irgendwann waren wir Teenager und ich habe mich in sie verliebt. Es war ziemlich unspektakulär.«

Cleo musterte ihn von der Seite. Er hatte begonnen, geistesabwesend an seinen Nägeln zu kauen.

»Liebe kann unspektakulär sein?«, hakte sie verwundert nach. Hollywood behauptete da ja wohl etwas ganz anderes.

Zu ihrer Überraschung fing Danic an zu lachen. »Na ja, vielleicht nicht ganz unspektakulär. Klar ist es krass, wenn du für jemanden plötzlich Gefühle empfindest, mit dem du vorher im Sandkasten gespielt hast. Am Anfang dachte ich, ich wäre krank.« Er gluckste und seine Wangen leuchteten rot. »Mehr Details bekommst du nicht, okay?«

Cleo grinste. Sie hatte nicht besonders viel Ahnung von Kerlen, aber sie konnte sich schon zusammenreimen, wie seltsam so was unter Freunden sein konnte.

»Hat es lange gedauert, bis sie sich auch in dich verliebt hat?«, bohrte sie nach.

Auf Danics Stirn erschien eine Denkfalte. »Ich glaube nicht«, sagte er schließlich. »Sie ist zwei Jahre jünger als ich, aber irgendwie denke ich, dass sie schon als Kind in mich verknallt war. Also, keine Ahnung. Sie hat mich irgendwie immer angehimmelt. Okay, das klang jetzt ziemlich eingebildet, aber es ist die Wahrheit. Aury hat mich immer behandelt, als wäre ich ihr Märchenprinz. Dem sie auch problemlos mit ihrer Sandschippe eins drüberziehen konnte, aber trotzdem.«

Cleo musste grinsen. »Und dann wart ihr einfach ein Paar.« Sie sah Danic fragend an. »Und nein, ich werde nicht aufhören, bis ich die Story zu Ende gehört habe.«

»Ja, waren wir. Es war wirklich schön. Ich wusste, dass es richtig ist und dass wir irgendwann heiraten und all das. Aber dann hab ich gemerkt, dass mein Herz nicht so wie ihres für den Zirkus schlägt. Das ist ein Problem.«

Cleo nickte. Sie kannte sich natürlich nicht mit dem Zirkus aus und hatte keine Vorstellung davon, wie das Leben dort war. Aber dass man es mit ganzem Herzen wollen musste, das konnte sie sich denken. »Weißt du denn, wofür es schlägt?«, wollte sie wissen. »Für Recht und Freiheit und so was vielleicht? Du studierst doch Jura, oder?«

Achselzuckend gab Danic zurück: »Ja, das dachte ich. Aber jetzt bin ich mir nicht mehr sicher.«

»Warum?«, fragte Cleo erschrocken. Die Familientragödie würde doch wohl nicht an seinen Grundüberzeugungen rütteln, oder?

☙

Danic schüttelte den Kopf. Er hatte keine Ahnung, was er sagen sollte.

Vielleicht, dass er sich durch diese ganzen Ereignisse dem Zirkus wieder so nahe fühlte, dass es ihm im Herzen wehtat.

Dass er sich auf einmal fragte, ob er das Studium nicht nur deshalb begonnen hatte, weil er der Enge der Familie entkommen wollte. Oder seiner Angst, den letzten Schritt zu wagen und sich Aurelie endlich ganz zu öffnen.

Warum hatte er eigentlich solche Panik davor? Plötzlich fühlte er sich wie ein absoluter Versager. Er war sich in allem so sicher gewesen! So sicher, dass sein Weg in die Gerichtssäle dieser Welt führte. Ohne Aury.

Aber jetzt saß er in diesem abgewrackten Bahnhof, trank Cola aus der Dose und fühlte sich einfach nur mies. Er hatte seine Herzensfreundin weggestoßen, weil er von seinem Traum so überzeugt gewesen war. Dabei füllte die Vergangenheit mit ihr seine ganze Seele aus und der Raum, in dem sie in Zukunft fehlen würde, schmerzte ihn mit seiner Leere fast körperlich.

Cleo legte eine Hand auf seinen Arm. »Hast du Schluss gemacht oder sie?«

Er atmete tief durch und stand auf, als könnte er damit die Gefühle abschütteln, die ihn umklammert hielten. »Sie behauptet, mich mit unserem Kollegen betrogen zu haben«, warf er die bittere Wahrheit in den nach Bier und Feuer riechenden Raum. »Ich weiß nicht, ob sie mich nur herausfordern wollte oder ob es stimmt. Sie selbst beharrt auf Ersterem. Die Sache ist so furchtbar kompliziert!« Er fröstelte und begann, hin und her zu laufen.

Cleo kam zu ihm. »Das ist wirklich hart«, bestärkte sie ihn.

»Weißt du, dieses ganze Verlassen- und Betrogenwerden ist ziemlich ätzend. Scheint aber irgendwie normal zu sein.«

Sie trat mit dem Fuß gegen einen herumliegenden Stein. Mit der Hand wies sie auf die Wände voller Graffiti. »Mit so was kann man es gut verarbeiten«, behauptete sie und ging in eine Ecke. Auf dem Boden standen Kisten voller Spraydosen. »Willst du es mal versuchen?«

Danic schüttelte den Kopf. »Ich kann nicht malen«, behauptete er.

»Ist doch egal. Schreiben reicht auch.«

»Nein, lass mal. Mach du. Ich will sehen, was du kannst.«

»Ich kann auch nix«, gab Cleo zurück, schüttelte aber die Dose, die sie aus der Box genommen hatte. Dann kniff sie ein Auge zu, betrachtete die bunte Wand und begann zu sprühen. Es schien egal zu sein, was sie mit der Farbe überdeckte. Vermutlich war es eine von vielen Schichten, die nach und nach die Wand überzogen.

Danic trat einen Schritt zurück und beobachtete, wie das zierliche Mädchen ein Bild entstehen ließ. Anfangs konnte er nicht erkennen, was es werden sollte. Sie arbeitete nur mit schwarzer Farbe und die bunten Schriftzüge im Hintergrund verwirrten ihn. Aber nach und nach zeichneten sich deutliche Umrisse ab. Hände, die nacheinander griffen. Es erinnerte an die Szene aus der Sixtinischen Kapelle, in der Adams Finger der Hand Gottes zu entgleiten scheinen. Aber diese Hände, die Cleo sprühte, wirkten aktiver. Während Michelangelos Adam auf Danic immer ein wenig schlaff und resigniert wirkte, waren die Finger beider Hände auf Cleos Bild gespannt und erwartungsvoll nacheinander ausgestreckt. Danic konnte spüren, wie die Menschen, zu denen sie gehörten, sich anstrengten, einander zu erreichen. Vielleicht würden sie es schaffen?

Cleo zu beobachten, war wie eine Art Meditation für ihn. Er spürte, wie die Szene in ihm wühlte. Natürlich ließ es ihn an seine Mutter denken. An seine echte Mutter, Corona Marie Langscheidt, die seit beinahe zwanzig Jahren auf dem Friedhof lag. Von der er bis vor Kurzem nichts geahnt hatte.

Er hatte Eltern, deren Gene er trug – und es waren nicht Didi und Carina Wittenmeer.

Wieder schüttelte Danic unwillkürlich den Kopf. Es war so verrückt! Seine »Mutter« hatte die ganze Zeit gewusst, dass Corona und sein unbekannter Vater sich für das Gleiche interessiert hatten wie er. Und sie hatte ihn trotzdem in dem Glauben gelassen, er sei ein seltsamer Sonderling, der aus unerfindlichen Gründen das Zirkusgen nicht zu hundert Prozent umarmen wollte.

Aber vielleicht gehörten die Hände, die Cleo sprühte, auch gar nicht seiner Mutter und deren Fänger.

Vielleicht gehörten sie Aury und ihm. Zumindest er hatte das Gefühl, sich immer noch verzweifelt nach ihr auszustrecken, obwohl er das doch gar nicht wollte. Tief in sich drin war ihm klar, dass er wieder mit Aury zusammen sein wollte. Schon die Sache mit Lydia hatte ihm das bewusst gemacht. Wenn er ehrlich mit sich war, fühlte er sich auch zu Cleo auf eine ganz andere Weise hingezogen als zu Aurelie. Viel oberflächlicher. Er schluckte.

Vielleicht hatte er wirklich nur Angst davor gehabt, sich einzugestehen, dass Aury und er für immer zusammengehörten. Er hatte seinen Traum, Jurist zu werden, an die erste Stelle gesetzt. War er wirklich so dumm, dafür seine wahre Liebe aufs Spiel zu setzen? Versonnen betrachtete Danic weiter Cleos entstehendes Kunstwerk.

Vielleicht gehörten die Hände auch Cleo und den Menschen, die sie offenbar verloren hatte.

Ob sie ihm davon erzählen würde?

Erstaunlich schnell hatte Cleo ihr Werk vollendet. Danic war tief beeindruckt. Selbst mit einem Bleistift auf Papier hätte er so etwas nicht annähernd zeichnen können. Sie dagegen sprühte mit Farbe Hände an die Wand, die so echt wirkten, dass Danic stehen bleiben und auf das Bild starren wollte, bis sie einander endlich berührten und mit festem Griff für immer halten würden.

»Wessen Hände sind das?«, fragte er, als sie die Dose weggebracht hatte und neben ihm stand.

Sie zuckte mit den Schultern. »Für mich sind sie andere als für dich«, gab sie versonnen zurück. »Komm, lass uns gehen, wenn du dein Glück schon nicht versuchen willst.«

Es störte Danic, dass sie plötzlich so getrieben wirkte. Warum hatte sie es auf einmal eilig?

Aber sie war schon zu den anderen geeilt und verabschiedete sich, ohne ihn nach seiner Meinung zu fragen.

»Danke!«, rief er in die Runde, während er seinen Rucksack holte. »Schönen Abend euch noch!«

Die Bunthaarige nickte ihm zu.

Danic lief hinter Cleo her, die die Bahnhofshalle bereits fast verlassen hatte.

Ihm fiel auf, dass er mit keinem der drei anderen Jugendlichen ein Wort gewechselt hatte.

»Warum läufst du weg?«, keuchte Danic, als er neben Cleo in die kalte Nachtluft trat.

Sie machte sich bereits an ihrem Fahrrad zu schaffen und antwortete für eine Weile nicht. Dann zog sie ihr Rad aufrecht und sah Danic ins Gesicht.

»Ich hab auch eine Vergangenheit und sie hat mich gerade ein bisschen zu sehr eingeholt«, erklärte sie knapp. »Lass uns verschwinden. Die Nebenwirkungen der Kunst sind mir gerade zu viel.«

Er spürte, dass es keinen Sinn hatte weiterzufragen.

Sie schoben die Räder so weit, bis sie an eine ordentlich asphaltierte Straße kamen.

»Du willst bestimmt zurück zu dem Hotel, in dem ihr heute schlaft, oder?«, fragte Cleo.

Er nickte unsicher.

Cleo schien sich jetzt danach zu sehnen, allein zu sein, aber er wollte sie nicht gehen lassen. Es war kurz vor zehn und die ganze Nacht lag vor ihm. Wenn sie jetzt ging, wäre er allein mit seinen Gedanken – oder den Erklärungsversuchen seiner »Eltern« ausgeliefert.

»Eigentlich würde ich lieber noch was mit dir machen«, wandte er vorsichtig ein. »Oder nerve ich dich schon?«

Cleo wehrte ab. »Nein, natürlich nervst du nicht.«

ℭℨ

Sie hatte sich automatisch auf den Weg zur WG gemacht, aus reiner Gewohnheit. Erst auf Danics Nachfrage fiel ihr ein, dass sie gar nicht um Punkt zehn zu Hause sein musste. Schließlich hatte sie jetzt ihre eigene Wohnung und keiner achtete mehr darauf, wann sie zurückkam.

»Können wir nicht irgendwo in eine Kneipe gehen oder so?«, schlug Danic vor. »Es gibt doch bestimmt was, wo man Leute trifft und noch was trinken kann.«

Mit einem Lachen nahm Cleo ihm den Wind aus den Segeln. »Wir sind hier nicht in Berlin«, klärte sie ihn auf. »In unserem Städtchen werden spätestens um zehn die Bürgersteige hochgeklappt. Ehrlich, es gibt nicht wirklich ein Nachtleben. Okay, die ein oder andere Disco vielleicht, aber das ist so gar nicht mein Ding.« »Meins auch nicht«, gab Danic zu. »Ich hab eher so an ein Restaurant gedacht, was Normales, nichts Schickes. Du weißt schon. Studententauglich.«

Cleo ließ ihren Blick geradeaus die Straße hinunterwandern. *Restaurant.*

Nora.

Sie hatten nicht mehr geredet seit dem Abend des Streits. Das war mittlerweile fast drei Wochen her. Cleo vermisste ihre beste Freundin, aber wenn Nora schmollte, dann schmollte sie eben.

»So was gibt's hier nicht«, antwortete sie Danic patziger als beabsichtigt.

Er sah sie überrascht an. »Hab ich jetzt was Falsches gesagt?«

Cleo schüttelte den Kopf.

Sie hatten jetzt den Teil der Stadt erreicht, in dem die Straßen auch um diese Uhrzeit noch ein wenig belebt waren, und sie musste sich auf den Verkehr konzentrieren.

Vielleicht war es ja eine Möglichkeit, die Sache mit Nora wieder in Ordnung zu bringen.

Was, wenn sie einfach mit Danic vor ihrer Tür stand und um Verzeihung bat?

So was hatte sie noch nie gemacht, aber seit ihrer letzten Begegnung hatte sich schließlich viel verändert. Nora wusste nichts von Cleos Unterhaltungen mit dem Schäfchen-Jesus und sie hatte keine Ahnung von dem, was Sebastian ihr gezeigt hatte. Diese Sache hatte so viel in ihr verändert. Vielleicht gab es ihr sogar den Mut, Nora gegenüber ihr blödes Verhalten zuzugeben. Nachts um zehn Uhr. Mit dem Artisten Danic an ihrer Seite.

Entschlossen trat sie kräftiger in die Pedale und bog in die nächste Straße ab, die in Richtung *Restaurant Mykonos* führte.

Danic folgte ihr verwundert. »Das ist jetzt aber nicht der Weg zu meinem Hotel, oder?«, rief er, bemüht, dicht hinter ihr zu bleiben.

»Du wolltest ein Restaurant!«, rief Cleo zurück. Ihr Pferdeschwanz flatterte im Fahrtwind.

Kurze Zeit später sprangen sie von den Rädern.

Die Straßenlaternen hüllten die Seitenstraße, in der Noras Familie lebte, in weiches Licht. Die Eingangstür des Restaurants war zu, das Schild im Fenster zeigte »geschlossen«, aber hinter den Buntglasfenstern schimmerte es noch hell. Schatten bewegten sich hin und her.

Cleo wusste, wo sie klopfen musste, um Noras Aufmerksamkeit zu bekommen.

☙

»Cleo?«

Der strubbelige Haarschopf eines Mädchens lugte um die nur einen Spaltbreit geöffnete Eingangstür. Danic kratzte sich im Nacken. Cleo schien einfach überall Leute zu kennen.

»Es tut mir leid, was passiert ist«, hörte Danic sie jetzt sagen.

Die Tür öffnete sich ein Stück weiter und Danic sah sich dem musternden Blick des fremden Mädchens ausgeliefert. Dieses ließ ein überraschtes Quieken hören.

»Ist das …?«, fragte sie und sah Cleo mit weit aufgerissenen Augen an.

Die hob beschwörend die Hände. »Ja, das ist Daniel. Lässt du uns rein? Dann erkläre ich dir alles, okay? Ich hab auch vor, mich zu entschuldigen.«

Völlig perplex trat das Mädchen einen Schritt beiseite und ließ Cleo und Danic ein.

Der Raum war warm und einladend. Danic sah runde Tische mit dunkelroten Decken jeweils mit einem kleinen Blumensträußchen und einer Kerze in der Mitte. An den Wänden hingen Gemälde, die griechische Ortschaften, Felsen und das Meer zeigten. Natürlich gab es auch die obligatorischen Büsten von athletischen Männern und vollbusigen Damen. Es roch nach Gyros, Rotwein und ausgepusteten Kerzen.

»Clementine! Wie schön, dich zu sehen.« Die freundliche Stimme gehörte einer fülligen Frau, die große Ähnlichkeit mit dem noch immer dezent vor Schreck gelähmten Mädchen hatte. Sie hatte einen kleinen Eimer und einen gelben Lappen in der Hand. Offensichtlich waren die Eigentümer gerade dabei, ihr Restaurant zum Feierabend noch zu putzen.

»Hallo«, gab Cleo zurück und ließ sich kurz von der Frau umarmen. »Ja, ich war eine Weile … Na ja, ich hab ein paar blöde Sachen gemacht. Kommen wir sehr ungelegen? Ich helfe auch gern gleich noch beim Saubermachen, aber ich wollte mich zuerst mit Nora unterhalten, wenn es okay ist. Ich hab was gutzumachen.«

Nora blickte scheu in Danics Richtung. Sie wirkte extrem unsicher. Lag es an ihm oder an dem, was Cleo gerade angedeutet hatte?

»Ach, komm schon. Du musst ja wohl jetzt nicht helfen zu putzen! Setzt euch irgendwohin, wo es euch gefällt. Ich bringe euch was zu trinken. Habt ihr auch Hunger? Pedro hat sich heute ein bisschen verschätzt. Wir haben noch jede Menge Essen übrig.«

Danic wartete ab, wie Cleo entscheiden würde.

Hinter dem Tresen erschien jetzt noch ein Mann, der alle Klischees über griechische Gastwirte erfüllte. »Ach, Cleo ist wieder da«, stellte er fest. »Und einen Freund hat sie auch. Na, wenn das mal nicht ein Grund zum Feiern ist!«

Danic wechselte einen Blick mit Cleo. Diese winkte ab.

»Wir sind nicht zusammen«, erklärte sie rasch. Ihre Wangen bekamen einen Hauch von Farbe und Danic musste ein geschmeicheltes Schmunzeln unterdrücken. Wie süß sie war.

Noras Gesichtsausdruck war dagegen nicht besonders feierlich, als die drei an einem Tisch in der Ecke Platz nahmen. Sie hatte ihre erste Überraschung überwunden und sah jetzt ziemlich finster drein. Mit dem Finger malte sie Kreise auf die Tischdecke, während Cleo anscheinend nach den richtigen Worten suchte. Danic lehnte sich in seinem Stuhl zurück und versuchte, die angespannte Stimmung durch eine gelassene Körperhaltung auszugleichen.

»Nora, ich hab mich echt mies benommen«, gab Cleo endlich zu.

Obwohl Danic keine Ahnung hatte, was zwischen den beiden vorgefallen war oder woher sie sich überhaupt kannten, fand er, dass es sehr ehrlich klang.

Nora wirkte beleidigt. »Ja, hast du«, stimmte sie zu. Dann hob sie den Blick und sah Cleo direkt ins Gesicht. »Aber anscheinend ist irgendwas Krasses passiert. Ich hab dich noch nie so gesehen.«

Cleo fasste sich automatisch mit der Hand an die Narbe. Sie lächelte schief. »Ja.« Mit einem Seitenblick auf Danic fügte sie hinzu: »Bis vor Kurzem gab es mich nur so …« Sie löste mit einem raschen Griff ihr Zopfgummi und ließ die schwarzen Haare vors Gesicht fallen.

Danic schnappte nach Luft. Sie wirkte vollkommen verändert. Wie eine geheimnisvolle Figur aus einem Märchen. Vielleicht lag es nur an dem gedämpften Licht im Gastraum, aber Cleo war nur noch ein Schatten des aufgeschlossenen Mädchens, das er heute kennengelernt hatte.

Rasch zog Clementine ihr Haar wieder zu einem Zopf zusammen, den sie locker auf ihren Rücken fallen ließ.

»Was ist denn passiert?«, fragte Nora, jetzt neugierig. »Und warum tauchst du hier mit dem Typen auf, aus dessen Videos du deine Lebensenergie ziehst?«

»Psst!«, zischte Cleo erschrocken. »Hey, er weiß nichts davon!«

Danic zuckte innerlich zusammen. Lebensenergie? Cleo hatte mit keinem Wort erwähnt, dass sie seine Videos kannte. Bis zu diesem Moment hatte er es irgendwie genossen, dass sie ihn anscheinend nicht als den bekannten Artisten wahrnahm, sondern einfach als … Daniel. Wenn ihre beste Freundin so was sagte, musste sie aber ziemlich offensichtlich ein Fangirl sein. Es sollte ihm schmeicheln, aber irgendwie fühlte es sich eher enttäuschend an.

Cleo lachte. »Oh Mann, glaub mir, ich finde das genauso schräg wie du. Ich kenne ihn erst seit ein paar Stunden. Aber lass mich mal weiter vorn anfangen, okay?« Sie warf ihm einen entschuldigenden Seitenblick zu und wandte sich dann direkt wieder Nora zu.

»Okay«, gab Nora zurück. Sie schien schon nicht mehr ganz so böse zu sein. »Ich will mich ehrlich entschuldigen. Es war bescheuert von mir, dich da so stehen zu lassen. Du hattest ja recht, ich hab wirklich überreagiert in der WG.«

»Vielleicht«, erwiderte Nora achselzuckend. »Andererseits hab ich vielleicht auch nicht kapiert, wie anstrengend die ganzen Veränderungen für dich waren. Und wie schwer es für dich ist, mir mein Glück zu gönnen, während du ... na ja. Jetzt scheint das Blatt sich ja gewendet zu haben ...?«

»Er ist nicht mein Freund«, stellte Cleo noch einmal nachdrücklich klar. »Wir haben uns nur zufällig bei seiner Oma getroffen ... Ich erklär's dir später. Aber nein, es war nicht okay von mir, auf dich neidisch zu sein. Ich bin echt oft zu krass drauf mit meinen Emotionen. Das muss ich mal in Angriff nehmen.«

»Hm, vielleicht wäre das gut. Aber jetzt bist du ja hier. Also erzähl, bevor mein Vater mit dem Essen kommt und du den Mund voll Gyros hast.«

Danic fragte sich, ob die Mädchen immer so miteinander sprachen oder ob Nora einfach wirklich super sauer auf Cleo gewesen war und jetzt die Gewitterstimmung abklingen musste. Vermutlich war Letzteres der Fall.

»An dem Abend, an dem wir uns gestritten haben, hab ich Sue kennengelernt. Sie hat mich zu ihren Freunden mitgenommen und ich dachte, die sind irgendwie erst mal besser für mich als du.« Cleo sah Noras verletzten Gesichtsausdruck und legte ihre Hand auf die von Nora, die immer noch Kreise gemalt hatte. »Aber niemand kann eine bessere Freundin sein als du. Es tut mir ehrlich mega leid, dass ich mich nicht gemeldet hab.«

Nora blinzelte. »Ich hab mich ja auch nicht gemeldet«, gab sie zu. »Ist auch nicht so wirklich Best-Friends-Verhalten.«

»Ah, es tut gut, euch endlich wieder versöhnt zu sehen!«, jubelte Noras Vater übertrieben, der in diesem Moment mit drei Weingläsern hinter ihnen auftauchte. Sein Auftritt verleitete Nora zu einem Augenrollen. Danic grinste amüsiert.

Pedro sah ihn auffordernd an: »Cola? Fanta? Wein? Ouzo?«

»Ich glaube, die Mädchen sind noch nicht ganz fertig«, bemerkte Danic vorsichtig.

»Also Ouzo«, stellte Pedro fest und eilte zurück zum Tresen.

Eine halbe Minute später stellte seine Frau drei Gläser Cola auf den Tisch. »Der Vater übertreibt manchmal ein wenig«, entschuldigte sie ihren Mann.

Cleo winkte ab. »Jedenfalls hab ich Mist gebaut«, erzählte sie Nora. »Ich hab mir 'ne Alkoholvergiftung geholt.«

Noras Vater stand wieder neben dem Tisch und fragte enttäuscht: »Also keinen Ouzo für dich?«

Cleo nickte amüsiert und Pedro wechselte einen Blick mit seiner Frau. Dann trank er selbst einen Ouzo und stellte den anderen vor Danic auf den Tisch. »Vielleicht brauchst du ihn noch«, erklärte er, bevor er ging. »Nora ist solidarisch mit Cleo.«

»Ich bin im Krankenhaus gelandet und dann hat Sebastian mich besucht. Du weißt schon, Sebastian-der-Vikar.«

Nora nickte. Sie hatte die Stirn gerunzelt. Vielleicht versuchte sie noch zu verarbeiten, dass Cleo sie einfach gegen andere Freunde hatte austauschen wollen.

»Er hat mir 'ne Menge klargemacht, einfach, indem er zugehört hat … Und dann hat er mir erzählt, dass Gott mich liebt und so. Obwohl er wusste, dass ich ihn beklaut hatte.«

»Du hast ihn beklaut?!« Nora klang jetzt ehrlich entsetzt.

»Ja, ich … ich hab oft geklaut. Deshalb musste ich auch die Strafstunden auf dem Friedhof machen. Das war nicht nur ein Praktikum. Ich hab es dir nicht gesagt, weil ich dachte, dass du mich dann hasst. Was du jetzt vielleicht wirklich tust.«

Nora wirkte erschüttert, blieb aber ruhig sitzen. Sie sah Cleo in Augen.

»Mich hast du aber nie beklaut, oder?«, fragte sie nach.

Cleo schüttelte den Kopf. »Nein, dich nicht. Dich mag ich viel zu sehr.«

Jetzt schaffte Nora es nicht mehr, die Tränen wegzublinzeln. »Mensch, Cleo, ich hab dich vermisst. Es war so schlimm, sauer auf dich zu sein«, schniefte sie. »Und jetzt hab ich das Gefühl, du bist ein ganz anderer Mensch geworden. Oder ich hab dich noch nie wirklich gekannt!«

»Ja, das kann schon sein ... Aber ab jetzt werde ich ehrlicher zu dir sein, okay?«

»Okay«, schluchzte Nora. Sie sprang auf und umrundete den Tisch, um Cleo um den Hals zu fallen und sie fest zu drücken.

Danic war froh, dass Pedro jetzt mit einer dampfenden Platte zurückkehrte und die emotionale Szene ein wenig milderte. »Essen hilft«, sagte er beim Anblick seiner weinenden Tochter. »Mutter bringt euch gleich die Teller.« Dann rückte er zwei weitere Stühle an den Tisch, winkte seine Frau heran und entkorkte eine Weinflasche. »Wir setzen uns zu euch und stoßen auf eure Versöhnung an«, erklärte er feierlich.

In diesem Moment zuckte eine Erkenntnis durch Danic, die ihn aus seinem Stuhl aufspringen ließ. »Der Wein!«, rief er schockiert aus. »Ich muss sofort in die Wohnung meiner Großmutter!«

Zeta

Hoffen wir aber auf etwas,
das wir noch nicht sehen können,
dann warten wir zuversichtlich darauf,
dass es sich erfüllt.

Römer 8,25

Pedro wollte ihn nicht sofort losfahren lassen. »Iss erst mal etwas, Junge«, beharrte er. »Und erzähl uns dabei, was los ist.«

In knappen Sätzen fasste Danic für Noras Familie zusammen, was in den vergangenen Tagen passiert war. Wie er Cleo kennengelernt hatte, als sie mit der Bestatterin in die Wohnung seiner Oma kam, und dass er bis zum Abend vorher nicht einmal gewusst hatte, wo seine Großmutter wohnte. Er übersprang die Erkenntnis über seine beiden Mütter und erzählte, dass während der Besprechung mit der Bestatterin auch noch die Polizei dazugekommen war. Die Beamten hatten erwartet, Danics Großmutter lebendig anzutreffen – als Freundin eines Mannes, der am selben Tag tot in seiner Wohnung aufgefunden worden war.

»Mein Großvater war ein absoluter Einzelgänger«, berichtete Danic, während er nebenbei hastig Gyros in sich hineinstopfte. »Nachdem meine Großmutter und er nach dem Unfall meiner … Mutter den Zirkus verlassen hatten, haben die beiden sich getrennt. Großvater hat jeden Kontakt zur Familie abgebrochen – wirklich jeden. Meine Oma hat über meine Tante noch ein bisschen die Verbindung zu uns gehalten, aber Opa war verschollen. Er hatte wohl nur einen guten Freund, mit dem er sich regelmäßig getroffen hat. Heute Morgen ist dieser Freund in seine Wohnung gegangen, weil Großvater sich nicht, wie sonst immer, am

Abend bei ihm gemeldet hat. Der lag tot in seinem Bett – genau wie meine Großmutter. Es wäre niemandem aufgefallen, dass sie beide anscheinend am gleichen Abend gestorben sind, und vielleicht hat es auch gar nichts miteinander zu tun. Aber es ist auffällig, dass auf dem Küchentisch meines Opas die Telefonnummer und Adresse meiner Großmutter lagen. Deshalb hat die Polizei vorbeigeschaut. Es gibt wohl Hinweise darauf, dass er keines so ganz natürlichen Todes gestorben ist.«

Nora schaute Danic mit großen Augen an.»Du meinst, er wurde ermordet?«

Danic zuckte mit den Schultern.»Wenn du denkst, dass meine Großmutter das getan haben könnte: Nein, das glaube ich nicht. Aber ich habe eine Idee und die will ich überprüfen. Unbedingt.«

Cleo zappelte aufgeregt mit den Füßen.»Ich hab dir noch nicht erzählt, dass ich mit der Nachbarin deiner Oma geredet habe, oder?«, sprudelte es aus ihr heraus.»Sie hat aus ihrer Tür geschaut, als die Polizei kam. Und sie meinte, deine Großeltern hätten am Geburtstag deiner Mutter ein Date gehabt. Das erste seit dem Unglück ... Sie wusste nicht, ob es gut verlaufen war, weil sie deine Oma danach nicht noch einmal gesehen hat.«

»Am Geburtstag meiner Mutter? Das war der Tag, bevor sie gestorben ist.« Danic war nun erst recht wie elektrisiert.»Das Gyros ist wirklich lecker, aber ich glaube, ich kann jetzt nichts mehr essen«, entschuldigte er sich bei Noras Eltern. Er stand auf und zog seine Jacke über.

Cleo wechselte einen raschen Blick mit ihm und schob ihren Stuhl ebenfalls zurück.»Ich komme mit dir mit, okay?«

Pedro hob die Hände.»Ich dachte, wir feiern Versöhnung, und nun wollt ihr einfach davonlaufen?«

Nora versuchte, ihn zu beschwichtigen:»Papa, das hier ist wichtig, glaube ich.« Sie trank ihr Cola-Glas leer.»Nehmt ihr mich mit? Vorausgesetzt, die Leiche ist nicht mehr in der Wohnung.«

»Ist sie nicht«, winkte Cleo ab.»Simone hat sie heute Nachmittag abgeholt. Aber sie hat gesagt, dass die Polizei keine Untersuchungen angeordnet hat, also gehen sie bestimmt nicht von einem Zusammenhang zwischen den beiden Todesfällen aus.«

Danic wandte sich schulterzuckend zur Tür. »Trotzdem will ich wissen, ob meine Vermutung richtig sein könnte.«

Noras Mutter schüttelte den Kopf. »Ihr müsst doch nicht jetzt, mitten in der Nacht, irgendeiner verrückten Idee nachgehen, oder?«, versuchte sie, die drei von ihrer Mission abzubringen.

Nora legte ihr beruhigend die Hand auf den Arm. »Es ist ja noch vor elf Uhr, Mam. Und wir suchen ja keine Verbrecher«, versuchte sie, alles etwas weniger dramatisch klingen zu lassen. Dann sah sie unsicher zu Cleo und Danic: »Oder tun wir das?«

»Nein«, wehrte Danic ab, der schon die Hand an die Türklinke gelegt hatte. »Keine Verbrecher. Und wir werden auch auf ganz legalem Weg in die Wohnung gehen. Alles total ungefährlich. Vielleicht kommen wir in einer halben Stunde wieder zurück und essen das restliche Gyros, wenn Sie möchten.«

Pedro schien besänftigt. »Gut, ich stelle es noch einmal warm.«

∞

Die beiden Mädchen folgten Danic nach draußen in die kühle Nacht. Nora holte ihr Rad aus dem Nebeneingang. Währenddessen erklärte Danic Cleo, was er vorhatte.

»Vorhin, als wir in der Wohnung saßen, hab ich mich über eine Sache gewundert. Meine Oma hat ja allein gelebt, zumindest hat Tante Eva die ganze Zeit darüber gejammert, dass sie so wenige Freunde hatte und überhaupt niemanden in ihre Wohnung gelassen hat. Sogar Eva durfte normalerweise nicht rein. Sie hatte nur einen Wohnungsschlüssel für Notfälle. Meine Großmutter hat sich immer nur in Cafés mit anderen getroffen, behauptet meine Tante.«

Nora kam mit ihrem Rad zu ihnen. Sie fummelte am Verschluss ihres Helms und fragte: »Kann's losgehen?«

»Warte kurz«, bat Cleo und sah Danic erwartungsvoll an.

»Und weiter?«

»Eva hat mich, als die Polizei da war, in die Küche geschickt, um Kaffee zu kochen. In der Spüle standen zwei benutzte Weingläser.« Nora sah ihn mit gerunzelter Stirn an, schließlich hatte sie nicht alles gehört, was Danic erzählt hatte. Cleo hingegen war fasziniert.

»Das passt zu der Theorie mit dem Date mit deinem Opa! Die Nachbarin hat gesagt, er wollte zu ihr nach Hause kommen. Und auf seinem Küchentisch lag ihre Adresse. Bestimmt haben sie zusammen getrunken.«

Die drei schwangen sich auf ihre Räder.

»Aber was soll der Wein mit den Todesfällen zu tun haben?«, hakte Nora nach, während sie sich in Richtung des Hotels in Bewegung setzten, in dem Danics Familie untergebracht war.

»Genau das will ich herausfinden«, gab Danic zurück.

Sie fuhren zügig. Ein kalter Wind war aufgekommen und bauschte ihre Jacken auf.

Cleo war neugierig, fragte sich aber, ob es nicht vielleicht doch besser gewesen wäre, bis zum Morgen zu warten. Die Vorstellung, um diese Uhrzeit in die Wohnung der Verstorbenen einzudringen, war doch ein bisschen gruselig.

Nora schien ähnlich zu denken. Sie fuhr dicht neben Cleo und fragte: »Du vertraust ihm, oder?«

Erst jetzt wurde Cleo wieder bewusst, dass sie Danic eigentlich gar nicht wirklich kannte. Seltsamerweise hatte sie das Gefühl, schon eine Ewigkeit mit ihm verbracht zu haben. Die wenigen Stunden waren so voll mit Ereignissen und Emotionen gewesen, dass er ihr wie ihr bester Freund erschien.

Gut, sie kannte ihn wirklich kaum. Aber das hier war ja wohl trotzdem kein gefährliches Unterfangen, oder?

Sie waren am Hotel angekommen und sprangen von den Rädern. Danic bat: »Passt ihr kurz auf das Rad auf?«, und verschwand im Foyer.

Nora sah Cleo fragend an und die zuckte mit den Schultern. »Ja, ich vertraue ihm«, gab sie zurück.

Je länger sie vor dem Hotel standen, desto verrückter kam Cleo die Sache vor.

»Vielleicht ist er jetzt einfach abgehauen«, vermutete Nora, als Danic nach zehn Minuten immer noch nicht zurück war. Sie rieb sich die Arme, um etwas gegen die Kälte zu tun.

Cleo trat ungeduldig von einem Fuß auf den anderen. Bestimmt gab es heute Nacht Bodenfrost. Ihre Zehen fühlten sich bereits wie kleine Eisblöcke an.

Nora schaute an der Hausfassade hoch und fragte: »Hast du wenigstens seine Nummer? Du könntest ihn anrufen und fragen, warum es so lange dauert, oder?«

Resigniert winkte Cleo ab. »Nein, ich hab seine Nummer nicht. Er war einfach vorhin auf dem Friedhof und dann wollten wir eine Runde spazieren gehen, als ich Feierabend hatte. Ich wollte ihm was zeigen, deshalb hab ich ihm in der WG ein Rad besorgt. Und dann kam irgendwie eins zum anderen …« Sie blickten unschlüssig in Richtung Lobby.

Nora kicherte plötzlich. »Du bist echt eine ziemlich schräge Person«, sagte sie amüsiert. »Ich hab dich ehrlich vermisst. Die letzten Wochen waren langweilig.« Cleo tat überrascht. Nein, sie war es wirklich. »Trotz Alex?«, hakte sie nach.

»Trotz Alex«, gab Nora zu. »Er ist so weit weg. Mit dir kann ich außerdem ganz anders reden als mit ihm. Ach, Cleo, keine Ahnung, was alles passiert ist und warum du oft so übertrieben reagierst – sorry, aber ich empfinde das so. Ich glaube, du hast mir nur einen Bruchteil dessen erzählt, was du so an Familiengeschichte mit dir rumschleppst. Trotzdem mag ich dich total und ich will dich nicht als Freundin verlieren. Nur manchmal ist mir das alles auch zu anstrengend.«

»Mir auch«, brummte Cleo. »Ich bin mir selber auch zu anstrengend.«

»Bist du jetzt wieder sauer?«

Cleo schüttelte den Kopf. »Nein«, gab sie zurück und wischte sich mit der Hand übers Gesicht. »Jedenfalls nicht auf dich. Und jetzt komm, wir fragen da drinnen nach, ob die in das Zimmer von Danics Familie telefonieren können. Ich hab keine Lust, hier draußen zu erfrieren.«

»Wenn es dir nichts ausmacht, bleibe ich hier und passe auf die Räder auf.«

»Okay.«

Innerlich mehr als aufgewühlt machte sich Cleo auf den Weg ins Hotel. Natürlich stimmte das, was Nora sagte. Sie hatte ihre Gefühle nie so gut im Griff wie andere Menschen. Sie war anstrengend. Es lag an all dem, was sich in ihr angestaut hatte. Sie wollte es angehen, die Geheimnisse lüften, so wie es Danic heute passiert war, nur möglichst schonender. Aber sie wusste nicht, wie sie damit anfangen sollte.

Warme Luft hüllte sie ein, sobald sich die automatische Glastür vor ihr öffnete. Sie nahm gerade Kurs auf die Rezeption, als Danic auftauchte.

»Tut mir leid, dass es so lange gedauert hat«, entschuldigte er sich etwas außer Atem.

Cleo fiel auf, dass er keine Jacke mehr trug.

»Meine Eltern sind strikt dagegen, dass wir heute noch in die Wohnung gehen. Den Schlüssel hat sowieso meine Tante.« Er hob hilflos die Hände. »Sieht so aus, als müssten wir bis morgen warten. Ich zumindest. Ob ihr dann immer noch dabei sein wollt, weiß ich ja nicht.«

Cleo erwiderte nichts. Sie kam sich auf einmal fehl am Platz vor in dieser schicken Hotellobby. Der ganze Nachmittag wirkte plötzlich wie ein Film, den sie geschaut, aber nicht wirklich erlebt hatte.

Was bitte verband sie mit dem YouTube-Star Danic, der normalerweise ein ganz eigenes Leben führte, das mit ihrem rein gar nichts zu tun hatte? Wieso fühlte es sich trotzdem an, als hätten sich ihre Seelen an einem ganz bestimmten Punkt berührt und als sei dieses kurze Zusammentreffen entscheidend darüber, wie es von hier aus für sie beide weiterging?

»Ich arbeite morgen«, sagte sie schließlich. Es klang unfreundlich und in Danics Augen trat ein enttäuschter Ausdruck.

»Stimmt, daran hab ich nicht gedacht. Tut mir leid.«

Durch die Fensterfront sah Cleo Nora, die ungeduldig hin und her zappelte.

»Tja, ich gehe dann mal. Es ist echt kalt draußen und ich will Nora nicht warten lassen.«

Sie drehte sich um. Ob er sie aufhalten würde?

Bestimmt nicht, denn er hatte keine Ahnung, wie sehr sie sich danach sehnte, ihm zu helfen.

Die Glastür öffnete sich und fiel leise zischend hinter ihr zu.

»Hat er es sich anders überlegt?«, fragte Nora erstaunt.

»Seine Eltern wollen nicht, dass er heute noch geht. Und er scheint es nicht wichtig genug zu finden, um sich durchzusetzen.«

Ein Blick über ihre Schulter ins Foyer des Hotels zeigte ihr, dass Danic bereits verschwunden war. Wahrscheinlich hatte er sie doch nur loswerden wollen.

Cleo überlegte, was sie mit dem Fahrrad machen sollte, das sie ihm ausgeliehen hatte. Es bis zur WG zu schieben, würde ewig dauern. Andererseits hätte sie dadurch genügend Zeit, über all das nachzudenken, was heute passiert war.

Nora sah auf, als die Glastür wieder zischte. Es war Danic, der nach draußen kam.

Cleo fühlte Freude in sich hochblubbern und gleichzeitig schnappte die Angst zu, sie könnte sich falsche Hoffnung machen.

»Wartet mal«, bat Danic und zog den Reißverschluss seiner Jacke hoch, die er geholt hatte.

»Ich bringe euch wenigstens noch nach Hause. Das Fahrrad muss ja zurück, oder? Außerdem haben wir deinen Eltern versprochen, noch mal reinzuschauen.«

»Das galt nicht unbedingt für dich«, erwiderte Cleo schnippisch. Was machte sie bloß? Sie wollte doch nett zu ihm sein. Wieso rutschte sie jetzt wieder in ihre Abwehrhaltung?

Nora grinste ihn an. »Stimmt, das Gyros steht noch warm. Also los. Komm, Cleo, jetzt musst du doch nicht laufen.«

Danic sah ihr direkt in die Augen. *Du gehörst jetzt zu der Geschichte,* sagte sein Blick. *Du bist wichtig.*

Sie schluckte und wandte sich ab.

Mit zu viel Schwung stieg sie auf ihr Rad, schwankte kurz und fuhr los. Danic und Nora folgten ihr mit ein wenig Abstand.

Während die Kälte ihr in die Finger biss, versuchte Cleo, die Gedanken in ihrem Kopf zu ordnen. Sie war Hals über Kopf in Danics Familiengeschichte gestolpert und fand sich vor dem Scherbenhaufen ihrer eigenen Kindheit wieder.

Damals, als sie auf der Brücke gestanden hatte, war sie vierzehn Jahre alt gewesen. Sie hatte ihre Mutter und ihren Bruder verloren. Der Vater, den sie geliebt hatte, war wie verwandelt. Sie wohnte in seinem Haus, hatte genug zu essen und war mit allem versorgt, was sie brauchte. Er war nach seinem Feierabend körperlich anwesend, aber er schaute durch sie hindurch. Cleo war damals froh gewesen, wenn er in der Garage verschwand und seine Autos polierte. Manchmal half ihm das, aber meistens kam er nur noch verzweifelter zurück. Und dann trank er. Das hatte er vorher nie getan. Wenn er trank, wurde er aggressiv. Wenn er aggressiv wurde, musste Cleo sich in ihrem Zimmer einschließen und warten, bis er irgendwann einschlief. Wenn sie sich nicht schnell genug versteckte, konnte es passieren, dass er seine Wut an ihr ausließ.

Zwei Tage nach ihrem vierzehnten Geburtstag hatte Cleo auf der Brücke gestanden in ihren neuen roten Schuhen.

Niemand braucht mich mehr, hatte sie gedacht. *Mutter schafft es jetzt ohne mich. Sie hätte mich mitgenommen, wenn es anders wäre. Oder mich nachgeholt. Sie brauchen mich nicht. Vielleicht haben sie mich nie gewollt.*

Dann hatte sie einen Schritt nach vorn gemacht und war gefallen.

Sie war sich sicher gewesen, dass ihr Leben wertlos war. Aber dann, als sie fiel, war ihr plötzlich klar geworden, dass dieser Wahrheit ein Teil fehlte.

Sie wollte es finden, dieses Teil.

Aber sie schien immer noch zu fallen.

»Cleo!«, schrie Nora plötzlich hinter ihr. Ein Auto hupte, Bremsen quietschten. Cleo versuchte anzuhalten, verriss den Lenker und schlug auf dem Asphalt auf.

»Es war rot!«, brüllte ein Mann und: »Ist alles okay? Bist du verletzt?«, hörte Cleo Danics Stimme dicht neben ihrem Ohr.

Sie setzte sich auf und schüttelte die schmerzenden Arme. »Nein, mir geht's gut«, gab sie schwach zurück.

Danic reichte ihr die Hand und sie rappelte sich auf. Bis auf ein Loch in der Jeans und eine kleine Schürfwunde am Knie schien ihr tatsächlich nichts passiert zu sein.

Der Fahrer des Autos schimpfte auf sie ein, vermutlich, weil er so erschrocken war. Nora stellte sich zwischen ihn und Cleo und gab sich Mühe, ihn zu beruhigen.

»Ich hab die Ampel nicht gesehen«, erklärte Cleo zerknirscht. »Tut mir leid.«

Der Mann warf einen kritischen Blick auf das Fahrrad, dessen Lenker verdreht war. Dann musterte er Cleo prüfend. »Soll ich einen Krankenwagen rufen?«, fragte er etwas ruhiger. Aber Cleo schüttelte den Kopf. »Es ist wirklich nichts passiert. Sie haben ja zum Glück perfekt reagiert und rechtzeitig gebremst.« Sie spürte, wie ihre Beine zitterten, und hielt sich unauffällig an Danic fest. Der verstand und legte ihr den Arm um die Hüfte, um sie zu stützen. Für den Autofahrer musste es aussehen, als seien sie ein Paar.

Nora sah zu Cleo und Danic, dann wandte sie sich an den Mann. »Wir kümmern uns darum, dass sie sich von dem Schreck erholt. Sie können ruhig weiterfahren. Es ist ja alles gut gegangen.«

Zum Glück ließ der Fahrer sich überzeugen, dass weder Polizei noch Krankenwagen vonnöten waren. Er drückte Nora noch seine Visitenkarte in die Hand, murmelte etwas von »Nicht dass es noch Fahrerflucht heißt« und stieg wieder in seinen Wagen.

Erleichtert atmete Cleo auf, als das Auto hinter der nächsten Kurve verschwand. Um diese Uhrzeit wirkte die Stadt wie ausgestorben.

»Das einzige Auto weit und breit und du fährst ihm genau vor die Kühlerhaube«, versuchte Nora mit einem Witz die angespannte Stimmung zu lockern.

Cleo presste die Zähne aufeinander, um sie am Klappern zu hindern. Sie hatte das Gefühl, als würden ihre Beine wegfließen. Danics Körper gab ihr Halt und sie lehnte sich gegen ihn.

Er nahm sie in den Arm, drückte ihren Kopf sanft gegen seinen Brustkorb und strich ihr übers Haar. Vermutlich dachte Nora jetzt etwas ganz anderes, aber für Cleo fühlte es sich an, als würde ein großer Bruder sie halten. Es war so ein wunderbares Gefühl. Beinahe so beruhigend wie das Zuhören von Sebastian oder die Momente, in denen sie früher mit Nora in deren Zimmer gesessen und Glasperlen auf lange Schnüre gefädelt hatte.

Sie atmete tief durch und löste sich von Danic. »Danke. Ich glaube, es geht schon wieder«, sagte sie mit rauer Stimme.

Nora sah erleichtert aus. »Wir sind ja auch gleich da.« Mit der Hand wies sie auf das Restaurant, das von Weitem schon zu sehen war.

Gemeinsam schoben sie ihre Räder bis dorthin.

»Ich glaube, ich hab echt genug für heute«, entschuldigte sich Cleo, als sie vor der Tür standen. »Ich will so schnell wie möglich nach Hause.«

Nora nickte verständnisvoll. »Du könntest auch bei mir schlafen«, bot sie ihrer Freundin an. »So wie früher.«

Unsicher sah Cleo zu Danic. »Aber du musst ja auch wieder zurück«, stellte sie fest. »Irgendwie haben wir das nicht so gut durchdacht.«

Danic grinste gelassen. »Das ist kein Problem. Mein Vater holt mich ab. Ich hab ihm schon gesagt, dass ich ihn später anrufen werde, wenn ich dich bei deiner Wohnung abgeliefert habe. Aber ich brauche noch etwas, bevor ich gehe.«

Nora und Cleo sahen ihn verwundert an, während er den Moment der Geheimniskrämerei genüsslich in die Länge zog. »Deine Nummer«, verriet er endlich mit einem amüsierten, kleinen Lachen.

Cleo rollte mit den Augen. »Aber ruf mich nicht vor sieben Uhr an, morgen«, sagte sie schnippisch, um von ihren brennenden Wangen abzulenken. Dann diktierte sie ihm die Nummer und Danic verabschiedete sich. Cleo sah, wie er im Weggehen einen Anruf startete. Gut, dass sein Vater bereit war, Taxifahrer zu spielen.

Eine bleierne Müdigkeit legte sich plötzlich auf Cleo. »Ich nehme dein Angebot gerne an, wenn du es ernst gemeint hast«, sagte sie zu Nora.

Die schaute dem jungen Mann, der langsam die Straße hinunterschlenderte, immer noch hinterher. »Er ist schon ein echt heißer Typ«, bemerkte sie andächtig. »Und er hat jetzt deine Nummer.«

Cleo lachte leise. »Er liebt eine andere«, erklärte sie nüchtern. »Außerdem ist er viel zu sportlich für mich. Ich hätte ja permanent Minderwertigkeitskomplexe.«

»Hast du doch sowieso«, stichelte Nora, aber dieser Seitenhieb traf Cleo kaum. Sie wollte jetzt einfach nur schlafen und die Bruderumarmung nachfühlen, die Danic ihr gegeben hatte.

Sie drückte die Türklinke nach unten und trat in den nur noch schwach erleuchteten Gastraum des Restaurants. Pedro und Noras Mutter saßen mit ihren Weingläsern am Tisch und sahen ihnen erwartungsvoll entgegen.

Eta

Der Geist Gottes hilft uns in all unseren Schwächen
und Nöten. Wir wissen doch nicht einmal,
worum oder wie wir beten sollen!
Deshalb tritt der Heilige Geist für uns ein,
er bittet für uns mit einem Seufzen,
wie es sich nicht in Worte fassen lässt.

Römer 8,26

Cleos Handy weckte sie mit seinem Klingeln. Sie brummte und
tastete mit geschlossenen Augen nach ihrem Nachttisch, bis ihr
einfiel, dass sie sich gar nicht in ihrer Wohnung befand, sondern
bei Nora. Als Nächstes wurde ihr klar, dass der Ton nicht ihr
Weckalarm war, sondern ein Anruf.

Sie richtete sich auf, um das Handy zu finden, das sie neben
dem Sofa auf den Boden gelegt hatte.

Auf dem Display stand eine Nummer, die sie nicht kannte. Es
war sieben Uhr eins.

Cleo räusperte sich, um sicherzustellen, dass überhaupt ein
Ton aus ihrer Kehle kam, drückte auf »Annehmen« und sagte
schlicht: »Ja?«

»Cleo, bist du's?« fragte Danic.

»Ja«, brummelte sie erneut.

»Der Stimme nach hätte es auch dein Großvater sein können«,
neckte er sie.

Cleo runzelte beleidigt die Stirn. »Haha, sehr witzig.« Sie klang
wirklich wie ein heiserer, alter Mann. Cleo räusperte sich erneut
und zog die Decke wieder bis ans Kinn. Es war ganz schön kalt in
Noras Zimmer.

Ihre Freundin drehte sich verschlafen in ihrem Bett auf die andere Seite.

Cleo war jetzt hellwach. »Warst du etwa schon in der Wohnung?«, fragte sie neugierig. Es war zwar noch echt früh am Morgen, aber Danic hatte bestimmt nicht lange schlafen können.

»Nein«, wehrte Danic ab. Er machte eine kleine Pause, in der Cleo ihn atmen hörte. Dann redete er weiter: »Ich will dich ehrlich gern dabeihaben«, erklärte er. Irgendwie wirkte er plötzlich schüchtern, gar nicht so selbstbewusst und gelassen, wie Cleo es von einem bekannten Künstler erwartet hätte. »Wann musst du denn zur Arbeit? Und hast du überhaupt Lust mitzukommen?«

Sie nahm eine ihrer schwarzen Haarsträhnen zwischen die Finger und begann, sie zu drehen. Natürlich war sie neugierig auf die Geschichte der Toten. Natürlich wollte sie Zeit mit Danic verbringen. Aber da waren auch noch all die anderen Gefühle, die im Hintergrund lauerten. Sie hatte eine Menge Therapien gemacht, um all das aufzuarbeiten, was in ihrem eigenen Leben vorgefallen war. Fühlte sie sich dazu bereit, so tief in die Schicksalsschläge eines anderen einzutauchen, ohne selbst wieder abzustürzen? Andererseits: Irgendwann musste sie wieder mutiger werden. Und jetzt hatte sie Sebastian und Simone, die ihr zuhörten. Und Jesus. Sie hatte sich mittlerweile angewöhnt, auch an anderen Orten mit ihm zu sprechen, nicht nur in der Kapelle.

»Also … ja, vielleicht. Gib mir zwei Minuten, um drüber nachzudenken, okay?«

»Okay«, stimmte Danic zu.

Cleo ergänzte rasch: »Ich muss um neun auf dem Friedhof sein. Ist das zu schaffen?«

»Klar, wenn wir wieder die Räder nehmen. Pass auf, denk einfach kurz nach und dann ruf mich zurück. Mein Vater bringt mich zu euch, wenn du Ja sagst. Dann kann ich anschließend auch das Fahrrad in deiner ehemaligen WG abliefern, bevor ich heute Nachmittag zurück nach Leipzig fahre.«

Zurück nach Leipzig. Diese Worte waren wie ein Schlag in ihren Magen. Sie hatte völlig verdrängt, dass Danic nur wegen des Todesfalls hier war. Er würde nicht lange ihr Bruder sein.

»Gut, ich melde mich«, sagte sie knapp und legte auf.

Drüben in ihrem Bett tauchte Nora aus dem Kissen auf. Ihre Haare sahen genauso aus wie immer, nur ihre Augen wirkten ziemlich verquollen. »War das dein Typ?«, wollte sie wissen.

Cleo zog die linke Augenbraue hoch. »Das war Danic. Er will wissen, ob ich mit in die Wohnung komme. Jetzt gleich ...«

»Oh«, machte Nora. Bestimmt fühlte sie sich ausgeschlossen.

»Ich hab noch nicht zugesagt«, erklärte Cleo schnell. »Wenn ich mich dafür entscheide, willst du dann mitkommen?«

Nora zuckte mit den Schultern. »Will er das denn? Ich mag nicht das dritte Rad am Wagen sein.«

Cleo schälte sich aus den beiden Wolldecken, unter denen sie die Nacht verbracht hatte, und sah Nora an. »Bist du nicht. Gestern wollte er auch mit uns beiden losziehen. Aber ich brauche noch eine Minute, um mich zu entscheiden.« Sie wollte sich ganz sicher sein, keinen Fehler zu machen. Schnell schlüpfte sie in ihre Socken und zog den Pullover über, den sie am Tag zuvor getragen hatte. Dann ging sie ins Badezimmer.

Sie stellte sich vor den Spiegel und betrachtete ihr Gesicht mit der leuchtend roten Narbe.

Es wirkte blass und unter den Augen lagen dunkle Schatten.

Bin ich bereit?, fragte sie nicht sich selbst, sondern den Schäfchen-Jesus, den – laut Sebastian – Ich-werde-dein-bester-Freund-wenn-du-mich-lässt-Jesus. *Und woran merke ich das?*

Natürlich kam keine direkte Antwort. Trotzdem spürte Cleo, wie ihr Herz fest und stetig pochte ohne ängstliche Eile, sondern stark und zuversichtlich.

Ich bin bereit, oder? Jedenfalls, wenn du mitgehst.

Die bleibende Ruhe in ihrer Brust nahm sie als Zeichen, dass es richtig war.

Sie nickte ihrem Spiegelbild zu. Dann drehte sie den Hahn auf, spritzte sich kaltes Wasser ins Gesicht und trocknete sich ab.

Genau so würde sie sich der Mission stellen. Ungeschminkt und mit Augenringen. Was auch immer dieser Tag an Gefühlen und Entdeckungen bereithielt, sie wollte dem eine Chance geben, ohne sich zu verstecken.

Sie verließ das Badezimmer und wählte die Nummer, die als letzte in ihrer Anrufliste angezeigt wurde.

Nur knapp fünfzehn Minuten später stiegen Nora, Cleo und Danic auf die Räder, die sie in der Nacht im Treppenhaus abgestellt hatten. Danic hatte Cleos Lenker gerade gebogen und ihr Knie schmerzte nur ein wenig, wenn sie es beugte. Die nächtliche Kälte hatte sich noch verstärkt und Cleo war dankbar für den Schal, den Nora ihr geliehen hatte.

Am Straßenrand glitzerten Eiskristalle auf überfrorenen Herbstblättern und die Rasenstücke entlang der Strecke schimmerten weiß vom Frost.

Sie fuhren schnell. Anfangs war die Straße flach und angenehm, dann kämpften sie sich einen Hügel hinauf. Die Stadt war jetzt ziemlich belebt und der Verkehr dicht, aber diesmal war Cleo hoch konzentriert. Die beiden Mädchen keuchten, als sie endlich vor dem hohen Haus zum Stehen kamen, in dem Cleo am Tag zuvor Danic zum ersten Mal begegnet war.

»Meine Tante wartet oben schon auf uns«, erklärte Danic und drückte auf den Klingelknopf. »Ich habe ihr aber noch nicht erzählt, um was es geht.«

Cleo zog die Nase kraus. »Hoffentlich hat sie nichts angefasst.«

Aber Danic schüttelte nur den Kopf. »Ich glaube nicht«, sagte er leichthin. Der Summer ertönte und Danic öffnete die Tür. Gemeinsam traten die drei in den Flur mit der dunklen Holztreppe.

Als sie in die Wohnung traten, schaute Cleo über ihre Schulter. Die Tür der Nachbarin war fest geschlossen. Vielleicht lugte sie durch den Spion, aber das konnte Cleo nicht erkennen. Ob sie wohl inzwischen wusste, dass Marie gestorben war?

»Wenn Mutter wüsste, dass so viele fremde Menschen in ihrer Wohnung sind!«, begrüßte Danics Tante die drei kopfschüttelnd.

»Und du, Daniel. Weißt du, dass sie deine Videos angeschaut hat? Sie hat kein einziges verpasst und war wahnsinnig stolz auf dich.«

»Wirklich?«, fragte Danic. Er zog die Schuhe von seinen Füßen und stellte sie ordentlich neben der Tür ab. »Dann verstehe ich nicht, warum sie trotzdem nichts mit uns zu tun haben wollte.«, Cleo spürte einen Stich in ihrem Herzen, als sie die Enttäuschung in seiner Stimme hörte.

Die Tante seufzte. »Manche Dinge sind zu schwer zu verkraften«, versuchte sie, die Großmutter in Schutz zu nehmen. »Sie hat sich die Schuld an dem Unglück gegeben und wusste nicht, wie sie dir hätte gegenübertreten können.«

»Ach.« Danic schüttelte verständnislos den Kopf. »Flucht ist ja wohl keine Lösung. Aber jetzt ist es sowieso zu spät.« Er fuhr sich mit der Hand durch den Lockenschopf und wartete, bis auch Nora und Cleo ihre Schuhe und Jacken abgelegt hatten. »Lasst uns kurz ins Wohnzimmer gehen, dann erkläre ich meine Idee, in Ordnung?«

Wie am Tag zuvor fiel das Sonnenlicht leuchtend hell in den Raum mit den großen Fenstern. Wie schön die tanzenden Staubkörnchen waren, die in diesen Lichtstrahlen schwebten.

Diesmal sah nicht nur Cleo sie. Auch Nora und Danic blieben einen Moment stehen und sahen sich staunend um.

»Sie saß immer hier, jeden Tag«, erklärte Eva den drei jungen Menschen, die stumm auf dem weichen Teppich standen. »Zumindest hat sie mir das erzählt, wenn wir uns getroffen haben. Sie meinte, sie würde die Wohnung dafür lieben, dass sie ein so helles Wohnzimmer hat. Es wäre beinahe wie in der Manege, nur so viel ruhiger. Und ganz ohne Publikum. Sie wollte nie wieder Publikum haben. Deshalb hat sie kaum jemanden in ihr Privatleben eingelassen, schon gar nicht in ihr Wohnzimmer.« Sie seufzte und nahm auf einem der beiden Sessel Platz. »Also, was treibt euch nun hierher?«

»Der Wein«, antwortete Danic. »Ich habe gesehen, dass zwei

Gläser in der Küche standen. Nach allem, was wir wissen, hat Marie am Geburtstag meiner Mütter mit Pfeffer Versöhnung gefeiert. Ganz bestimmt haben sie dabei Wein getrunken. Wenn also Gift im Spiel gewesen sein soll, dann könnte es im Wein gewesen sein.«

Auf der Stirn der Tante hatte sich eine steile Falte gebildet. »Die Theorie mit dem Gift halte ich für Blödsinn«, sagte sie unwillig. »Warum hätten sie es denn beide nehmen sollen?«

Cleo schauderte. *Ein doppelter Selbstmord? Reicht es nicht langsam mit Drama in meinem Leben?,* schickte sie in Gedanken vorwurfsvoll zu ihrem neuen himmlischen Freund.

Aber Danic schüttelte den Kopf. »Nein, so weit habe ich gar nicht gedacht. Ich glaube eher, dass sie irgendwas gegessen oder getrunken haben, was verdorben war oder so. Lasst uns einfach nachschauen, ob wir Reste finden.«

Die anderen nickten.

Eva sah sich im Wohnzimmer um, Cleo ging mit Nora und Danic in die Küche.

Es war alles gut aufgeräumt. Der Spüler war aus, aber es befand sich noch frisch gereinigtes Geschirr darin.

»Hm, falls was im Essen war, dann sind die Beweise gründlich beseitigt«, stellte Cleo enttäuscht fest. »Oder hast du im Kühlschrank etwas entdeckt, Nora?«

Die Angesprochene schüttelte den Kopf. »Hier drin ist nicht viel. Nur ein bisschen Käse, Brot und so was.« Sie machte die Tür zu und kratzte sich nachdenklich am Kinn.

Danic hatte in die Hängeschränke geschaut, aber außer einer angebrochenen Packung Nudeln und ein paar Gewürzen nichts gefunden.

Cleo ließ ihren Blick durch die Küche gleiten. Ein Kasten Wasser, in dem sich auch einige leere Flaschen befanden, stand unter dem Tisch. An einem Haken neben der Tür hing ein Beutel.

Nora trat näher. Sie nahm den Beutel in die Hand und holte die Gläser heraus. Die Etiketten verrieten, was drin gewesen war:

Cornichons mit Honig, Rote Bete und Erdbeermarmelade. Zuletzt kam eine grüne Flasche zum Vorschein.

»Der Wein!«, jubelte Nora, was Eva dazu brachte, ebenfalls in die Küche zu kommen.

Es war eine außergewöhnliche Flasche: etwas kleiner als normal und mit einem ein wenig runderen Bauch als bei denen, die man normalerweise kaufen konnte.

Neugierig betrachteten sie das Etikett.

»Das ist kein Wein aus dem Supermarkt«, stellte Nora fachmännisch fest. »Kein Strichcode und keine offizielle Kennzeichnung. Sieht aus wie selbst gemacht.«

»Darf ich mal?«, bat Eva und nahm Nora die Flasche aus der Hand. Nachdenklich drehte sie sie zwischen ihren Händen. »Ich erinnere mich an diesen Wein«, sagte sie schließlich. »Die Flasche stand immer in der Vitrine im Wohnwagen von Pfeffer und Marie. Als ich klein war, habe ich gedacht, es wäre ein Zaubertrank.« Sie wischte sich mit dem Handrücken über die Augen. Die Erinnerung an ihre Kindheit im Zirkus schien sie zu überwältigen. »Mutter hat mir erzählt, dass sie sie in Bulgarien gekauft haben, in ihren Flitterwochen. Sie wollten sich diesen Wein für einen besonderen Anlass aufheben.«

Cleo musste sich setzen. Sie ließ sich auf einen Küchenstuhl sinken und verschränkte die Hände auf dem Schoß.

Mann. Eigentlich war das so romantisch. Sollte dieser Wein wirklich etwas mit dem Tod der beiden Menschen zu tun haben?

Danic sah seine Tante ungläubig an. Auch ihm schien die Geschichte zu schön zu sein, um so tragisch zu enden.

Die Einzige, die offenbar noch sachlich dachte, war Nora. Sie holte ihr Handy aus der Hosentasche und tippte darauf herum.

»So«, sagte sie nach einer kurzen Weile. »Mein Vater hat mir was über Wein beigebracht und das, was ich denke, ist nicht besonders schön.« Sie hielt Danic das Handy hin. »Man sollte immer vorsichtig sein, wenn man Wein irgendwo kauft, wo er nicht kontrolliert wird. Es kann nämlich vorkommen, dass gepanscht wurde. Wenn statt Ethanol Methanol zur Herstellung benutzt wird, kann das gefährlich werden.«

Cleo, Danic und Eva sogen zeitgleich scharf die Luft ein.

»Davon hab ich gehört«, stimmte Danic zu.

»Die Symptome einer Methanolvergiftung treten nach etwa zwölf bis vierundzwanzig Stunden auf. Man kann nur blind werden, wenn man Glück hat. Oder es kommt zu Erbrechen, Krämpfen und schließlich zum Tod.«

»Wie es der Arzt bei Pfeffer festgestellt hat«, sagte Danic betreten.

Cleo stöhnte: »Oh, Mann.«

Tante Eva stellte die Flasche auf den Tisch und begann, tonlos zu weinen.

Theta

Das eine aber wissen wir: Wer Gott liebt,
dem dient alles, was geschieht, zum Guten.

Römer 8,28

Als Clementine pünktlich um neun Uhr auf dem Friedhof ankam, und ihre Jeans gegen die Latzhose wechselte, überlegte sie, ob sie Simone von ihren Erlebnissen mit Danic erzählen sollte. Vermutlich erfuhr die sowieso alles, falls sie die Trauerfeier für einen der beiden machte. Cleo hatte allerdings keine Ahnung, wie die Familie sich in dieser Hinsicht entscheiden würde. Danic und seine Eltern wollten noch eine Krisensitzung einberufen, um nach den Vermutungen über die Todesursache zu besprechen, wie es weiterging. Sollten sie der Sache auf den Grund gehen oder war es jetzt sowieso egal? Pfeffer und Marie waren tot, daran ließ sich nichts ändern.

Marie hatte offenbar keinen Abschiedsbrief hinterlassen, also konnte man davon ausgehen, dass sie von der Wirkung des Weins nichts geahnt hatte. Didi wollte versuchen, zu dem Freund von Pfeffer Kontakt aufzunehmen. Vielleicht wusste der irgendetwas, was helfen könnte, die Sache zu verstehen.

Cleo schlug den Kragen ihrer Jacke hoch und machte sich auf die Suche nach Claas.

Für sie war vor allem eine Frage entscheidend und es wurmte sie, dass sie darauf wahrscheinlich nie eine Antwort finden würde: Hatten Marie und Pfeffer miteinander und mit der Vergangenheit Frieden geschlossen an diesem gemeinsamen Abend?

Fröstelnd lief Cleo den Kiesweg entlang. Claas wollte heute an der Mauer im hinteren Teil des Friedhofs etwas reparieren, damit der Winter ihr nicht unnötig zusetzen konnte. Sie würde ihm helfen und am Nachmittag mit der Sekretärin von Sebastian einigen Papierkram für die Friedhofsverwaltung erledigen. Nicht besonders spannend, aber im Büro war es wenigstens warm.

Gedankenverloren bog Cleo beim Kriegermahnmal um die Ecke. Beinahe wäre sie über die weiße Katze mit den schwarzen Flecken gestolpert, die mal wieder wie aus dem Nichts vor ihr aufgetaucht war.

»Ach, Spooky«, seufzte sie. »Ich wünschte, mein Leben wäre so simpel wie deins.« Sie bückte sich und strich dem Tier über den Rücken. Dankbar begann die Katze zu schnurren. »Andererseits ist der Gedanke ans Mäusefangen auch nicht so extrem verlockend.«

Cleo ging weiter, schließlich wartete Claas auf seine Praktikantin.

Sie hatte Danic gebeten, bei der Nachbarin zu klingeln und ihr zu erzählen, was passiert war. Bestimmt hatte sie beobachtet, wie Marie von der Bestatterin abgeholt wurde. Wie traurig es sein musste, eine Freundin auf diese Weise zu verlieren!

Den ganzen Vormittag half Cleo Claas dabei, Efeu von der alten Mauer zu schneiden und kaputte Steine zu entfernen. Trotz der Kälte kam sie dabei ins Schwitzen. Weil Claas wenig sprach, hatte sie genügend Zeit nachzudenken.

Sie war heilfroh, wieder mit Nora versöhnt zu sein. Es musste sich schrecklich anfühlen, wenn Beziehungen auf so tragische Weise zu Bruch gingen, wie es in der Familie Wittenmeer passiert war. Hatte es nur an dem Unglück gelegen oder war vorher schon zu viel schiefgelaufen? An welchem Punkt war aus der heilen Zirkusfamilie ein trauriges Chaos geworden? Und Corona: Wieso war sie mit ihrem kleinen Sohn, aber offenbar ohne den dazugehörigen Vater zurückgekehrt?

Wütend riss Cleo an einer Efeuranke. Sie konnte das nicht, was Simone ihr ans Herz gelegt hatte: einfach nur den Spieß in den Burger stecken. Das alles ging ihr viel zu nah. Sie wollte nicht akzeptieren, dass es eigentlich ein Fehler gewesen war, Danics Bitte nach einem Spaziergang zu erfüllen. Was hatte sie sich nur dabei gedacht? Jetzt wusste sie so viel, viel zu viel – und trotzdem viel zu wenig.

Danic würde heute Abend zurück nach Leipzig fahren. Vielleicht erzählte er ihr noch ein paar Details und vielleicht sah sie ihn zur Trauerfeier wieder. Aber nichts davon war sicher. Er würde bald wieder in seiner eigenen Welt verschwinden und sie konnte ihm nur wünschen, dass er mit den Verwicklungen seiner Familie zurechtkam.

Sie dagegen blieb hier. Allein mit den Schatten ihrer eigenen Vergangenheit.

Cleo riss an einer weiteren Ranke und spürte, wie diese einen lockeren Stein mit sich zog.

»Vorsicht!«, rief Claas. Es polterte, er sprang zur Seite und zahlreiche Steine fielen aus der Mauer auf den Boden. Wie bei einem Dominospiel riss einer den anderen mit.

»Tut mir leid«, murmelte Cleo zerknirscht, als Ruhe eingekehrt war.

Claas kratzte sich im Nacken, während er die Mauerlücke betrachtete. »Schon gut«, beruhigte er sie. »Das war zu erwarten. Das Ding ist einfach baufällig. Ich kann froh sein, dass es nicht schon längst einem Besuchenden vor die Füße gefallen ist.« Er rüttelte leicht mit der Hand an dem verbliebenen Mauerrest. »Was kaputt ist, muss man eben abreißen«, stellte er sachlich fest. »Das mit der Reparatur hat sich wohl erst mal erledigt. Komm, wir räumen die schon geschnittenen Ranken weg und sperren den Bereich erst mal. Ich überlege mir was. Mit dem Aufmauern müssen wir sowieso warten. Das mache ich erst im Frühjahr, wenn es keinen Frost mehr gibt.«

Sie holten Absperrband aus der Kapelle und sicherten die Baustelle.

Sebastian kam vorbei und begutachtete den Schaden. »Mir kam die Mauer immer so solide vor«, meinte er versonnen. »Unglaublich, wie gut der Efeu sie offensichtlich zusammengehalten hat.«

Wieder musste Cleo an den Spieß im Burger denken. Dann wanderten ihre Gedanken zurück zu einem Zeitpunkt in ihrem Leben, an dem alles noch gut ausgesehen hatte. Sie dachte an die Zeit, als ihre Mutter es noch geschafft hatte, sich vom Sofa aufzuraffen und im Garten zu werkeln. Cleo war ungefähr acht Jahre alt gewesen, als sie gemeinsam einen Teich angelegt hatten. An einem Wochenende hatten Vater, Mutter und sie abwechselnd mit einem Spaten ein Loch ausgehoben, in das sie eine schwarze Plastikwanne hinabließen. Cleo hatte sie im Baumarkt ausgesucht: Ein bisschen länger als sie selbst war, geformt wie eine Kidneybohne. Innen wurde sie stufenförmig enger. Mit Kies und Erde dichteten sie zum Schluss das Loch ab, sodass die Wanne fest im Rasen verankert war. Mutter besorgte in der Woche danach Wasserpflanzen und sie füllten gemeinsam den Teich. Am Ende durfte Cleo sogar drei Goldfische in der Tierhandlung aussuchen. Eigentlich hatte sie sich eine Schildkröte gewünscht, aber die Eltern meinten, es wäre zu kompliziert, sie zu versorgen.

»Cleo?« Sebastian stupste sie mit dem Finger an. »Was meinst du dazu?«

Verwirrt blinzelte sie. Worüber hatten die Männer gesprochen?

»Ähm. Ich hab leider gerade überhaupt nicht zugehört«, gestand sie verlegen.

Sebastian lachte leise. »Entweder sind Claas und ich sehr langweilig oder du hast ziemlich viel zu bedenken.«

Cleo grinste schief. »Letzteres.«

»Na, dann hast du vielleicht nichts gegen meinen Vorschlag einzuwenden.« Der junge Pfarrer zog den Kragen seiner Jacke fester zusammen und hauchte in seine Faust. »Das Wetter wird immer mieser«, stellte er mit einem Blick zum Himmel fest. »Es soll heute Nacht vielleicht sogar Schnee geben.«

Claas sammelte ein paar herumliegende Werkzeuge zusammen und steckte sie in seine Gärtnertasche.

»Frau Müller hat sich vorhin bei mir krankgemeldet und ich habe heute Nachmittag noch Termine. Claas würde gern ein paar Überstunden abbauen. Deshalb habe ich vorgeschlagen, dass du heute ausnahmsweise mal ganz früh Feierabend hast. Wenn du willst, kannst du jetzt gleich nach Hause gehen. Morgen braucht Simone dich wieder, aber für heute gibt es erst mal nichts mehr zu tun.«

Überrascht nickte Cleo. Sie war hundemüde und fand die Aussicht auf einen freien Nachmittag mehr als angenehm. »Ja, dann ... Klar will ich.«

Sebastian legte ihr die Hand auf die Schulter und drückte sie kurz. »Dann mach dir einen schönen Nachmittag.«

Zufrieden schlenderte Cleo zur Kapelle und zog sich um. Sie würde gleich zu ihrer Wohnung fahren und sich ins Bett legen. Die Nacht war kurz gewesen und sie hatte so viele Dinge zu verarbeiten.

Als sie aus der Kapelle trat, fegte ein scharfer Windstoß ihr den Pferdeschwanz ins Gesicht. Erste Tropfen fielen – statt Schnee gab es wohl erst einmal einen ordentlichen Regenschauer. Schade eigentlich nach dem herrlichen Sonnenschein am Morgen.

Cleo wollte zum Friedhofstor gehen, aber irgendwie hatte sie plötzlich Sehnsucht nach einem guten Gespräch mit dem Jesus in der Kapelle. Claas würde gleich abschließen, aber sie konnte wenigstens noch kurz Hallo sagen.

Rasch schlüpfte sie in den Hauptraum und ging nach vorn zu dem Wandbild.

»Schön, dass du immer da bist«, sagte sie leise. Ihre Stimme klang dennoch laut in der leeren Kapelle.

»Oh, du auch«, bekam sie zur Antwort.

Cleo fuhr erschrocken zusammen. Das war nicht die Stimme des Heilands. Es war die von Sebastian, der vor der ersten Bankreihe gekniet hatte. Blut schoss Cleo in die Wangen. Wie peinlich!

»Ich meinte eigentlich ihn«, erklärte sie schnell und zeigte mit dem Finger auf den Guten Hirten.

Sebastian lächelte schief. »Ach so. Ich hab mich schon gewundert.«

Sie sahen ein wenig verlegen aneinander vorbei. Die Situation war ziemlich unangenehm.

Sebastian fing sich als Erster. »Ja, also, ich wollte sowieso gerade gehen«, behauptete er und nahm seine Mütze in die Hand, die auf der ersten Bank gelegen hatte. »Claas schließt sicher gleich zu. Ich sage ihm, dass du noch hier bist, okay?«

»Ja, okay«, erwiderte Cleo und ließ sich auf die Bank sinken.

Der Vikar verließ die Kapelle. Cleo bemerkte, dass ein Hauch seines Aftershaves in der Luft zurückblieb. Durften Pfarrer so gut riechen? Völlig verwirrt schüttelte sie den Kopf. Das wurde ja immer besser. Sie musste wirklich mal ihre Gedanken und Gefühle sortieren.

Zum Glück war es leicht, sich an diesem Ort auf ein Gespräch mit Jesus einzulassen. Cleo kannte sich nur wenig aus mit dem, was über ihn in der Bibel stand, aber sie meinte, im Religionsunterricht gehört zu haben, dass er sich gern um die Außenseiter der Gesellschaft kümmerte. So jemand wie sie war für ihn kein Problemfall, das hatte sogar Sebastian ihr versichert, damals im Krankenhaus. Sie erzählte ihm rasch von ihren Erlebnissen am Tag zuvor, sicherheitshalber allerdings nur im Stillen. Schließlich konnte Claas jederzeit hereinplatzen und sie wollte nicht noch so eine superpeinliche Situation erleben.

Der Zustand der Friedhofsmauer wollte ihr nicht aus dem Kopf gehen, während sie still in der Kirchenbank hockte. Es kam ihr vor, als würde Jesus ihr damit etwas vor Augen führen wollen. Vielleicht, wie brüchig so vieles im Leben war. Dass manches, was stabil und intakt wirkte, in Wirklichkeit nur von den festen Zweigen des Efeus gehalten wurde. So wie die Lüge um Danics Mutter die heile Welt im Zirkus vorgegaukelt hatte. Oder wie der Gartenteich über die Tatsache hinweggetäuscht hatte, dass ihre Mutter von einer unstillbaren Sehnsucht nach ihrer Heimat und der Weite des Ozeans zerdrückt wurde.

Wahrscheinlich war auch dieses Praktikum nur ein verzweifelter Versuch, die schützende Mauer aufrechtzuerhalten, die Cleo zwischen sich und ihrer Vergangenheit aufgebaut hatte.

War es nicht an der Zeit, an den Ranken zu ziehen und die zerbrochenen Steine zu Fall zu bringen?

Was kaputt ist, muss eben abgerissen werden, klang Claas' Aussage in ihr nach.

Cleo hob die Augen und sah dem Guten Hirten fest ins Gesicht.

»Hilfst du mir?«, fragte sie laut.

Diesmal antwortete ihr eine Stimme im Herzen. *»Darauf kannst du dich verlassen.«*

Clementine atmete tief durch, stand auf und verließ mit festem Schritt die Kapelle.

Iota

Was kann man dazu noch sagen?
Wenn Gott für uns ist, wer kann dann gegen uns sein?
Römer 8,31

Die Glöckchen über der Tür klingelten leise. Es roch nach Knoblauch und Gemüse und die Wärme im Inneren der kleinen Imbissbude nahm Cleo beinahe den Atem. Sie zog den Reißverschluss ihrer Jacke auf und sah sich suchend um. Vier der sechs kleinen Tische aus dunklem Holz waren besetzt. Die Gäste sahen nicht auf, sondern widmeten sich genüsslich den dampfenden Tellern voller Reis oder Glasnudeln, die vor ihnen standen.

»Guten Tag«, piepste eine hohe Stimme vom Tresen her. Sie gehörte einer kleinen schwarzhaarigen Frau, die auf irgendetwas auf dem Tisch vor sich schaute. Als sie den Blick hob, quietschte sie vor Überraschung. »Clementine?«, rief sie laut und war mit einem Satz um den Tresen herum. Eine winzige Orchideenpflanze kam dabei ins Wanken.

Cleo biss sich auf die Lippe. Tränen schossen in ihre Augen. Die kleine Frau sprang auf sie zu und umarmte sie so fest, dass Cleo die Luft wegblieb.

Jetzt schauten die Gäste doch neugierig zu ihnen herüber.

»Wie groß du geworden bist, meine kleine Cleo«, stellte die Frau fest, als sie einen Schritt zurücktrat. »Ich freue mich so, dich zu sehen.«

»Ich freue mich auch, Tante Pho«, brachte Cleo mühsam heraus. »Darf ich nach hinten kommen?«

»Aber natürlich!« Tante Pho trat zur Seite und ließ Cleo hinter den Tresen schlüpfen. Hier gab es zwei Türen. Eine führte in die

Küche, die andere in eine kleine Kammer, die der Imbissbetreiberin sowohl als Büro als auch als Pausenraum diente. Eigentlich wohnte Tante Pho praktisch hier. Cleo hatte sie als kleines Kind oft besucht und in dem winzigen Zimmerchen Fernsehen geschaut, während Tante Pho und ihre Mutter die Gäste bedienten. »Bernd! Kümmere dich mal um die Gäste, ich hab zu tun!«, rief die kleine Frau in die Küche. Damit schob sie Cleo in den Pausenraum und schloss die Tür hinter sich. Sie baute sich vor ihr auf und musterte sie von oben bis unten. »Ich kann nicht glauben, dass du hier bist. Gut siehst du aus! Sehr gut!«

»Danke, Tante«, gab Cleo lächelnd zurück. »Du aber auch.«

Eine Weile sagte keine von ihnen etwas. Cleo wusste nicht recht, wie sie anfangen sollte. Dann schluckte sie, gab sich einen Ruck und zog drei Geldscheine aus der Jackentasche.

»Weißt du, ich hab dir vor drei Jahren siebzig Euro geklaut«, sagte sie mit fester Stimme. »Ich möchte sie dir zurückgeben.«

Die Tante war völlig perplex. Sie runzelte die Stirn und schüttelte den Kopf. »Was sagst du da? Du hast mich doch nicht bestohlen. Nein, nein. Du musst dich irren.«

»Doch, habe ich«, beharrte Cleo. »An meinem Geburtstag. Du hast mit Vater gestritten und ich habe das Geld aus deiner Tasche genommen. Sie lag im Flur. Ich war so wütend, weißt du, aber es war falsch von mir. Es wäre schön, wenn du mir verzeihen könntest.«

Tante Pho schüttelte unwillig den Kopf. »So ein Unsinn, Clementine. Was auch immer da passiert ist, es ist doch ganz egal. Ich will das Geld nicht haben. Du hast so viel durchgemacht. Kein Geld der Welt kann das bezahlen. Und wenn hier jemand jemandem verzeihen muss, dann du mir. Ich habe dich im Stich gelassen.«

Heiße Tränen rannen Clementines Wangen hinunter, aber sie hob abwehrend die Hand. »Nein, hast du nicht. Du kannst nichts dafür. Mutter hat mich verlassen, aber du hattest doch nicht die Aufgabe, sie zu ersetzen.«

Tante Pho ließ sich auf das durchgesessene Sofa sinken, das an der Wand stand. Sie stützte den Kopf auf ihrer Hand ab, als sei er plötzlich zu schwer geworden. »Du bist weggelaufen und gleich danach bin ich weggelaufen«, erklärte sie stockend. »Ich hatte Angst vor deinem Vater. Er war so wütend. So wütend war er! Aber das war falsch von mir.«

Cleo sah ihr ins Gesicht. »Hat er sich noch mal bei dir gemeldet seitdem?«

Tante Pho schüttelte erneut den Kopf. »Nein, und ich mich auch nicht bei ihm. Die Stadt ist klein, aber ich bin ihm immer aus dem Weg gegangen.«

Cleo nickte. Sie hatte es nicht anders erwartet. Nachdem sie damals im Krankenhaus aufgewacht war, war sie selbst nicht noch einmal nach Hause gekommen. Ihr Vater hatte sie besucht, aber sie hatte ihn jedes Mal vollkommen ignoriert. Hatte sich einfach geweigert, auch nur ein Wort mit ihm zu sprechen.

Irgendwann hatte er es aufgegeben. Sie war in die WG gezogen und der Kontakt zu ihrem Vater beschränkte sich auf die Termine, die sie beim Jugendamt und vor Gericht hatten.

Sie hatte nie vorgehabt, ihm zu verzeihen.

Vielleicht war sie irgendwann so weit, aber heute sicher noch nicht.

»Drei Jahre sind eine lange Zeit«, sagte Tante Pho schließlich. »Niemand hat mir gesagt, wo du bist.«

»Tja, ich war immer hier. In der Stadt, meine ich. Aber ich wollte nichts mehr mit früher zu tun haben, also bin ich auch nie hergekommen.« Cleo starrte auf die vergilbte Tapete. An der Wand hingen Fotos in billigen Rahmen. Sie zeigten Palmen, weiße Sandstrände und bunte Tempelanlagen. Thailand, das Heimatland von Tante Pho. Das Heimatland ihrer Mutter.

»Hast du …?«, begann Cleo zögerlich. Sie war sich nicht sicher, ob sie stark genug für diese Frage war. »Hast du etwas von ihr gehört, seit sie verschwunden ist?«

Tante Pho riss ihre dunklen Augen weit auf. Es dauerte eine

Weile, bis sie antwortete. »Aber natürlich! Du denn nicht?« Cleo spürte, wie ihr Herz zu rasen begann.

»Ich habe deinem Vater jeden Monat einen Brief für dich gegeben!«, rief ihre Tante außer sich. »Sie schreibt an mich, weil sie nicht will, dass die Post in seinem Kasten landet. Aber bis zu deinem Verschwinden bin ich immer wieder zu ihm gegangen und habe die Briefe abgeliefert. Er hat gesagt, dass er sie dir gibt. Sogar, dass du dich bedankst, hat er gesagt.«

Jetzt war es an Cleo, fassungslos zu sein. Sie hatte nie einen Brief von ihrer Mutter erhalten.

»Sie sind nicht bei mir angekommen«, flüsterte sie.

Jahrelang hatte sie geglaubt, ihre Mutter hätte sie einfach vergessen. Was hatte ihr Vater mit den Briefen gemacht? Lagen sie noch irgendwo herum, da, wo er jetzt mit seiner neuen Frau lebte? Oder hatte er sie vernichtet?

»Deine Mutter glaubt, du bist glücklich bei ihm«, fuhr Tante Pho mit zitternder Stimme fort. »Nur deshalb hat sie dich doch zurückgelassen: weil sie dir nicht zumuten wollte, in einem fremden Land zu leben. Manchmal ist sie traurig, dass du nie geantwortet hast – immer noch. Aber sie denkt, dass das deine Art ist, die Trennung zu verarbeiten. Nun ja, und in den vergangenen drei Jahren wusste ich ja auch nicht, wohin ich die Briefe hätte bringen sollen ...«

Cleo ließ sich neben Tante Pho auf das Sofa sinken, denn ihr hatten die Hände und Knie zu zittern begonnen. Sie sah ihrer Tante fest in die Augen, als könnte sie dort Halt finden.

Da war so vieles, was sie verloren hatte, aber jetzt, in diesem Augenblick, kehrte die Hoffnung zurück.

»Dann kannst du mir sagen, wo sie ist, oder?«

Tante Pho legte eine Hand auf ihren Arm.

»Ja«, bestätigte sie mit einem Nicken. »Deine Mutter und Teddy sind in Thailand, das hast du dir bestimmt gedacht. Ich habe ihre Adresse und ich weiß vieles. Wenn du willst, erzähle ich dir alles. Aber warte einen Moment.« Sie stand auf. Cleo sah ihr zu, wie sie zu einer Kommode ging, auf der die Nachbildung eines hinduistischen Tempels stand. Sie zog eine Schublade auf und nahm etwas heraus. Dann kam sie zurück zum Sofa. In Cleos Schoß legte sie ein Päckchen Briefe, zusammengehalten mit einem grünen Gummiband. »Das sind alle, die sie *nach* deinem Verschwinden geschickt hat. Lies sie in Ruhe. Ich habe keinen davon geöffnet.«

Immer noch liefen Tränen aus Cleos Augen und sie hatte Angst, sie könnten auf die wertvollen Briefe tropfen. Mit dem Ärmel wischte sie sich über Gesicht und Nase.

»Schau, da sind sie.« Tante Pho nahm eine Fotografie in die Hand, die an dem Tempel gelehnt hatte.

Durch ihren Tränenschleier sah Cleo eine schwarzhaarige Frau, die den Arm um einen Jungen mit brauner Strubbelmähne gelegt hatte. Er war ungefähr sechs Jahre alt. Ein Grundschüler mit frechem Grinsen und nacktem Oberkörper. Die beiden standen an einem weißen Strand, im Hintergrund sah Cleo bunte Schilder, die an einer Holzhütte für Getränke warben.

Mama und Teddy.

Martin war so groß geworden. Ob er sich immer noch mit seinem Spitznamen nennen ließ?

Cleo fühlte Erleichterung, aber noch mehr fühlte sie sich betrogen. Diese beiden, sie strahlten vor Glück. Cleo konnte sich nicht erinnern, ihre Mutter jemals so fröhlich gesehen zu haben.

Und Teddy? Er war ihr Baby gewesen die ganze Zeit. Cleo hatte ihn als Säugling gefüttert, ihm frische Windeln gegeben und ihn in den Schlaf gewiegt. Später hatte sie ihn in die Kita gebracht, bevor sie selbst zur Schule fuhr, und wieder abgeholt, wenn die letzte Schulstunde vorbei war. Mutter hatte sich kaum vom Sofa bewegt. Sie war krank gewesen seit Teddys Geburt. Eine Wochenbettdepression hatte Vater es am Anfang genannt. Dann nur noch Depression und irgendwann hatte er einfach geschimpft, sie solle sich gefälligst zusammenreißen und ihr blödes Heimweh endlich überwinden.

Dass Mutter jetzt glücklich war, konnte Cleo ihr gönnen. Aber Teddy hatte immer nur gelacht, wenn sie, seine Schwester, in seiner Nähe gewesen war.

Cleo schloss die Hand um das Bündel Briefe in ihrem Schoß. »Danke, Tante Pho«, sagte sie. »Ich denke, ich sollte jetzt gehen.« »Aber komm wieder«, bat die Tante. Sie steckte Cleo eine Tüte Süßigkeiten zu. »Komm, sooft du magst. Ich mache dir Nudeln. Du mochtest meine Nudeln, weißt du noch?« Cleo nickte schwach und ging zur Tür. »Ich komme bestimmt«, versprach sie. Zum ersten Mal seit drei Jahren hatte sie wieder Appetit auf asiatisches Essen. Trotzdem wollte sie in ihre Wohnung. Es gab so viel zu verstehen. Vielleicht fand sie eine Antwort in dem Päckchen Papier zwischen ihren Fingern.

Auf dem Heimweg ließ Cleo das Bündel immer wieder durch ihre Finger gleiten. Sie saß im Bus und strich über die Umschläge. Einige waren klein, weiß und fest. Manche fühlten sich weicher an, das Papier weckte die Erinnerung an Teddys Haut, als er ein Neugeborenes war. Dazwischen steckten auch zwei größere braune Umschläge. Alle trugen schwarze Stempel und bunte Marken. Auf den obersten hatte jemand eine Sonne gemalt und ein Wassertier, das vermutlich ein Delfin sein sollte.

Ob Teddy sich wirklich an seine große Schwester erinnern konnte? Er war noch nicht einmal drei Jahre alt gewesen, als Mutter und er verschwunden waren.

Cleo atmete durch und sah aus dem Fenster auf die vorbeiziehenden Häuser. Sie ließ den Morgen vor ihrem inneren Auge passieren, an dem sie bemerkt hatte, dass etwas fehlte. Sie war kurz vor sechs Uhr aufgewacht und hatte, wie immer, als Erstes zu Teddys Bett hinübergeschaut.

Es war leer.

Erschrocken war Cleo aufgesprungen. War Teddy krank? Hatte Vater ihn aufgeweckt? Wieso hatte sie nichts gehört?

Sie wunderte sich, dass auch sein Schnuller, das Stofftier und die Kuscheldecke fehlten. Im Flur standen weder seine Schuhe noch der Kinderwagen. Auch die Jacke war weg. Mit einem wachsenden Gefühl der Panik hatte Cleo sich umgesehen. Die Jacke ihrer Mutter, die Handtasche, ihre Schuhe. Sogar die kleine Buddha-Statue von der Kommode war nicht mehr da. Es musste etwas wirklich Schlimmes passiert sein. Vielleicht saß Mutter gerade mit Teddy im Krankenhaus. Aber warum hatte sie nichts gehört, wenn doch sogar Mutter wach geworden war?

Sie hatte auf dem Absatz kehrtgemacht und war ins Wohnzimmer gegangen, um nachzusehen, ob Mutter ihr eine Nachricht hinterlassen hatte. In seinem Sessel hatte ihr Vater gesessen und sie angestarrt.

Cleo kniff die Augen zusammen bei der Erinnerung.

»Sie kommen nicht wieder«, hatte Vater, vollkommen regungslos, gesagt.

Der Bus hielt an der Haltestelle, an der Cleo rausmusste. Sie steckte die Briefe unter ihre Jacke und stieg aus. Bis zur Wohnung war es nicht mehr weit.

Mit schnellen Schritten brachte Cleo den Weg hinter sich und eilte die Treppen nach oben.

Endlich konnte sie die Tür hinter sich schließen. Sie streifte Schuhe und Jacke ab, drehte die Heizung hoch und kuschelte sich auf das billige Sofa, das Mike und Richard in das Zimmer geschleppt hatten.

Rosalie lag neben ihren Füßen, als sie das Kuvert öffnete, das das älteste Datum auf dem Poststempel trug. Es war einer der größeren Umschläge und er fühlte sich dick an.

Cleo schlitzte ihn mit dem Finger auf. Weißer Sand rieselte in ihren Schoß.

Meine wundervolle Tochter, begann das Schreiben in der krakeligen Handschrift ihrer Mutter. *Ich vermisse dich mehr, als ich sagen kann.*

Mit jedem Umschlag, den Cleo öffnete, kehrte ein Stück ihres zersplitterten Herzens an den Ort zurück, an den es gehörte.

Die verstreuten Teile fügten sich ineinander. Teddys Lachen und Mutters dunkle Augen waren Cleo wieder nah. Sie spürte die Verzweiflung nach, die Mutter dazu gebracht hatten zu gehen.

Sie las, dass Mutter geglaubt hatte, es wäre für Cleo einfacher, bei ihrem Vater zu bleiben, als in ein so fremdes Land zu ziehen. *Teddy ist klein, er wird Deutschland schnell vergessen,* schrieb sie. *Aber du hast deine Wurzeln dort. Bitte komm mich besuchen. Tante Pho wird dich begleiten. Wenn ich genügend Geld gespart habe, schicke ich dir ein Ticket.* Manche Briefe brachten Cleo zum Lächeln, manche ließen sie haltlos schluchzen. Als sie das letzte Kuvert geöffnet und den Brief gelesen hatte, fühlte sie sich so müde, als hätte sie jahrelang nicht geschlafen.

So wie sie war, streckte sie sich auf dem Sofa aus, nahm Rosalie in den Arm und fiel in einen tiefen Schlaf.

Das Klingeln ihres Handys weckte sie, als es draußen schon dunkel war.

»Danic?«, murmelte sie verschlafen, als sie seine Nummer auf dem Display erkannte. Sie nahm den Anruf an und setzte sich auf.

»Hey, Künstlerin«, begrüßte er sie. Cleo hörte das Lächeln in seiner Stimme. Ihr wurde warm davon.

»Ich wollte dir nur sagen, dass ich zurück in Leipzig bin. Unglaublich, was in den letzten beiden Tagen alles passiert ist. Danke, dass du dabei warst. Ich hoffe, dein Tag war heute ruhiger als meiner.«

Ich glaube kaum, dachte Cleo, aber sie war noch nicht bereit, darüber zu reden. Deshalb nickte sie nur, bis ihr einfiel, dass er sie nicht sehen konnte. »Es gab keine weiteren Toten«, sagte sie deshalb trocken.

Danic lachte. »Gut so. Bei mir auch nicht.«

Eine Weile schwiegen sie beide.

»Die Sache mit meinen Eltern hat mich ganz schön aus der Bahn geworfen«, gab Danic schließlich zu. »Wahrscheinlich fahre ich am Wochenende ins Winterquartier und nehme mir Zeit, mit Carina und Didi zu reden. Aber es hängt so viel daran. Zum Beispiel die Frage, wer mein Vater ist. Ich frage mich, ob er überhaupt von mir weiß.« Er seufzte.

Cleo überlegte, was sie sagen sollte. Aber Danic war noch nicht fertig. Er erzählte ihr von seinen Überlegungen, das Studium gleich wieder zu pausieren und eine Weltreise zu machen. Aber eine Reise in seine Vergangenheit erschien ihm jetzt viel wichtiger.

»Und was ist mit Aury?«, fragte Cleo nach. »Sie gehört doch auch zu deiner Vergangenheit, oder? Und ich glaube, dass sie auch in deiner Zukunft eine Rolle spielen wird.«

Während sie auf Danics Reaktion wartete, beobachtete Cleo die Äste des Baumes vor ihrem Zimmerfenster, die der Wind hin und her bewegte.

»Ich werde mit ihr reden müssen«, sah Danic ein. »Vielleicht hab ich irgendwann den Mut dazu.«

Cleo schmunzelte und sagte: »Du kannst ihn dir einfach nehmen. Glaub mir, es lohnt sich.«

Nachdem Danic aufgelegt hatte, wählte Cleo direkt Noras Nummer. Sie hatte es verdient, die Erste zu sein, die alles über Clementine Hanssens bewegte Familiengeschichte erfuhr.

❦

Danic starrte auf das Telefon in seiner Hand.

Du kannst ihn dir einfach nehmen. Das klang so leicht, wenn Cleo es sagte. Aber wie sollte er bloß ein Gespräch mit Aury beginnen? Er schüttelte den Kopf, legte das Gerät weg und ging in die WG-Küche. Außer ihm war gerade niemand da. Seine Mitbewohner hatten allerdings in den paar Tagen, in denen Danic unterwegs gewesen war, einen beachtlichen Berg Abwasch produziert. Genervt nahm er eine der schmutzigen Tassen von dem Stapel und spülte sie ab. War er eigentlich der Einzige, der hier Wert auf Ordnung legte?

Während warmes Wasser über seine Hände rann und er die Tasse mit Schwamm und Spüli bearbeitete, drängte Jake sich in Danics Gedanken.

War Aury nun mit ihm zusammen oder war das alles nur gespielt? Flirtete er nur mit ihr, so wie er es mit jedem Mädchen tat? Oder nahm er wirklich nicht nur Danics Platz im Zirkus ein, sondern auch in Aurys Herzen?

Unwillkürlich ballte er eine Faust um den Spülschwamm. Nein, das konnte niemals passieren. Oder?

Danic trocknete die Tasse ab und stellte den Wasserkocher an. Er brauchte einen Tee, vielleicht würde ihn das ein wenig beruhigen. Während das Wasser langsam zu kochen begann, tigerte er unruhig in der Küche auf und ab.

Cleo hatte den Finger zielgenau in seine Wunde gelegt, als sie feststellte, dass er Aurelie immer noch liebte. So offensichtlich war es also für alle anderen. Und für Aury selbst?

Ob sie ihn wirklich mit Jake betrogen hatte? Und wenn ja – würde er ihr das überhaupt verzeihen können?

Das alles war einfach viel zu kompliziert.

Und er würde nie herausfinden, welche seiner Befürchtungen stimmten und welche nicht, wenn er nicht endlich mit Aurelie redete.

Er goss den Tee auf, nahm die Tasse und ging ins Wohnzimmer. Hier war es genauso chaotisch wie in der Küche. Danic schob ein paar Zeitschriften beiseite und stellte die Tasse auf den Couchtisch. Dann ließ er sich auf das Sofa fallen, streckte die Beine aus und starrte wieder auf sein Handy.

Du kannst dir den Mut einfach nehmen.

Ewig weitergrübeln oder die Wahrheit erfahren.

Danic schloss die Augen. Cleo war mutig gewesen. Sie war zu ihrer Tante gegangen und hatte sich der Vergangenheit gestellt. Also würde er es doch wohl schaffen, seine Herzensschwester anzurufen, auch wenn sie ihn vielleicht noch einmal zerstören würde.

Er musste es einfach riskieren.

Entschlossen öffnete Danic die Augen wieder und setzte sich aufrecht hin. Er holte tief Luft und wählte Aurys Nummer.

Das Freizeichen ertönte.

Es ertönte ein zweites Mal

Danic fühlte, wie seine Hände vor Nervosität feucht wurden.

Ein drittes Mal.

Sie ist beschäftigt, dachte er und wollte auflegen. *Oder will nicht mit mir reden.*

In diesem Moment meldete sich eine Stimme.

»Hallo? Danic?«

Jake! Das war Jake, der an Aurys Handy ging! In Danic explodierte all die angestaute Angst und Wut mit einer einzigen, mächtigen Druckwelle.

»Jake, du mieser Verräter!«, brüllte Danic ins Telefon. Er sprang auf und trat mit dem Fuß gegen den Sessel. »Reicht es nicht, dass du mit meiner Freundin schläfst? Musst du auch noch an ihr Telefon gehen, wenn ich sie anrufe?«

»Wowowow …«, machte Jake.

Danic hörte ihn kaum, so sehr rauschte das Blut in seinen Ohren. Außerdem schmerzte sein Zeh.

»Jetzt mach aber mal langsam«, redete Jake weiter. »Ich schlafe mit Aury? Wer behauptet denn so was?«

Danics Herz hämmerte wie wild, aber das Pochen im Zeh machte seinen Kopf klarer. Er versuchte, Jakes Worte einzuordnen. Er klang ehrlich verwundert.

»Au…« Danic stockte.

»Au? Ist alles okay mit dir? Bist du krank oder so? Oder hast du was genommen?«

»Wer ist denn dran?«, hörte Danic jetzt Aurys Stimme im Hintergrund. »Gib mal her. Hey, hier ist Aury.«

»Hey.«

»Danic?«

Danic ließ sich zurück auf das Sofa fallen. »Ja.«

»Er denkt, ich hätte mit dir geschlafen«, mischte Jake sich wieder ein.

Danic presste eine Hand an die Stirn. Dieser Anruf lief eindeutig aus dem Ruder.

»Oh, Danic.«

Aurys Stimme klang so wunderbar weich, so vertraut, so nach zu Hause. Er musste ein Schluchzen unterdrücken, das plötzlich aus seiner Brust aufstieg.

»Lass mich mal allein, Jake«, hörte er Aury sagen. »Wir sind für heute sowieso fertig. Nimm doch gleich die Kamera mit und gib sie meiner Mutter. Wir sehen uns morgen.«

Anscheinend machte Jake widerspruchslos, was Aury ihm befahl. Danic hörte ein Klappern und das leise Klatschen von Schritten auf einer Gummiplane, dann war es still.

»Jetzt ist er weg«, sagte Aury sanft.

Danic schwieg.

Was sollte er nur sagen? Ich liebe dich? Ich bin ein Idiot? Bitte verzeih mir? Aber in welcher Reihenfolge?

»Es tut mir alles so leid«, hörte er Aury flüstern. Weinte sie etwa?

»Mir auch«, gab er zurück. Seine Stimme klang heiser.

»Da ist nichts zwischen Jake und mir«, setzte Aury nach. »Wir sind einfach Kollegen. Okay, wir haben ein bisschen geflirtet, im Frühling, du weißt schon. Keine Ahnung, ob er's damals ernst gemeint hat, aber ich hab es jedenfalls nie ernst gemeint. Ich wollte nur … Irgendwie wollte ich dich provozieren. Oder vielleicht wollte ich wissen, ob ich bei einem anderen landen kann. Dich konnte ich ja nicht verführen. Ich dachte, vielleicht liegt's an mir. Vielleicht bin ich nicht sexy genug.«

»So ein Schwachsinn!«, brauste Danic auf. Konnte sie das wirklich denken?

»Du bist die schönste Frau, die ich kenne!«, stellte er klar. »Ich bin verrückt nach dir, schon immer!«

»Na ja, du hast mich verlassen. Für die Rechtswissenschaft.«

Danic seufzte. »Ich weiß. Es war dumm von mir.«

»Auch nicht dümmer als meine bescheuerte Behauptung, Jake wäre nicht so zögerlich wie du. Ich weiß auch nicht, was über mich gekommen ist, das zu sagen. Ich hab es einfach nicht mehr ausgehalten, immer wieder bei dir auf Ablehnung zu stoßen.«

»Ich wollte uns nur schützen«, murmelte Danic schwach.

»Und ich weiß jetzt, dass das gut war«, gab Aury zurück.

Danic schloss die Augen. Er wollte Aurelie so gern einfach in die Arme nehmen und festhalten. Für immer.

»Ich war noch nie so froh darüber zu erfahren, dass ich angelogen wurde«, flüsterte er ins Handy.

Aurelie lachte leise. »Ach, Danic. Ich liebe dich.«

»Kannst du mir verzeihen, dass ich dich mit meinen Büchern betrogen habe?«

»Kannst du mir verzeihen, dass ich dich mit meinen verletzten Gefühlen betrogen habe?«

Sie lachten beide, leise, unisono. Vertraut.

»Warte kurz«, sagte Danic und stand auf. »Gib mir zwei Stunden. Oder drei. Dann gebe ich dir meine Antwort.«

Mit dem Telefon am Ohr ging er in den Flur, zog seine Jacke über, prüfte, ob der Geldbeutel in der Brusttasche steckte, schlüpfte in seine Schuhe und öffnete die Wohnungstür.

Aury schwieg verwirrt, dann fragte sie: »Was hast du vor?«

»Ich gehe zum Bahnhof und setze mich auf den nächsten Zug, der kommt. Ich will dich in den Arm nehmen. Ich *muss* dich in den Arm nehmen.«

Er schickte ihr einen Kuss durch das Telefon, legte auf, rannte die Treppe hinunter und trat auf die Straße. Es war kalt, es war spät und vermutlich würde er stundenlang auf eine Verbindung in das kleine Nest warten müssen, in dem das Winterquartier lag. Aber das war egal. Er musste zurück zu seiner Herzensschwester, seiner Geliebten, seiner Sonne.

Mit großen Schritten überquerte er die Straße und eilte zur nächsten Straßenbahnhaltestelle.

Zwischen Kappa
und Omega

**Denn ich bin ganz sicher: Weder Tod noch Leben,
weder Engel noch Dämonen, weder Gegenwärtiges
noch Zukünftiges noch irgendwelche Gewalten,
weder Hohes noch Tiefes oder sonst irgendetwas
auf der Welt können uns von der Liebe Gottes trennen,
die er uns in Jesus Christus, unserem Herrn, schenkt.**

Römer 8,38f.

»Wehe, wenn mir ein Kamel in die Haare sabbert!«, scherzte Nora. Sie machte es sich auf dem gepolsterten Logensessel gemütlich und begann, genüsslich Popcorn zu futtern.

Fröhlich schaute Cleo sich um. Das schummrige Licht im Zirkuszelt sorgte für eine geheimnisvolle Atmosphäre. Lachende und schwatzende Menschen füllten nach und nach die Ränge. In der Luft hing der Duft nach Popcorn und Sägemehl. Zwei Männer in schmucken Uniformen, samtrot mit goldenen Troddeln, wiesen den Gästen freundlich lächelnd den Weg.

»*Hereinspaziert!*«, dachte Cleo heiter. Didi Wittenmeer befand sich noch hinten im Zelt, aber sie erinnerte sich nur zu gut daran, wie er Simone und ihr die Tür zu Maries Wohnung geöffnet hatte. Dieser Tag, den sie mit Sicherheit nie vergessen würde, lag inzwischen bereits ein halbes Jahr zurück. Mit keinem Gedanken hätte sie es damals für möglich gehalten, den Zirkusdirektor irgendwann einmal zum Mittagessen zu besuchen.

Genau das hatten sie heute gemacht. Vor ein paar Stunden flatterte noch das weiße Tischtuch der langen Tafel im warmen

Frühlingswind. Nana verteilte stolz das Essen in die vielen Schüsseln. Fee flitzte hin und her, um die Gäste zu bedienen. Sie liebte Cleo geradezu, obwohl diese sich fragte, was sie wohl tat, um eine solche Wirkung auf die Kleine zu haben.

Neulich hatte Nora vorgeschlagen, dass Cleo doch mal schauen sollte, ob sie nicht vielleicht doch Erzieherin werden oder Soziale Arbeit studieren wollte. Offensichtlich lag ihr die Arbeit mit Menschen – nicht nur mit den toten. Der Gedanke erschien Cleo gar nicht mehr so abwegig. Es machte ihr immer noch sehr viel Spaß, mit Simone, Claas und Sebastian zu arbeiten. Trotzdem würde sie in nächster Zeit entscheiden müssen, wie es nach dem Jahr des Freiwilligendienstes weitergehen sollte. Cleo schmunzelte. Sie hatte diese drei Menschen so tief in ihr Herz geschlossen. Noch so eine Sache, die sie vor einiger Zeit für unmöglich gehalten hatte.

»Ist alles in Ordnung bei den Ladys?«

Polnik, einer der schmucken Platzeinweiser, stand mit zwei Bechern in den Händen neben ihrem Sitz. »Danic meint, ihr würdet Cola mögen. Das geht natürlich aufs Haus!« Er lächelte charmant und gab Cleo die Becher in die Hände.

»Vielen Dank! Jetzt sind wir aber wirklich perfekt versorgt.«

»Nein, euch fehlt noch eine Lichtschleuder«, behauptete Filou, der quer durch die Manege auf sie zugehüpft kam. Er trug die gleiche Samtjacke wie die Männer und sah unfassbar niedlich darin aus. In einer kleinen Bauchladen-Schachtel trug er batteriebetriebene Spielzeuge, die leuchtende Gummischläuche im Kreis drehen ließen.

»Du hast so was von recht«, stimmte Nora begeistert zu. »Was kosten die denn? Fünf Euro?«

»Genau.« Filou strahlte Nora an.

»Dann gib mir mal zwei Stück.« Zufrieden zog der Junge weiter, nachdem Nora ihm einen Zehner gegeben hatte.

Cleo drückte auf den Knopf und betrachtete die kreisenden bunten Lichter.

Wie glücklich sie war. Vor ein paar Monaten hätte sie das niemals für möglich gehalten. Das Zirkuszelt war mittlerweile gut gefüllt und Cleo spürte die wachsende Aufregung. Es war, als hielten die Menschen schon gespannt den Atem an. Sie kamen hierher, um ein Abenteuer zu erleben. Um aus ihrer staubigen Alltagswelt für ein paar Stunden einzutauchen in ein Leben voller Licht und Glitzer.

Clementine wusste, welche Dramen und Anstrengungen hinter der schillernden Kulisse lagen, und trotzdem wurde sie von dem Zauber genauso erfasst wie alle anderen.

Mehr noch als sie – vielleicht.

Sie war so stolz auf die Zirkusfamilie, als wäre es ihre eigene. Die Wittenmeers hatten ein schreckliches Unglück überstanden und zusammengehalten, als ihre Welt in tausend Stücke zerbrach. Selbst Pfeffer und Marie waren dem auf ihre Weise begegnet.

Danic hatte Cleo erzählt, was seine Stiefeltern ihm nach und nach berichtet hatten: Pfeffer hatte nach Coronas Tod dafür gesorgt, dass Didi die Rolle des Direktors übernahm. Marie war diejenige, die ihren Sohn und Carina dabei unterstützt hatte, den kleinen Daniel Nicolas zu adoptieren. Sowohl sie als auch Pfeffer hatten ihn immer als ihren Enkel betrachtet, so wie Corona wie eine Tochter für sie gewesen war. Sie hatten sich zurückgezogen, aber zuvor dafür gesorgt, dass ihre Familie weitermachen konnte. Sie hatten offiziell alle Schuld auf sich genommen. In Presseberichten und dem Gerichtsverfahren war Pfeffer derjenige, der für jeden Fehler geradestand. Cleo empfand ehrliche Hochachtung vor diesen Menschen, die das Schwerste erlitten und trotzdem weitergelebt hatten. Wer war sie zu urteilen, ob es einen besseren Weg gegeben hätte?

Die einsetzende Musik riss Cleo aus ihren Gedanken.

»Es geht los!«, freute sich Nora neben ihr. Sie griff nach Cleos Hand und drückte sie aufgeregt. »Es wird bestimmt fantastisch!«

Ja, dachte Cleo und erwiderte Noras Händedruck. *Legt los, Familie Wittenmeer und Co. Erzählt uns Geschichten. Lasst uns*

Gefühle haben, die wir in unserem Leben vermissen. Entführt uns in eure Welt aus Wagemut und Heiterkeit und macht uns Lust, etwas davon mit nach Hause zu nehmen – weil ihr uns zeigt, dass es möglich ist.

Sie lehnte sich auf ihrem Sitz nach vorn und begann, enthusiastisch zu klatschen, als Didi Wittenmeer mit glitzerndem Jackett und stolzer Haltung die Arena betrat.

»Willkommen im Zirkus Wittenmeer!«, begann er mit seiner vor Lebendigkeit sprühenden Stimme. »Seid unsere Gäste in diesen beiden Stunden voller Spannung und Romantik. Werdet Zeuge mutiger Künste und tiefer Gefühle. Ich verspreche euch, ihr werdet zittern. Ihr werdet lachen und ihr werdet weinen. Und wer am Ende sagen kann, dass nichts von allem ihn berührt hat, liebe Leute: Dem gebe ich höchstpersönlich sein Geld zurück!«

Die Menge klatschte und jubelte. Nora drückte schon jetzt ein Tränchen der Rührung weg. *Macht nichts, wir haben sowieso keinen Eintritt bezahlt,* dachte Cleo amüsiert. Sie warf einen Blick auf die Familie, die neben ihr auf den Logensesseln saß. Der Vater wirkte noch etwas kritisch, während seine Frau höflich applaudierte. Die beiden Kinder hüpften auf ihren Sitzen auf und ab und klatschten begeistert. Vermutlich hofften sie, dass dadurch die Kamele schneller kommen würden.

»Und nun: Manege frei für unsere beliebten Ponys unter der Leitung von Freddy, dem Wilden!«

Heitere Western-Musik ertönte und Cleo erwartete eine Art Lucky-Luke-Szene. Dann öffnete sich der Vorhang. Eine einzelne Ziege kam hereingetrottet, stellte sich in die Mitte der Manege und sah sich um. Das Publikum lachte.

»Lilly!«, rief Cleo und begann zu klatschen.

Ein Spotlight wurde in die Manege gerichtet, drehte sich einmal im Kreis und verharrte schließlich auf der braunen Ziege, die wie festgewachsen dastand und den Kopf senkte. Jetzt erst entdeckte Cleo, dass ein paar Leckerlies auf dem Boden zu liegen schienen.

»Lilly!«, brüllte eine Stimme von hinten. »Das ist nicht deine Nummer! Komm sofort zurück!«

Wieder lachte das Publikum. Die Ziege meckerte, dann machte sie kehrt und trottete zurück hinter den Vorhang.

Die Western-Musik setzte wieder ein und nun trabte eine kleine Ponyherde in das Zirkuszelt. An ihren Köpfen leuchteten bunte Bänder. Sie liefen munter im Kreis, begleitet vom rhythmischen Klatschen der Zirkusbesucher. In der Mitte der Manege stand Freddy. Cleo betrachtete ihn voller Bewunderung. Der alte Mann hatte einen Buckel und wirkte schmal und zerbrechlich.

Freddy, der Wilde? Sein Cowboy-Outfit ließ an wilde Ritte und gefährliche Duelle denken, doch ansonsten strahlte der Mann alles andere als Wildheit aus. Im Gegenteil, Cleo war tief berührt von der Ruhe, die von ihm ausging. Er stand zwischen den kreisenden Pferden wie ein Fels in der Brandung. Mit bedächtigen Bewegungen dirigierte er die Herde, völlig konzentriert inmitten des Tobens und der lauten Musik.

Ein Mentor mit Zuversicht und Lebenserfahrung, dachte Cleo. Was für ein Schatz er für Danic war. Sie wusste, wie dankbar dieser dem alten Mann für all die Zeit und Ratschläge war, die er immer wieder für ihn aufgebracht hatte.

Freddy, der Wunderbare, nannte Cleo ihn insgeheim. Sie lächelte ihm zu, obwohl er in diesem Moment nur die Ponys wahrnahm, die er mit all seiner Liebe täglich umsorgte.

Nummer auf Nummer folgte.

Nora und Clementine genossen jede Sekunde. Sie lachten über die Clowns, mit denen sie heute am Mittagstisch gesessen hatten. Bewunderten die Tiere, auch wenn Nora beinahe rückwärts über ihre Sessellehne geklettert wäre, als ein Kamel direkt vor ihr niederkniete.

Bei dem gemeinsamen Auftritt von Danic und Jake hüpfte Cleos Herz. Wer hätte gedacht, dass ausgerechnet diese beiden jungen Männer zusammen zur Höchstform auflaufen würden? Sie turnten zu treibender Rapmusik, gekleidet wie Gangster. Das

Setting erinnerte an einen trüb beleuchteten Bürgersteig in der Bronx. Der Chinesische Mast war nach wie vor Danics liebstes Gerät und er versetzte die Zuschauer mit seiner Kraft und Körperspannung in Erstaunen. Während er sich am Mast aufspannte wie eine Flagge, sorgte Jake mit unfassbaren Sprüngen für begeisterten Spontanapplaus. Die zwei ergänzten sich so perfekt. Nicht nur in ihrer Show, sondern auch in dem, was sie mittlerweile für das Leben außerhalb der Manege vereinbart hatten.

Nach der Familientragödie um Pfeffer und Marie war es Danic schwergefallen, sich auf sein Studium zu konzentrieren. Er hatte sogar überlegt, alles hinzuwerfen und in den Zirkus zurückzukehren. Aber Jake hatte ihn überredet, das Semester zu Ende zu bringen. Er selbst war sich immer noch nicht sicher, welchen Studiengang er wählen würde, und er hatte es nicht eilig. Sie hatten sich deshalb darauf geeinigt, dass er Danic so lange vertreten würde, wie dieser brauchte, um zumindest seinen Bachelorabschluss zu machen. In der vorlesungsfreien Zeit konnte Danic im Zirkus arbeiten so wie heute.

Mit einem Spagatsprung, der Cleo schon beim Zusehen wehtat, beendete Jake seinen Auftritt. Danic schwang sich auf den Boden, ging mit seinem Früher-Rivalen-jetzt-Kumpel in die Abschlusspose und genoss sichtlich den donnernden Applaus. Dann stand er auf, kam zu Cleos Logenplatz gelaufen und verbeugte sich spielerisch vor ihr.

»Danke, Lebensretterin«, sagte er so leise, dass nur sie und Nora es hörten.

Er verabschiedete sich mit einer Gettofaust von Clementine und Nora und lief hinter Jake her aus der Manege.

In der Pause schlenderten die beiden Mädchen zum Verkaufsstand im Vorzelt. Eine lange Schlange hatte sich vor der Popcornmaschine gebildet. Fee stand auf einem Hocker hinter dem Tresen und brachte mit einem strahlenden Lächeln die Tüten an den Mann und die Frau. Neben ihr drehte eine rothaarige Frau Zuckerwatte auf Holzstäbe. Aurelie wirkte wie eine Disney-Prinzessin auf Cleo, selbstbewusst und doch bescheiden. Mit einem beinahe königlichen Gesichtsausdruck verteilte sie die Süßigkeit an ihre Kundschaft. Bei jedem Abnehmer schien sie einen unsichtbaren Knicks zu machen, als überreiche sie statt Zuckerwatte ein wertvolles Geschenk.

Cleo mochte Aurelie seit dem ersten Zusammentreffen. Sie empfand sie als ihr komplettes Gegenteil, so elegant und modebewusst, wie sie war. Außerdem sprühte sie vor Energie und Fröhlichkeit, während Cleo sich selbst eher als melancholisch bezeichnen würde.

Sie trafen sich regelmäßig, seit Danic und sie wieder ein Paar waren.

Gemeinsam mit Nora unternahmen sie manchmal kurze Ausflüge im Leipziger Umland, wenn der Zirkus in der Nähe gastierte.

»Hey, Mädels«, sagte Aury, als sie an der Reihe waren. »Habt ihr Lust auf Popcorn oder Zuckerwatte?«

Cleo winkte ab. »Ehrlich gesagt hab ich heute genug Süßes für das nächste halbe Jahr gegessen«, bekannte sie. »Aber ihr habt diese coolen Lollis. Davon hätte ich gern fünf Stück. Ich schaue morgen in der WG vorbei und kenne ein paar Kids, die sich darüber freuen werden.«

Nora gönnte sich noch eine Tüte Popcorn. Sie behauptete, es nur gekauft zu haben, weil Fee sich darüber so freute, aber Cleo kannte sie besser.

In bester Stimmung gingen sie durch das Zirkuszelt nach hinten zur Tierschau. Danics Mutter, die dafür Karten verkaufte, winkte sie durch. Ihre Augen glänzten und sie sah viel lebendiger aus als damals auf der Trauerfeier.

Wie lange das alles her zu sein schien.

»Ich will zu dem Esel«, forderte Nora energisch. »Ich liebe den Esel!«

Cleo stichelte: »Kein Wunder, er erinnert dich an Alex.« Natürlich erntete sie einen kleinen Boxer gegen den Arm von Nora.

»Du bist echt gemein!«, beschwerte diese sich.

Aber Cleo ergänzte beschwichtigend: »Ach was, ich will doch deinen Alex nicht mit dem Esel vergleichen. Aber ich dachte, da auf eurer Insel wimmelt es von Eseln. Zumindest auf den Bildern im Internet.«

»Pah«, machte Nora und tippte sich gegen die Stirn. »Es wird echt Zeit, dass du mal mitkommst. Diese Klischees sind ja nicht auszuhalten.«

Sie lehnten sich über den Zaun, der die Tiere vor den Besuchenden trennte. Eine Menge kleiner Kinder drängten sich um das Gatter, aber die meisten wollten die Pferde anfassen.

»Erst mal fliege ich zu meiner Mutter.« Cleo strich dem Esel sanft über den Hals. »Ich hab das Geld fast zusammen. Tante Pho bucht einen Flug für Ende Juli.«

Sie freute sich auf diese Reise, obwohl sie auch ein kleines Zwicken im Bauch verspürte, wenn sie daran dachte. Ob Teddy sie überhaupt noch kannte? Und würde es ihrer Mutter und ihr gelingen, die vier Jahre zu überbrücken, die zwischen ihnen lagen?

Sie hatten sich in den vergangenen Monaten viele Mails geschrieben. Einmal versuchten sie es auch mit einem Videocall, aber das Internet an Mutters PC war viel zu instabil.

Sie lebte ziemlich abgeschieden mit ihrem Jugendfreund und Teddy auf einer thailändischen Insel, die noch als Geheimtipp unter Einheimischen und Touristen galt. Mit einer Strandbar hielten sie sich finanziell über Wasser. Reich wurden sie davon nicht, aber sie konnten gut leben. Es war genau das, wovon Cleos Mutter immer geträumt hatte. Damals, als sie mit ihrer Schwester nach Deutschland gegangen war, hatte sie nur den Wunsch ihrer eigenen Mutter erfüllt. Die wollte, dass ihre Töchter »etwas aus ihrem Leben machten«. Aber Cleos Mutter war an dem »guten Leben« zerbrochen. Es war nicht *ihr* Leben.

Cleo gönnte es ihr, dass sie ihrem Herzen zurück nach Thailand gefolgt war. Es schmerzte sie trotzdem noch immer, welche Konsequenzen sie dafür in Kauf genommen hatte. Vielleicht konnte sie sich mit dem Schmerz versöhnen, wenn sie mit ihrer Mutter von Angesicht zu Angesicht sprechen durfte.

»In zehn Minuten geht es weiter«, mahnte Nora, nachdem sie sich alle Tiere noch einmal angeschaut hatten. »Lass uns zurück an unsere Plätze gehen.«

Cleo nickte. »Hast du Danic irgendwo hier gesehen? Ich dachte, er läuft in der Pause hier irgendwo herum.« Sie ließ den Blick über den Zirkusplatz gleiten, konnte ihn aber nirgendwo entdecken.

»Vielleicht ist er im Wohnwagen«, vermutete Nora achselzuckend.

Gemeinsam gingen sie zurück ins Zelt und warteten auf den zweiten Teil der Show.

Es war der letzte Akt der Vorstellung, auf den Cleo sich am meisten gefreut hatte. Das gemeinsame Turnen von Aury und Danic war einfach eine Klasse für sich. Sie harmonierten so unfassbar gut!

Das Licht im Zirkuszelt war gedämpft, die Manege noch leer. Auf dem Boden lag eine dunkelblaue Gummimatte, unter der Kuppel hingen ein blaues Vertikaltuch und die weißen Strapaten. Sanfte Musik ertönte, romantisch, mit einem langsamen Herzschlag.

Aurelie und Danic betraten Arm in Arm die Manege.

Bunte Scheinwerfer weckten die Illusion eines warmen Sommernachmittags, in die Musik mischte sich Vogelgezwitscher.

Aury stieg als Erstes nach oben in die Kuppel. Ihr Dress war golden und glitzerte bei jeder Bewegung wie helles Sonnenlicht. Wie schön sie war! Er sah spielend leicht aus, dieser Aufstieg der Sonne. Sie verharrte glänzend im Zenit, während Danic begann, an den Strapaten zu turnen. Sein weiß bekleideter Körper bewegte sich geschmeidig zu den angenehmen Tönen.

Cleo hatte das Gefühl, auf einer Blumenwiese zu liegen, beschienen von der sanften Sommersonne, und sich verändernde Wolkenfiguren zu beobachten.

Harmonisch zeigten die beiden Artisten ihr Können. Es war ein Genuss, ihr sanftes Zusammenspiel zu sehen.

Am Ende glitten sie zeitgleich nach unten und sprangen auf den Boden.

Das Publikum applaudierte mit begeisterten Pfiffen und Rufen und Cleo erwartete, dass Danic Aurelie aus der Manege tragen würde, wie er es bei jeder Nummer aus der Sonnenreihe getan hatte. Doch als die Musik verklang, hüpfte Fee in die Manege und überreichte Danic ein silbern funkelndes Mikrofon. Eine neue Melodie ertönte, zunächst ganz leise. Sie kam Cleo irgendwie bekannt vor, aber ihre Aufmerksamkeit galt dem braun gelockten Jungen im weißen Dress und der Artistin, die irgendwie verwirrt wirkte.

»Das hier ist kein Teil der Show«, begann Danic. Er räusperte sich, denn seine Stimme wollte nicht so recht mitmachen. »Ich lade euch alle ein, Zeugen zu sein. Zeugen des wichtigsten Augenblicks in meinem Leben. Und das meine ich ganz ernst.« Er sah Aurelie tief in die Augen, die erschrocken die Hände über den Mund gelegt hatte.

Cleo erkannte jetzt die Melodie, die im Hintergrund gespielt wurde.

Die Gäste im Zirkuszelt hielten den Atem an.

Danic sank vor Aurelie auf ein Knie und hielt ihr in der freien Hand ein kleines Kästchen hin.

»Aurelie, du beste Freundin, seit ich denken kann. Ich habe dich oft verletzt und bin davongelaufen, als es schwierig wurde. Aber ich bin auch zurückgekommen, weil ich weiß, dass ich ohne dich nicht leben möchte. Willst du mir eine zweite Chance geben – für immer? Möchtest du meine Frau werden?«

Vor lauter Tränen konnte Cleo nicht erkennen, was genau Aurelie als Nächstes tat. Aber sie hörte, wie das Mikrofon zu Boden plumpste und die Stimme der jungen Frau, auch ohne Verstärker deutlich zu verstehen, durch das Zelt wehte: »Ja, das will ich! Und ob ich das will!«

Cleo wischte sich mit dem Ärmel über die Augen und sah

Danic und Aurelie, in einer innigen Umarmung ineinander verschlungen, auf der blauen Gummimatte stehen.

Der Hochzeitsmarsch dröhnte in voller Lautstärke durch das Zirkuszelt und das Publikum tobte.

Nora zwickte Cleo vor lauter Aufregung in den Arm und brüllte: »Endlich! Ich dachte schon, er würde sie nie fragen!«

Die Eltern des frisch verlobten Paares stürmten von hinten in die Manege. Offensichtlich hatten sie keine Ahnung gehabt, dass Danic Aurelie in dieser Vorstellung einen Antrag machen würde. Aury schnappte sich Danics Hand und flüsterte ihm etwas ins Ohr. Dann sprangen die beiden an ihre Geräte und kletterten synchron bis nach oben. Mit einem leichten Schwingen flogen sie aufeinander zu. Danic umfasste Aurelies Taille mit einem Arm und sie küssten sich innig.

Über Cleos Gesicht liefen weitere Tränen, während sie glücklich lachte und ihre Hände vom Klatschen schmerzten.

Das war das Leben. So fühlte es sich an.

Man wusste nie, welche Wendung sich hinter dem Chaos an Gefühlen und Enttäuschungen verbarg, wenn man nur mutig genug war weiterzugehen. Einen Schritt nach dem anderen. In dem Wissen, dass man niemals ganz allein war.

Cleo schloss die Augen und dachte an den Mann im weißen Gewand mit dem Schäfchen auf dem Arm. Seit sie ihn kennengelernt hatte, war es so viel leichter, mutig zu sein.

Sie nahm wieder Noras Hand und drückte sie.

Mit guten Freunden an der Seite und dem Hirten im Herzen würde die Zukunft möglich sein.

Nichts war sicher, außer diesem.

Und das war genug.

Dank

Liebe Tabbi @txbex_scb: Danke für dein kritisches Probelesen der Artistik-Szenen! Du bist und bleibst meine Lieblingsturnerin.

Danke auch an den Zirkus Arena für das herrliche Zirkus-Gefühl und die schmerzenden Hände.

Buchempfehlungen für dich

Anne E. Lindner
**Die Wahrheit schmeckt
nach Marzipan**
ISBN 978-3-96362-212-0
368 Seiten, Paperback
auch als E-Book erhältlich

Als ob ein Tagebuch ihren Scherbenhaufen von Leben besser machen könnte! Die 16-jährige Tally hat unerwartet ihren Vater verloren und das Letzte, was sie jetzt braucht, sind die Ratschläge ihrer selbst überforderten Mutter. Oder der merkwürdigen Therapeutin, die ihr empfiehlt, ihre Gefühle aufzuschreiben!
Erst als Tally zufällig Frau Möller kennenlernt, eine alte Dame mit einem Papagei sowie einer Vorliebe für Marzipan, und ihr das Foto von deren jung in den Krieg gezogenen Onkel in die Hände fällt, findet sie doch noch etwas, was sie zum Schreiben inspiriert. Außerdem sind da ja auch noch ihre beste Freundin Sanna und nicht zu vergessen Mr Wow, der eigentlich Timo heißt und Tally einfach nicht mehr aus dem Kopf geht. Dummerweise ist er Christ und mit diesem religiösen Quatsch kann sie so gar nichts anfangen …

Nancy Rue
Am Ende der Unendlichkeit
ISBN 978-3-96362-317-2
ca. 320 Seiten, Paperback
auch als E-Book erhältlich

Jill McGavock hat ihr Leben fest im Griff: Die Promotion in Mathematik läuft hervorragend, Beziehungsprobleme gibt es höchstens mit ihrer brillanten, leider ziemlich dominanten Mutter und die Sache mit Gott und dem ewigen Leben hat sie längst als »irrational« abgehakt. Die Zukunft liegt klar strukturiert vor ihr – doch von einem Moment zum nächsten versinkt alles im Chaos. Bei der Promotion muss Jill wieder ganz von vorne anfangen und der scharfe Verstand ihrer Mutter versinkt täglich tiefer im Dunkel einer Demenz. Was bleibt von einem Menschen eigentlich übrig, wenn der Intellekt nicht mehr funktioniert?

Die Frage nach dem Sinn des Lebens führt Jill nicht nur zu einem ziemlich attraktiven Philosophiedozenten, sondern auch zu einem Gedankenexperiment, das als Pascal'sche Wette weltberühmt wurde ...

Dorothea Balzer & Vanessa Siemens
Feuerprobe
ISBN 978-3-96362-268-7
288 Seiten, Paperback
auch als E-Book erhältlich

Nicht genug, dass Rick sich Sorgen um seine Zwillingsschwester Elena macht, die so gar nicht mehr sie selbst ist – da gibt es auch noch diesen Neuen an der Schule: einerseits so selbstbewusst, dass er zu jeder Party eingeladen wird, andererseits so abweisend, dass niemand wirklich an ihn herankommt. Und etwas sagt Rick, dass dieser Jim einen Freund brauchen könnte.

Elena wünschte, sie wäre mehr wie ihre große Schwester, die den Mut hatte, ihre langweilige Familie hinter sich zu lassen und ihr eigenes Ding zu machen. Manchmal fragt sie sich, was sie überhaupt noch hier hält.

Jim weiß, wie man sich anpasst. Wie man überlebt. Eigentlich will er sich in diesem Kaff mit niemandem einlassen, aber da hat er die Rechnung ohne Rick und Elena gemacht. Und ohne seine Vergangenheit, die ihn in einer schicksalhaften Nacht wieder einholt ...

Dorothea Balzer & Vanessa Siemens
Schwesternblut
ISBN 978-3-96362-332-5
208 Seiten, Paperback
auch als E-Book erhältlich

Jim freut sich auf einen ruhigen Sommer – auf Zeit mit Rick und Elena und Touren in seinem ersten eigenen Auto. Doch seine alten Feinde sinnen auf Rache, und als er erfährt, was mit seiner Schwester Alysha in der Nacht ihres Todes wirklich geschehen ist, ändert das alles.

Elena kann nicht aufhören, an ihre Schwester Mari zu denken. Noch immer brennt in deren Zimmer eine Lampe im Fenster, als Zeichen der Hoffnung und als Willkommensgruß, falls sie zurückkehrt. Wo mag Mari sein und wie sieht ihr Leben heute aus? Rick wird von Albträumen verfolgt. Die Hauptperson darin bringt er beim Zeichnen aufs Papier. Was, wenn die Gefahr noch nicht vorüber ist? Denn die Kamney-Kids sind irgendwo da draußen – und er könnte immer noch ihr Ziel sein ...

Nicole Deese
Herzensmakeover
ISBN 978-3-96362-313-4
416 Seiten, Paperback
auch als E-Book erhältlich

Molly McKenzie ist erfolgreiche Fashion- und Beauty-Influencerin und seit einer Weile mit ihrem Manager zusammen. Er ist es auch, der ihr die unglaubliche Chance ermöglicht, Teil einer Makeover-Show zu werden. Der einzige Haken: Bei den Kandidaten, die sie dort umstylen würde, handelt es sich um sozial benachteiligte Jugendliche – und sie hat keinerlei Erfahrung im sozialen Bereich.

Um das so schnell wie möglich zu ändern, bewirbt sich Molly als Ehrenamtliche bei einem Programm, das jungen Menschen, die dem Pflegesystem entwachsen sind, den Übergang ins Berufsleben erleichtern soll. Dumm nur, dass Silas Whittaker, der Leiter der Einrichtung, rein gar nichts von ihren Qualifikationen hält.

Doch Molly wäre nicht Molly, wenn sie sich so schnell geschlagen geben würde. Und schon bald schlägt ihr Herz für Dinge und Menschen, von denen sie es nie gedacht hätte …